Guérisseuses

Brenda Lozano

Guérisseuses

Traduit de l'espagnol (Mexique)
par Isabelle Gugnon

Dalva

Titre original : *Brujas*

ISBN : 9782487600294
Conception graphique : Rémy Tricot
Photo de l'autrice : Ana Hop

Éditions Dalva, 92, avenue de France, 75013 Paris
info@editionsdalva.fr

La meilleure Sorcellerie c'est la Géométrie
Tel est l'avis du magicien –
Ses actions ordinaires sont des exploits
Comparées aux pensées des humains.

Emily DICKINSON*

* Emily Dickinson, *Poésies complètes*, Flammarion, 2020, traduction de Françoise Delphy.

The Nameless is the origin of Heaven and Earth ;
The Named is the mother of all things.

Lao Tseu*

* Lao Tseu, *Tao Te King*, ch. 1, traduction de Wing-Tsit Chan.

1

Il était six heures de l'après-midi quand Guadalupe est venu me dire, On a tué Paloma. Je n'ai pas la mémoire des heures ni des années, je ne sais pas quand je suis née parce que je suis née comme est née la colline, allez donc demander à la colline quand elle est née, mais je sais qu'il était six heures quand Guadalupe m'a dit, On a tué Paloma pendant qu'elle se préparait avant de sortir, je l'ai vue dans sa chambre, j'ai vu son corps par terre et ses ombres à paupières répandues sur ses mains, dans le miroir elles étaient deux et toutes deux avaient du fard sur les mains, comme si Paloma venait de s'en appliquer sur les yeux, comme si elle avait pu se lever pour m'en mettre à moi aussi.

Paloma avait aimé de nombreux hommes qui ne l'avaient pas aimée en retour et de nombreux hommes qui lui avaient rendu son amour, et beaucoup sont venus assister à sa veillée pareille à une fête. Ma sœur

Francisca et moi, nous avions Paloma du côté de mon père, c'était la seule qui nous restait de sa famille, Paloma, fille de Gaspar, le frère de mon père, lui aussi décédé. Paloma était la seule à avoir dans le sang les dons de guérisseur de mon père, de mon grand-père et de mon arrière-grand-père, c'est elle qui m'a appris ce que je sais, elle qui m'a dit, Feliciana, tu es une *curandera*, une guérisseuse, tu as ça dans le sang. Elle m'a dit, Ceci se fait comme cela, cela ne se fait pas comme ceci, tu portes le Langage en toi, chérie, tu es la guérisseuse du Langage car le Livre t'appartient. Paloma a soigné quantité d'hommes qui ne l'aimaient pas et elle a dit l'avenir à quantité d'hommes qui l'aimaient, elle a guéri des tas de gens et à d'autres elle a prédit des amours florissants ou leur a révélé les désamours qui les flétrissaient, on l'aimait pour ça, parce qu'elle excellait à donner des conseils en amour, on riait en sa compagnie et on venait la trouver parce qu'elle était bonne conseillère en amour.

La mort l'a appelée à trois reprises. La première lorsqu'elle s'est éprise d'un politicien et que la mort a pondu son œuf en elle. La deuxième quand elle a eu le béguin pour un cœur de pierre, d'une froideur qui a incité la mort à lui égrener ses trilles à l'oreille. La troisième a eu lieu quand elle s'est entichée d'un homme de la ville atteint d'une maladie non encore déclarée mais sur le point de l'être, alors la mort lui a chanté de façon aussi claire que le jour qu'elle viendrait la chercher à six heures du soir, et en effet Guadalupe est venu me dire, On l'a tuée, elle avait du fard à paupières sur les mains et j'ai vu deux corps dans le miroir, deux corps qui avaient vraiment l'air vivants, à l'exception de la tache de sang qui s'étendait sous elle. Mais quelle heure terrible, je me rappelle cette heure terrible. Pour moi il était six heures partout dans le monde, d'aujourd'hui, d'hier et de tous les temps, et même si chaque lieu a sa pendule, son heure et sa langue, pour moi il était partout la même heure et aucune autre langue n'existait en dehors de ces mots, car Guadalupe était venu me dire, On a tué Paloma. Il était six heures du soir dans l'ombre qui tombait sur la *milpa*, le champ de maïs, au coucher du soleil, il était six heures précises lorsque le Langage m'a désertée.

2

J'ai accepté d'écrire l'article sur le meurtre de Paloma parce que la violence sexiste me met en rage. Je supportais de moins en moins les histoires de féminicides, de viols et d'abus, de même que les plaisanteries machistes que j'entendais au bureau. Je m'érigeais contre les situations et les commentaires qui ciblaient les femmes et toute personne s'identifiant comme telle et, dans ma tranchée en salle de rédaction, je comptais faire mon possible pour les limiter. Ce qui m'intéressait aussi dans cette affaire, c'était de rencontrer Feliciana, qui m'intriguait beaucoup. J'ai pris cet article sans en savoir plus à son sujet que n'importe qui d'autre : elle était l'illustre *curandera* du Langage, la plus célèbre chamane encore en vie. Je savais que dans ses rituels elle avait recours aux mots et obtenait des guérisons spectaculaires, et que des anecdotes circulaient à propos d'artistes, de cinéastes, d'écrivains et de musiciens qui s'étaient déplacés des quatre coins du monde afin de la voir. Des professeurs et des linguistes étaient venus de l'étranger jusque dans les montagnes de San Felipe pour l'interviewer, et je savais que ces visites étaient à l'origine de livres, de films, de chansons et d'œuvres d'art, j'ignorais lesquels au juste, mais je savais qu'ils existaient. J'avais reçu une photo du corps de Paloma gisant sur le sol dans une mare de sang, à côté d'un lit avec une couverture sur laquelle était représenté un paon. Dans un courrier de deux lignes, mon collègue m'apprenait que Paloma faisait partie de la famille de Feliciana, qu'elle l'avait initiée, comme guérisseuse, mais il n'avait pas davantage de renseignements.

Le surnaturel ne m'a jamais attirée, l'ésotérisme encore moins. Tout enrichissement obtenu par l'exploitation des croyances d'autrui s'apparente selon moi à une escroquerie. Je ne me suis jamais tiré les tarots, je n'ai jamais lu mon horoscope dans les magazines. Quelqu'un m'a un jour expliqué en quoi consistait un thème astral, mais j'étais incapable de me concentrer et m'interrogeais sur ce qui avait pu conduire cette personne à se passionner pour l'astrologie. On m'a demandé une fois le signe de mon fils de deux ans. Je ne savais pas quoi répondre, alors mon interlocuteur a cherché sur son téléphone et j'ai appris que Félix est « Balance ». Quand ma sœur Leandra et moi étions petites, un homme soûl à la voix extrêmement rauque nous aurait lu les lignes de la main sur une place. De ce supposé devin je me rappelle seulement l'haleine alcoolisée, les grosses lunettes de soleil carrées et les postillons. J'ai toujours été sceptique en la matière, même si certains épisodes avec ma mère et ma sœur m'incitaient à me poser des questions sur les pouvoirs de l'intuition, leur provenance et comment les expliquer. J'avais envie de savoir qui était la célèbre curandera du Langage et voulais dans la mesure du possible élucider l'affaire Paloma, creuser sa personnalité. J'aimerais dire que son assassinat m'a amenée devant Feliciana, nous avons commencé l'entretien ainsi, mais cette histoire n'est pas celle d'un meurtre. J'avoue avoir pensé que mon article aurait son utilité, pourtant c'est surtout moi qui ai tiré des bénéfices de ma rencontre avec Feliciana, sans me douter que c'était un besoin urgent. Tout ce qui est écrit dans ces pages, je l'ai découvert grâce à elle. Ce récit explique qui est Feliciana et qui était Paloma. Je voulais les connaître. J'ai très vite compris que je devais également mieux connaître ma sœur Leandra et ma mère. Ma propre personne aussi. J'ai compris que pour bien connaître une femme il faut se connaître soi-même.

Avant de partir, j'ai réglé quelques détails au journal et me suis arrangée avec Manuel et ma mère : il conduirait Félix à la garderie avant d'aller travailler, elle le récupérerait et resterait avec lui le temps nécessaire, dans son bureau à l'université ou chez elle, avant que Manuel ne vienne le chercher. Nous nous sommes plus ou moins organisés de la sorte pendant les quelques jours que j'ai passés à San Felipe. Je n'avais aucune idée de ce qui m'attendait et j'étais loin d'imaginer la puissance de la présence de Feliciana. Je ne m'étais pas encore rendu compte que, dès le premier soir elle savait pourquoi j'étais là, sans doute est-ce la raison pour laquelle elle a répondu à mes questions en m'en posant d'autres et, sceptique au départ, j'ai fini par participer à ses cérémonies.

Le jour où j'ai accepté d'écrire l'article sur Paloma, j'ai découvert sur Internet des photos de Feliciana en compagnie d'un éminent cinéaste, ainsi qu'une série de clichés en noir et blanc qui la montrent en train de fumer, réalisés par un photographe américain renommé dans les années 1990. Son portrait avec Prince revenait plusieurs fois, le chanteur était entièrement vêtu de blanc et arborait autour du cou une chaîne avec son symbole, alliance de féminin et de masculin ; elle posait également aux côtés d'écrivains que j'avais lus. De nombreuses images avaient été prises aux États-Unis avec Tarsone, un banquier influent de Wall Street, et sa femme, une célèbre pédiatre. On racontait qu'ils avaient grandement contribué à la rendre populaire dans le monde après avoir vu un premier documentaire sur sa vie et ses rituels. Sur une des photos, entre le banquier et la pédiatre, elle me donnait l'impression de mesurer à peine 1,50 m et, lorsque je l'ai enfin rencontrée, j'ai constaté qu'elle était encore plus petite. Je n'ai en revanche trouvé qu'une seule photo de Paloma, qui prenait la pose avec un groupe de rock argentin – à l'âge de treize ans j'avais écouté des centaines de fois leur album *Unplugged* en travaillant ma batterie dans le garage que je partageais le samedi avec mon père, qui montait et démontait la voiture de ma mère, celles de ses collègues ainsi que leurs appareils électroménagers et, au cours de mes investigations, j'ai été surprise d'apprendre qu'une des chansons de ce disque, que j'avais mémorisée sur le bout des doigts en pensant qu'il s'agissait d'un voyage spatial, lui était dédiée. Désireuse de connaître l'âge de Feliciana, j'ai cherché en vain sa date de naissance ou un acte d'état civil indiquant où elle avait vu le jour.

3

Je ne sais pas quand je suis venue au monde, j'ignore la date de ma naissance, mais c'était au siècle dernier. Je sais que ma mère avait plus ou moins treize ans lorsqu'elle a accouché, et mon père dans les seize ans. Ma sœur Francisca a vu le jour quelques années plus tard, et nous avons été les seules, parce que mon père est mort à l'époque où ma sœur commençait tout juste à marcher et que ma mère n'a pas voulu d'autres hommes dans sa vie. J'ai peu connu mon père. J'ai appris par la suite qu'il était très travailleur, qu'il vendait les récoltes de sa milpa sur le marché de la ville voisine et que le soir il était curandero, comme l'avaient été mon grand-père et mon arrière-grand-père. Paloma l'aidait pendant les cérémonies. Plus tard j'ai aussi appris que mon père avait guéri beaucoup de gens. Lorsque j'étais jeune fille, on venait parfois me remercier pour ce qu'il avait fait, et il est même arrivé que quelqu'un tombe à genoux devant moi en bénissant mon grand-père d'avoir ôté la brume qui lui voilait les yeux.

Quand vous me dites que votre maman a une grande intuition, eh bien, c'était pareil pour moi quand j'étais petite, Zoé. Certaines personnes interrogeaient ma mère et je leur répondais sans qu'elles m'aient vue, ça leur faisait peur. Un jour un homme est venu trouver ma mère, il s'appelait Fidencio et vendait des bardeaux de toit, il était triste, avec des traits lourds comme ses bardeaux gorgés d'eau de pluie, je lui ai touché le bras, à Fidencio, pendant que ma mère lui servait des haricots rouges, j'ai fermé les yeux et j'ai vu un chien blanc à côté d'une montagne, je lui ai dit qu'il était petit comme ça et qu'un enfant marchait vers la montagne, suivi par le chien. Fidencio s'est mis à pleurer, il m'a dit, Comment tu le sais ? Je lui avais simplement dit ce que j'avais vu en touchant son bras. Je m'en souviens bien parce qu'il a fondu en larmes et qu'il s'est fâché. Plus tard, j'ai su que j'étais curandera parce que j'avais ça dans le sang comme Paloma, ça me venait de ce côté, du côté de mon père, de mon grand-père et de mon arrière-grand-père, je le porte en moi, mais je n'ai compris que c'était ma voie qu'en devenant la veuve de Nicanor. Comment s'appelle votre époux ? Manuel. Paloma m'a montré le chemin, mon père me l'avait signalé, il m'a mis ça dans le sang mais c'est Paloma qui m'a tout appris. Je ne me rappelle plus trop, il me semble que j'avais vingt ans quand j'ai perdu mon mari, peut-être plus, en tout cas j'avais déjà mes trois enfants, Aniceta, Apolonia et Aparicio, c'est moi qui me suis occupée d'eux, de Francisca, de ma mère et ensuite de Paloma, même si elle était partie de chez nous pour vivre avec José Guadalupe, son mari. Elle ne pouvait plus soigner les gens, elle préférait passer ses nuits en sa compagnie plutôt que d'accomplir les rituels. Oui, il a deux prénoms. José Guadalupe est venu me dire, On a tué Paloma à six heures du soir, six heures précises, je le sais parce que c'est la seule heure que j'aie maintenant et qu'à cette heure-là le Langage m'a désertée.

Je n'ai connu ni mon grand-père ni mon arrière-grand-père en chair et en os, et de mon père j'ai de rares souvenirs, mais tous les trois m'ont accueillie quand j'ai débuté comme curandera. Mon grand-père et mon arrière-grand-père, qui étaient de célèbres guérisseurs, je ne les ai rencontrés que le jour de mon initiation, je les ai vus au cours de la cérémonie, j'étais veuve quand on m'a initiée, et j'ai pu constater que le plus jeune de mes petits-fils, qui s'appelle Aparicio comme mon cadet, est celui qui ressemble le plus à mon arrière-grand-père. Paloma a arrêté d'exercer lorsqu'elle a commencé à aimer les hommes, mais cette chose-là on n'y renonce pas plus qu'on ne la perd, elle nous accompagne, elle se réveille au moindre bruit comme un chien au milieu de la nuit. Paloma m'a dit, Feliciana, chérie, on ne peut pas fréquenter des hommes la nuit et soigner en même temps, et si la Terre doit s'arrêter de tourner, alors moi j'irai me déhancher sur une piste de danse, et elle a renoncé aux cérémonies du jour au lendemain. Avant que je débute, les gens allaient consulter Tadeo le Borgne, ils traversaient les milpas et les champs de canne à sucre, ils traversaient les ravines et le brouillard et le suivaient dans sa hutte pour qu'il leur raconte des histoires après avoir lancé des grains de maïs en échange d'eau-de-vie, ils venaient là, les gens d'ici, et par la suite ils se sont déplacés pour moi depuis les villes voisines, d'autres villes et même d'autres pays où on parlait d'autres langues.

Je suis une chamane, une guérisseuse, mais on dit plutôt curandera, c'est ainsi qu'on m'appelle. Pour certains je suis une *bruja*, une sorcière. Il y a pourtant une différence entre une curandera et une chamane : la première soigne les gens avec ses élixirs et ses herbes, la seconde aussi, mais elle peut également traiter des maladies qui n'affectent pas le corps et viennent des eaux profondes. Moi je guéris les maux dont les gens ont souffert par le passé, donc ceux qu'ils subissent encore à présent, raison pour laquelle ils me disent que je soigne aussi leur avenir. En vous regardant, je vois que c'est Paloma qui vous a amenée ici, en plus d'autres personnes qui vous ont prise par la main.

Paloma m'a dit, Feliciana, ma chérie, t'appeler chamane, curandera ou *bruja* ne donne pas une idée complète de ce que tu es, parce que tu as le Langage en toi, tu es la guérisseuse du Langage et le Livre t'appartient. Elle m'a également dit, Feliciana, mon chou, soigner les hommes n'est pas toujours indispensable car ils ne sont pas forcément malades, en revanche, les hommes sont toujours nécessaires et c'est avec eux que je soigne les *muxes*, le troisième sexe, chérie.

4

L'intuition de ma mère m'a effrayée au moins à trois reprises. J'avais seize ans la première fois et revenais de chez María, l'amie avec laquelle j'avais monté à treize ans un groupe de rock sans avenir que nous avions baptisé Phosphorescente. J'étais rentrée tard, nous avions fumé des pétards et je n'avais aucune envie de le dire à ma mère, à qui j'ai préféré mentir, mais elle s'est mise à me fournir des détails sur le salon de María. Elle m'avait souvent déposée devant chez mon amie pour des répétitions, mais n'avait jamais mis les pieds à l'intérieur. L'après-midi où nous avions fumé avec des amis, j'avais longuement contemplé un tableau représentant des fleurs que ma mère m'a décrit ensuite. Et comme si je n'étais pas déjà assez terrifiée, elle a prononcé une phrase qui m'était venue à l'esprit après un interminable cheminement de la pensée et que je ne comptais révéler à personne, la considérant comme une vérité occulte aussi essentielle que l'invention de la roue. À l'instant où j'avais eu cette illumination, je l'avais notée au dos d'un ticket de caisse : « Nous sommes tous différents ». En entendant ces mots de la bouche de ma mère, j'ai été submergée de honte et lui ai demandé comment elle avait deviné ça.

La deuxième fois, j'étais âgée de vingt-trois ans et venais de terminer mes études de journalisme. Quatre ans s'étaient écoulés depuis la mort de mon père et j'avais sombré dans la dépression sans me rendre compte que j'étais au fond du trou, car certaines choses éclairaient mon environnement comme des lampes torches. Du moins le croyais-je. J'occupais mon deuxième poste en tant qu'assistante d'un chef d'édition qui m'appelait à n'importe quelle heure, le samedi ou le dimanche, pour que j'effectue des recherches, rédige un papier ou le décharge d'une partie de son travail du week-end. À quarante-six ans, c'était un homme marié, névrosé, peu sûr de lui et macho. Au lieu de m'appeler par mon nom il me disait Ma Grande. Ma Grande fais ci, Ma Grande fais ça, et de fil en aiguille j'en étais arrivée à écrire une partie des articles qu'il signait. Mon modeste salaire me permettait de louer un petit appartement, j'écrivais pour d'autres publications, et même si j'avais du mal à joindre les deux bouts, j'étais contente d'habiter cet endroit. Un vendredi, je quittais le bureau pour me rendre à une soirée organisée par une collègue de mon ancien travail quand Rogelio, l'homme avec qui je sortais après avoir rompu avec Julián, mon premier copain, m'a appelée sur mon portable. Il est arrivé à la fête, m'a prise à part pour m'annoncer qu'il voulait rompre, qu'une autre fille lui plaisait. Mon cœur s'est brisé, j'étais soûle, mais je me rappelle très nettement avoir été blessée en l'imaginant embrasser ma rivale alors qu'il se tenait encore devant moi. Je suis partie de la fête sans dire au revoir à personne. Je pensais à Julián – avec qui j'étais restée plusieurs années, une relation dont je n'avais pas fait le deuil – à une imbécillité qu'il me disait et qui m'a fait sourire pendant que je me dirigeais, le cœur en miettes, vers la voiture que mon père m'avait achetée pour mes dix-huit ans, une épave qu'il avait retapée dans notre garage à ses heures perdues. Une Valiant 78 gris métallisé dont l'entretien équivalait pour moi à exercer un troisième métier non rémunéré. Avant de me l'offrir, mon père avait mis un magnet de Maggie Simpson sur le tableau de bord en métal. C'était un soir d'été, il faisait chaud. J'ignorais s'il s'était écoulé beaucoup de temps depuis que j'avais quitté les lieux en catastrophe. La ventilation était en panne, il avait plu, je devais frotter les vitres avec un chiffon rouge rangé dans la boîte à gants. Je me souviens que je m'apprêtais à le prendre à un feu rouge, envisageant pour la première fois de me tuer en traversant l'avenue à l'aveugle dans ce véhicule aux vitres embuées, et de mettre un point final et brutal à ma vie. Quand je prononce aujourd'hui le mot « suicide », il me paraît trop grand, lointain, voire ridicule, mais lorsqu'on a désespérément besoin d'une porte de sortie, quelle qu'elle soit, il est rassurant de savoir que l'éventualité d'une échappatoire peut se rappeler à nous, ne serait-ce que de manière vacillante et intermittente. L'idée que la vie est susceptible de s'arrêter à tout moment est apaisante. Je dirais que la promesse d'une fin nous donne de la force face au désarroi. J'étais dans ce trou depuis des semaines ou des mois. Je n'ai pas touché le fond parce que Rogelio avait rompu ou que j'étais surmenée, mais comme tous les faits importants, celui-ci est survenu en une seconde, sans prévenir, à un carrefour, un vendredi soir, au terme d'une journée harassante et d'une soirée bien imbibée, par une journée chaude après une averse. Quelque chose a fait basculer le verre qui était sur le point de tomber et j'ai alors pris toute la mesure de la noirceur de l'abîme dans lequel je m'étais précipitée. J'ai éprouvé une immense tristesse sans m'en expliquer l'origine, je savais seulement qu'elle s'intensifiait à mesure que je l'identifiais. À présent, considérant les faits avec du recul, je comprends que traverser ce carrefour correspondait à mon passage dans la vie adulte, une explosion différée par ma sœur Leandra, qui avait causé de gros soucis à mes parents, si bien que je ne m'étais pas aperçue de la charge de poudre sur laquelle j'étais assise. En larmes, je songeais que le suicide était peut-être une solution, lorsque mon portable a sonné. Croyant que c'était Rogelio, j'ai frémi en entendant la voix de ma mère : « Qu'est-ce qui se passe, Zoé ? J'allais me coucher quand j'ai eu l'intuition que tu n'étais pas dans ton assiette. Viens dormir à la maison ». J'ai fait un énorme effort pour ne pas hurler, lui ai révélé ma rupture avec Rogelio. J'avais envie de raccrocher vite fait pour couper court à toute discussion, pourtant il était clair que la fin de mon histoire avec Rogelio n'était pas la raison de mon état, à peine un symptôme. À l'arrêt devant le feu de signalisation, je ne pouvais ni ne voulais rien dire de plus. J'ai dessiné un cercle dans la buée avec le bout d'une des manches de mon blouson pour me garer, puis j'ai fondu en larmes et attendu d'avoir repris des forces pour traverser l'intersection. S'il y a un avant et un après dans ce genre de mésaventure, quelque chose qui sépare l'adolescence de la vie adulte, pour moi ça a été ce moment-là, après un coup de fil inattendu de ma mère, l'appel le plus déconcertant que j'aie jamais reçu. Le plus opportun aussi.

La troisième fois, c'était il y a environ trois ans. En m'ouvrant la porte de chez elle, ma mère m'a accueillie en disant : « Tu sais, ma chérie, cette grossesse va te faire le plus grand bien ». Depuis quelque temps,

Manuel et moi ne prenions plus de précautions. Au début j'avais une envie folle de tomber enceinte, et quand nous en discutions je me sentais tour à tour tendue ou relâchée, mais j'ai toujours tenu à ne pas forcer les choses, car cela pouvait ne pas marcher et je n'étais peut-être pas faite pour la maternité, une idée à laquelle je m'étais habituée avec sérénité. Arrivée à un point où la situation me laissait indifférente, je me suis retrouvée enceinte à une période où j'avais peu de chances d'y parvenir. Il était encore trop tôt pour faire le test et je n'avais guère senti de changements dans mon corps. J'ai téléphoné à ma mère peu après pour lui annoncer que mon test était positif, elle m'a répondu très calmement que j'accoucherais d'un garçon en bonne santé.

Leandra a vécu des situations similaires, dont l'une a été comme pour moi une bouée de sauvetage. Quand nous évoquons ces épisodes, notre mère n'aime pas que nous la qualifiions de sorcière. Elle se débarrasse de cette dénomination comme si elle retirait une veste qui n'est ni à sa taille ni à son goût. Elle appelle ça l'intuition et c'est le terme que nous utilisons.

Elle n'a jamais voulu mettre de lunettes, contrairement à ma tante, qui a des culs de bouteille. Elle affirmait ne pas vouloir porter ce genre de masque, elle n'avait pas envie que ses yeux deviennent énormes derrière les verres, refusait de ressembler à un petit chien de refuge essayant désespérément de se faire adopter. On lui a supprimé plusieurs unités de dioptrie au laser. C'est moi qui l'ai emmenée à la clinique. J'ai veillé sur elle toute la nuit et profité d'une de ses digressions pour l'interroger sur ses dons divinatoires. Les yeux bandés, elle m'a répondu que la clairvoyance en tant que telle n'existe pas, que c'est plutôt une certitude, comme lorsqu'on est sûr de s'être brûlé une main dans un feu. Elle a ajouté qu'elle avait eu la certitude qu'il se passait quelque chose dans certaines occasions, mais très rarement. Ç'a été l'analyse la plus fouillée qu'elle ait formulée sur la question.

5

Je vois l'avenir des gens, je le vois clairement car le Langage est ainsi fait et qu'à travers lui le passé et le futur se promènent parfois dans le présent. Je ne vois pas leur avenir parce que je l'ai décidé, ce n'est pas quelque chose qu'on décide de faire. Dans ma ville, d'autres que moi ont cette capacité, comme Paloma quand le Langage circulait en elle, c'est pourquoi les gens venaient lui demander des conseils en amour, lui raconter ce qui leur arrivait pour qu'elle prédise leur vie sentimentale. On naît avec ce don.

Moi je suis née à San Juan de los Lagos, une ville dont les habitants sont rongés par la culpabilité, en premier lieu parce qu'on y trouve aucun lac en dépit de son nom. À San Juan de los Lagos, les flaques se forment difficilement quand il pleut, sauf à l'endroit où s'élève l'autel de la Vierge de Guadalupe. Nous avions du mal à transporter l'eau de la rivière, on s'en chargeait avec Paloma et Francisca. Paloma vivait avec sa mère, mais à San Juan de los Lagos il n'y avait pas de lac, l'eau s'évaporait aussi vite que les pièces de monnaie. Pourtant il pleuvait et les milpas produisaient, mais ce qu'il y avait surtout, c'était un sentiment de faute, à cause de ce nom qui ne correspondait pas à la réalité, comme il y a des femmes qui s'appellent Soledad ou Dolores alors qu'elles n'arrêtent pas de rire et sont très entourées. Il y avait tellement de culpabilité dans la petite ville où nous sommes nées… Où qu'on regarde tout n'était que culpabilité, et quelqu'un comme Paloma sortait du lot, elle qui ne s'est jamais sentie coupable de rien, même à l'époque où on transportait l'eau. Elle était comme ça parce qu'elle est née dans une famille d'hommes curanderos, Paloma est née homme, elle s'appelait Gaspar. Un jour, en portant l'eau avec elle quand elle était un petit garçon, ma sœur Francisca lui a dit, Toi tu es comme nous, et lorsqu'elle a été muxe elle m'a dit, Feliciana, chérie, tu veux savoir pourquoi je me sais muxe depuis ma plus tendre enfance ? C'est comme si tu me demandais pourquoi mes yeux sont aussi noirs et aussi beaux : parce qu'on naît ainsi comme on naît guérisseuse. Paloma-Gaspar a débuté en tant que curandero en aidant mon grand-père pendant les rituels, c'était un petit garçon, son seul petit-fils. Moi je n'ai pas connu mon grand-père, mais je sais que dans son enfance Paloma-Gaspar assistait mon père lors des cérémonies, et elle m'a raconté que moi aussi j'étais là, même si j'étais trop petite pour m'en souvenir. Felisberto, mon père, n'éprouvait aucune culpabilité, les gens héritent de certains traits tout comme la branche sort du tronc de l'arbre sans qu'on comprenne pourquoi, parce que le sang ne donne pas d'explications. Vous aussi vous êtes concernée avec votre fils Félix. Ils héritent de tout bien qu'ils ne connaissent pas leurs morts. Aparicio, mon fils, me rappelle son père Nicanor, il a les mêmes grimaces que lui et il se fâche comme mon mari le faisait, pourtant ils se sont à peine connus. Le don de curandero se transmet de cette manière, par le sang, et de la même manière vous connaîtrez ça, entre votre défunt père et votre fils Félix, ils se ressembleront parce que le sang ne donne pas d'explications, vous le constaterez quand il grandira.

Paloma est née Gaspar et j'ai été la première femme curandera de la famille. Je ne ressentais moi non plus aucune culpabilité et, être ce que je suis, voir tous ces gens qui se déplacent de l'étranger pour venir me consulter ne me fait ni chaud ni froid. J'ai hérité ce don de mon père, qui était curandero, et de ma mère, qui ne courbait pas l'échine, elle marchait la tête haute et travaillait tous les jours. Elle était en haut, ni en bas ni au milieu, mais toujours en haut, et même si elle parlait peu comme ma sœur Francisca, quand j'ai perdu mon mari elle m'a dit, Relève-toi, ma fille, mets-toi au travail, comme moi et comme nous toutes, va de l'avant comme nous autres. Ma mère avait perdu un fils pendant un hiver glacial, elle n'avait rien pour le protéger du froid, elle l'a perdu en le serrant dans ses bras à cause du froid de San Juan de los Lagos, Francisca et moi nous ne l'avons pas connu, notre mère n'a jamais voulu nous révéler le prénom qu'elle lui avait donné parce qu'elle n'a jamais flanché, elle n'affichait pas son chagrin, et révéler le nom de mon frère décédé aurait rouvert une blessure de la taille d'une tombe blanche, qui dans ses eaux profondes était rouge. Elle ne disait jamais, J'ai eu un fils que j'ai perdu dans la froidure de l'hiver, voilà pourquoi elle ne m'a jamais révélé son nom et disait, Je vous ai eues toi et Francisca parce que Dieu a voulu qu'il en soit ainsi, et quand je suis devenue veuve elle m'a dit, Feliciana ne reste ni en bas ni au milieu, mais en haut, comme moi, va de l'avant. Telles étaient les paroles de ma mère, qui travaillait dur au lieu de s'effondrer de chagrin.

À San Juan de los Lagos, la grand-rue était rachitique, elle avait les côtes saillantes d'un chien, nous la connaissions tous et il me semble qu'on lui a même donné un nom, comme à un chien qui mange les tortillas rassises que des âmes charitables ont mises à tremper dans les flaques. Nous y passions tous les jours, il y avait un tas de pierres et, au sommet, une Vierge de Guadalupe, et une grande flaque au pied de l'autel bleu qui était notre lieu de prière, car il n'y avait pas d'église à San Juan de los Lagos, juste cet autel bleu et l'eau qui croupissait devant, à San Juan de los Lagos, et un grand bâton autour duquel on avait accroché des cordes et des fleurs en papier blanc qui étaient le manteau de la Vierge sur son autel. Pour aller à l'église il fallait se rendre à San Felipe, la ville voisine où nous nous sommes installés ensuite, qui s'est agrandie aujourd'hui parce que San Felipe, le saint de cet endroit, les a laissés faire toutes sortes de choses avec lui, pas seulement lui couper les oreilles, mais toutes sortes de choses, je vous le dis car c'est ce qui arrive quand les enfants portent les prénoms de leurs parents, ils reproduisent leur histoire sans savoir que le mal s'est niché dans leur prénom, donc la ville a avalé San Felipe à cause de son nom, et là où habitait autrefois le prêtre, il y avait un marché les fins de semaine autour de l'unique place où s'élevait un kiosque en bois, c'était là que mon père vendait ses récoltes et je l'accompagnais. À San Felipe il n'y avait pas d'école, personne n'avait besoin d'étudier, ni là ni dans aucune localité alentour, alors ne parlons pas de San Juan de los Lagos, qui était la plus petite commune de la région, le compte des maisons et des familles qui y vivaient était vite fait, mais entre San Juan de los Lagos et San Felipe, il y avait six *pulquerías* où on vendait aussi de l'eau-de-vie et des cacahuètes grillées, j'y allais avec mon père pour acheter cet alcool et il m'offrait des cacahuètes, c'est un bon souvenir qui me reste de lui.

J'ai peu de souvenirs de mon père, mais les rares que je possède ressemblent au soleil qui frappe la montagne, je le vois demander son eau-de-vie dans une dame-jeanne dont il prenait soin comme d'une troisième fille et qu'il transportait de San Juan de los Lagos à San Felipe. De retour à la maison il la bichonnait, la lavait avec l'eau que Francisca, Paloma et moi étions allées chercher, et il la faisait sécher dans un endroit choisi, à l'ombre. Il aimait boire son café sucré dans un pot en terre d'où montaient doucement des filets de vapeur, il ressemblait à ces chiens apprivoisés qui surveillent leur territoire et aboient même après le tonnerre et la pluie, tel était le gros pot de café dont les volutes de vapeur s'amusaient paisiblement devant l'unique fenêtre avant de sortir peu à peu. J'ai oublié les cérémonies de mon père, mais je me rappelle certains des objets qu'il disposait sur l'autel, les bougies en pure cire d'abeille qu'on ne blanchissait pas plus qu'on ne les teintait d'autres couleurs, comme on le fait à San Felipe pour la Fête des morts et la Fête des montagnes, on les teint en rose pour célébrer la montagne qu'on voit là-bas à travers la brume. J'ai oublié les rituels de mon père, mais je me souviens qu'il était déjà mal en point quand ma sœur Francisca a commencé à marcher, et je me souviens de ses traits effrayés quand il a eu conscience que sa maladie était incurable, j'étais avec lui à ce moment-là, et en vous disant ça je revois la frayeur sur son visage lorsqu'il a senti la mort pondre son œuf en lui.

Quelques jours avant qu'il passe de vie à trépas, je l'ai accompagné dans la milpa qu'il travaillait de ses mains car nous n'avions pas d'animaux de trait, nous n'étions pas assez riches, et ce jour-là je l'ai aidé à ramasser les mauvaises herbes et les feuilles mortes qui empêchent les bonnes plantes de pousser, et mon père a formé un monticule avec le chiendent et les feuilles et il m'a demandé de l'aider à le faire grandir, de sorte qu'à nous deux nous l'avons fait grimper jusqu'à ce qu'il ait l'air d'un petit mont auquel mon père a mis le feu. Le soleil rentrait à l'intérieur de sa montagne et, dans la nuit, le feu et la fumée qui s'élevait très haut se détachaient et nous sommes restés là, à les regarder, sentant les herbes et les feuilles brûler, c'est ce qui me rappelle le plus ce moment avec mon père Felisberto, et à chaque fois que je sens des herbes et des feuilles mortes qui brûlent je me souviens de lui ce jour-là. Il avait fait très chaud pendant des jours, une chaleur dure, dure, dure, et le vent soufflait fort, comme s'il était tout neuf et ne savait pas contrôler sa puissance de bête venant à peine de naître, et les flammes du monticule d'herbes et de feuilles sur la terre stérile ont atteint la milpa voisine. Mon père a brûlé les cultures du voisin, il s'est alors rendu compte que sa toux ne le laisserait pas longtemps en vie, son souffle est devenu plus court jusqu'à ce que la pneumonie finisse par l'éteindre comme la pluie éteint de très hautes flammes. Nous avions déjà vu un bœuf mourir après avoir mangé la récolte d'une milpa qui n'était pas la sienne, chez nous c'était un mauvais présage, et j'ai vu le visage épouvanté de mon père quand la terre du voisin a été consumée par le vent neuf comme une bête nouvellement née qui a poussé les langues de feu vers la milpa voisine, et même si mon père ne crachait pas encore de sang, il m'a dit, Feliciana, il me reste peu de jours et peu de nuits à vivre. Et tout à coup des oiseaux noirs sont apparus et se sont éloignés des langues de feu, ils volaient comme des gens terrifiés qui partent dans toutes les directions, certains là, d'autres là-bas, les oiseaux noirs se sont envolés en même temps et ils se sont rassemblés en hauteur en dessinant des formes toujours en mouvement, ils se resserraient dans le ciel comme si la chaleur du feu les retenait en une boule compacte, puis les langues de feu les dispersaient de nouveau et ils composaient des formes différentes, comme les nuages qui se modifient lorsque le vent est âpre, ils changeaient de forme et la boule noire d'oiseaux a rapetissé, elle s'est tassée à l'image d'un poing qui se ferme parce qu'ils s'écartaient du feu, à croire que les langues de feu les isolaient de la mort, ces oiseaux, pas de la leur mais de celle de mon père, la mort qui s'annonçait.

Cette nuit-là il s'est mis à cracher du sang, il a raconté à ma mère qu'il avait brûlé les cultures du voisin en mettant le feu au monticule d'herbes et de feuilles pour protéger notre milpa, et ma mère lui a dit, C'est un mauvais présage, Felisberto, mais la mort avait déjà pondu son œuf en lui, la maladie l'attendait déjà à la fin de ses jours et de ses nuits, les oiseaux noirs lui avaient montré la voie à suivre, l'incendie des cultures avait illuminé de ses flammes le sentier qui mène à Dieu. Avant que je devienne la fumée s'élevant du feu qu'avait été mon père en tant que curandero, il savait que ni les *brujos* ni les curanderos, ni les sages de la médecine ne pouvaient le guérir, si bien qu'il a profité du temps qui lui restait pour cheminer avec moi dans les montagnes et m'apprendre où poussaient les champignons et les herbes que lui, mon grand-père et mon arrière-grand-père ramassaient, de même que Paloma qui, encore petit garçon, débutait dans les cérémonies, et mon père m'a dit Feliciana, le Livre est ici, il n'a pas été à nous mais maintenant il est à toi. Il a ajouté, Un jour il t'apparaîtra. En ce temps-là je n'ai pas compris de quoi il me parlait. Ni lui, ni mon grand-père, ni mon arrière-grand-père, ni Paloma, ni ma mère, ni ma sœur Francisca, ni moi ne savions lire et écrire.

6

Avant que *Les Simpson* soient diffusés au Mexique, mon père était allé au Texas dans le cadre de son travail. Il avait rapporté un T-shirt avec Bart Simpson pour moi et un autre avec Lisa pour Leandra. Il nous avait dit qu'après avoir vu quelques chapitres de la série, il était persuadé qu'elle connaîtrait un succès fou. Vous pouvez me croire, avait-il ajouté. Quand nous avons regardé le premier épisode sur le petit téléviseur allumé en permanence dans la cuisine, nous étions pliés en deux. Telle est la seule prémonition que mon père a eue de toute sa vie. *Bart Simpson, mon guide de la vie* est le premier livre que j'ai lu avec plaisir dans une maison où personne ne s'intéressait à la lecture. À mes yeux les livres étaient ennuyeux, mais grâce à celui-ci j'en ai ouvert d'autres. En nous offrant les T-shirts, mon père nous avait dit que Bart le faisait penser à moi et Lisa à Leandra, pourtant lorsque nous avons découvert la série, nous avons compris sans le dire qu'il avait délibérément inversé les rôles.

Un week-end, nous l'avions accompagné pour acheter des pièces afin de réparer la voiture d'un ami qu'il comptait démonter et remonter. Il séparait les pièces, les ordonnait, les mélangeait pour les remettre en ordre, nous avions déjà vu plusieurs automobiles démantibulées dans le garage, à commencer par la sienne. Ce jour-là il était sorti de sa chambre en arborant un T-shirt avec Maggie Simpson, mais contrairement aux nôtres, en coton blanc avec leurs personnages imprimés au milieu, le sien avait une petite Maggie discrète brodée au niveau du torse. Nous lui avons demandé pourquoi il n'avait pas plutôt choisi Homer, il nous a répondu qu'il ne le trouvait pas très malin. En fin d'après-midi, sur le trajet du retour, il nous a fait chercher ses lunettes, qu'il avait sur le nez, et en arrivant nous nous sommes rendu compte qu'il avait oublié de prendre ses clés, si bien que ma mère a dû revenir de chez ma tante pour nous ouvrir. Je me souviens de Leandra disant que c'était notre moment Simpson. Plus tard, à dix-huit ans, quand j'ai commencé mes études, il m'a offert la Valiant 78, une épave qu'il avait entièrement démontée, remontée et retapée. Il avait mis un magnet du visage de Maggie Simpson sur le tableau de bord en métal. Les Simpson sont notre blason, m'a-t-il répondu quand je l'ai interrogé à ce sujet.

Les Simpson me font toujours rire. C'était notre série préférée, celle qui a contribué à notre éducation sentimentale. Quant au livre de Bart, il m'a réconciliée avec la lecture. Leandra et moi nous sommes souvent comparées aux Simpson dans certaines situations et une grande partie de nos références nous venaient d'eux. Quatre ans après la mort de mon père, j'ai vu avec Rogelio *Les Simpson, le film* à la télévision, une des rares activités que nous avons partagées en couple pendant les quelques mois où nous avons été ensemble, et même si j'ai trouvé ça très mauvais en comparaison de la série, j'ai été émue par les apparitions de Maggie parce que je me rappelais la tendresse que j'avais éprouvée en découvrant le magnet sur le tableau de bord de ma voiture. Ce jour-là mon père m'a beaucoup manqué, j'avais l'impression que cet aimant était un message codé que je mettrais du temps à déchiffrer, ce dont j'aurais été incapable si je n'avais pas rencontré Feliciana.

Mon père est mort un samedi, à 14 h 13, d'une crise cardiaque. Il avait quarante-cinq ans. En fait il a succombé à une deuxième attaque qui l'a foudroyé alors qu'il était déjà à l'hôpital où nous avions pu le transporter après la première. Ma mère est devenue veuve à quarante-trois ans. Elle avait une fille de seize ans qui préparait son baccalauréat à distance et une autre de dix-neuf ans qui commençait des études de journalisme. Elle travaillait dans les services administratifs d'une université pour faire face aux dépenses qu'auparavant elle et mon père se répartissaient. Leandra a accepté d'être l'assistante d'une dentiste et moi d'un chef d'édition, encouragée en partie par ma mère lorsque j'étais au lycée.

Mon père était peu bavard, il aimait se présenter comme un homme d'action. Nos coups de fil étaient brefs et d'ordre pratique alors que je pouvais passer une heure, voire deux, à parler de tout et de rien avec ma mère. Avec mon père c'était différent. Je ne me souviens pas d'être restée plus de dix minutes au téléphone en sa compagnie. Il dissimulait ses sentiments, ne souriait guère et, au lieu de pleurer, il clignait rapidement des paupières. Les rares fois où je le sentais vulnérable, il renversait la situation et finissait par se fâcher. Quand il se mettait en colère, il n'avait plus les idées claires et explosait. Il avançait des arguments absurdes qui l'amenaient à débiter des choses sans queue ni tête. Leandra et moi étions parfois effrayées, mais la plupart du temps ses propos étaient si décousus que, lorsque nous en discutions plus tard, dans les lits jumeaux de notre chambre, nous pouffions de rire en évoquant la façon dont il avait perdu le contrôle de lui-même. Jamais nous n'avons osé nous esclaffer devant lui quand il sortait de ses gonds. Il ne se maîtrisait plus et laissait éclater sa rage. Nous porter des marques d'affection lui coûtait, si bien qu'il nous témoignait le plus souvent son amour en nous offrant un cadeau ou en nous laissant un mot, à croire que ces simples gestes revêtaient une signification plus profonde. Mais communiquer sans l'aide de la parole est de l'ordre du possible et je n'ai jamais eu besoin d'avoir de plus longues conversations avec lui. Pourtant je n'ai pris la mesure du fardeau qu'il portait sur les épaules qu'à une date récente.

Ma mère est tout l'inverse de mon père. Elle est loquace et il n'est pas rare qu'elle engage de longues conversations dans la rue, dans une file d'attente ou ailleurs. Un jour une femme a appelé chez nous par erreur et elle l'a retenue plus d'une heure. C'était Rachel ! Elle s'est trompée de numéro mais on s'est vraiment bien entendues ! s'est-elle exclamée en raccrochant.

« C'était Rachel » est devenu par la suite le symbole de sa capacité à se lier avec des inconnus, un raccourci que ma sœur, mon père et moi utilisions en plaisantant pour résumer des situations similaires. Ce soir-là, lorsque mon père l'a entendue raconter sa vie à cette femme, il m'a dit que je n'avais pas besoin d'aller à la fac pour apprendre le journalisme : il me suffisait d'écouter ma mère.

Mon père et mon oncle, les seuls fils de mes grands-parents paternels, étaient en froid et avaient coupé les ponts. Je n'ai jamais su pourquoi au juste, mais un jour nos parents nous ont emmenées dans un McDonald's pour nous présenter nos cousines. Je me rappelle avoir été déconcertée en décelant une certaine ressemblance physique entre nous et ces trois filles qui avaient plus ou moins notre âge. Étonnée, j'avais étudié leurs gestes, leur façon de parler, leurs rires, comme si j'avais rejoint une meute à laquelle j'appartenais mais dont j'ignorais jusqu'alors l'existence. Leandra bavardait avec elles comme si elle les connaissait depuis toujours. Nous avons rencontré nos cousines quand mon père a repris contact avec mon oncle, de façon sporadique et sans qu'ils se lancent dans de grandes conversations, sa nature réservée prenant toujours le dessus.

Ma mère vient d'une famille de six enfants et, bien que sa plus jeune sœur soit sa préférée, sa meilleure amie, je ne l'imagine pas punir un proche en refusant de lui parler. Cependant sa cordialité est à double tranchant, comme le sont souvent les traits dominants d'une personnalité, de même que l'autre face du mutisme de mon père était son côté loyal et fiable, sans doute aussi une des grandes particularités de Manuel. L'aisance de ma mère en société s'est parfois révélée être une faiblesse pour notre famille, et je suis quasiment certaine qu'elle a beaucoup contribué à la crise que mes parents ont traversée dans notre enfance, qui s'est soldée par leur séparation temporaire.

Le jour où tout a commencé, ma mère devait aller travailler à l'université, mais il fallait auparavant qu'elle nous laisse devant l'école parce que nous avions raté le bus. Elle était pressée, il y avait des embouteillages.

Leandra avait eu une panne d'oreiller et pestait à l'idée d'aller en cours. À un feu rouge, toutes vitres baissées, notre mère s'est mise à bavarder avec le conducteur de la voiture voisine, qui lui a dit qu'il travaillait dans le quartier de notre école et que ça ne le dérangeait pas de nous y déposer. Elle pourrait ainsi se rendre à son travail, dans la direction opposée. Ma mère a ouvert une des portières arrière du véhicule de l'inconnu pour que nous y montions. Quand je lui ai raconté cette histoire, mon père s'est fichu en rogne. En y repensant, je crois que je serais incapable de confier Félix à un étranger. Par chance, le type ne nous a ni violées ni découpées en morceaux mais simplement interrogées sur notre travail scolaire. Leandra lui a récité de mémoire un texte qu'elle avait lu ; impressionné, il lui a demandé quelle matière elle aimait le plus. Ma sœur détestait l'école. Elle lui a néanmoins répondu qu'elle adorait la biologie avant d'étayer ses propos de tout un tas d'informations, tant et si bien que quiconque l'ayant écoutée l'aurait prise pour une élève modèle. Parvenu à la porte de notre établissement, l'homme est descendu. Les bras croisés et peut-être ravi d'avoir enrichi ses connaissances grâce au blabla de ma sœur, il a attendu que nous soyons entrées pour repartir.

Ce fut la goutte qui fit déborder le vase. Mes parents décidèrent de vivre chacun de leur côté. Notre père loua un petit appartement proche de l'endroit où il travaillait. Je me souviens que, quasiment dépourvu de meubles, c'était une vraie caisse de résonance, et sur le sol à moitié vide les rais de la lumière crépusculaire qui filtrait à travers les stores bleu marine me déprimaient. Le dimanche soir, quand mon père allumait le globe en papier blanc collé sur une structure métallique dont les cercles se projetaient eux aussi par terre, j'avais l'impression d'être dans un théâtre d'ombres m'indiquant que le week-end touchait à sa fin. J'aimais passer du temps avec mon père, mais quelque chose déraillait, et il me semble que toute mon angoisse se concentrait dans les jeux d'ombres du dimanche soir. Nos parents nous confièrent à nos grands-parents maternels. Ma tante, la benjamine de la fratrie, habitait encore avec eux. À l'époque, le côté pipelette de ma mère atteignit des sommets que Leandra et moi aurions préféré ne pas la voir franchir.

Lorsqu'elle passait nous voir après le travail ou qu'elle nous téléphonait, elle nous rapportait ses disputes avec notre père sans lésiner sur les détails. Nous ne comprenions guère ce qui leur arrivait. Ils avaient à peine plus de trente ans, mais leur relation avait explosé et ils vivaient un véritable désastre émotionnel. Certains aspects de notre caractère, à Leandra et à moi, s'étaient accentués : je me réfugiais de plus en plus dans l'introspection, ma sœur dans la contestation. Nous sommes restées une longue année chez nos grands-parents, une année qui nous a paru durer un siècle, chaque journée étant plus interminable que la précédente.

Je me rappelle qu'un vendredi, maman était restée dormir dans la chambre qu'elle et sa sœur avaient occupée dans leur enfance. Elle s'était glissée dans le lit qui avait été le sien. Je ne m'étais rendu compte de sa présence qu'en me réveillant le samedi matin : vêtue d'un peignoir transparent, elle cherchait un paquet de cigarettes dans son sac. J'ignorais si nous allions rentrer chez nous et s'ils se remettraient ensemble, tout était incertain, aggravé par la crise économique que traversait le pays et la dévaluation du peso. Les résultats scolaires de Leandra s'en ressentaient. En outre elle refusait de se laver, je me souviens que ma tante luttait contre cela et finissait par obtenir gain de cause. Ma sœur s'empiffrait de façon compulsive, elle se coupa toute seule les cheveux. Ma grand-mère l'emmena chez le coiffeur pour qu'il l'arrange un peu, mais ses cheveux étaient si courts que son visage avait l'air rond comme une galette. Je me souviens d'avoir songé que, si l'une de nous deux devait mal tourner, Leandra aurait pris de l'avance. Elle répondait à nos grands-parents et tourmentait notre tante à la moindre occasion. Inconsciemment, je redoublais d'efforts à l'école et avais de bonnes notes, espérant peut-être remédier ainsi à cette mauvaise passe et tempérer l'attitude de Leandra, à l'origine de nombreuses tensions. Je m'immergeais dans mes devoirs, moins par désir d'apprendre et de briller que pour passer inaperçue dans ce conflit. Ce fameux samedi, ma mère m'annonça que la veille, dans l'après-midi, on lui avait téléphoné de l'école pour nous convoquer, car je terminais mon travail en un rien de temps, que j'avais le meilleur niveau de la classe, et patati et patata. Et qu'est-ce que tu leur as dit ? lui demandai-je. Que je n'en attendais pas moins de toi, me répondit-elle, enveloppée dans son peignoir vaporeux. Cette phrase m'a longtemps poursuivie. Je ne comprenais pas qu'en plein drame elle puisse ne pas en attendre moins de ma part. Qu'entendait-elle par là ? Je crois que je n'ai saisi le sens de ses paroles que lorsque j'ai commencé à étudier le journalisme.

J'ai sauté une année et me suis retrouvée avec des élèves plus âgés. Mes devoirs expédiés, je lisais un ou deux livres par semaine. Quand elle me voyait plongée dans la lecture, Leandra cerclait ses yeux de ses doigts pour mimer des lunettes, et faisait une tête d'enterrement. Mes grands-parents possédaient une collection de *National Geographic* et de *Reader's Digest* ainsi que des livres pour enfants que mon grand-père avait achetés dans les années 1970 pour sa progéniture. Je parcourus peu à peu la totalité des titres au fil de mes soirées. Leandra feuilletait les vieux exemplaires du *National Geographic* aux toilettes, s'érigeait contre la lecture et estimait que l'école était une perte de temps.

Puis nos parents étaient venus nous chercher. Nous n'avons jamais su si notre père avait eu une aventure, si notre mère avait fréquenté un autre homme et s'ils avaient failli divorcer, toujours est-il que nous étions de nouveau tous les quatre dans la voiture qui nous ramenait à la maison. Nous nous sommes arrêtés dans un drugstore, une pause invraisemblable, à croire qu'il ne s'était rien passé, et ils nous ont demandé ce que nous désirions. Nos parents étaient partis ensemble, main dans la main, et nous en avions déduit aussitôt qu'ils s'étaient rabibochés. Je me souviens de Leandra me disant, Tu as pigé quelque chose à cette histoire, toi ?

Que ma mère soit une bavarde a un côté chaleureux : elle peut discuter avec n'importe qui et s'attirer des confidences. Mais cela comporte aussi un aspect glaçant, et je me sentais parfois démunie, convaincue qu'elle allait dévoiler ma vie ou les secrets que je lui avais révélés. Ce fut le cas lorsque j'eus mes règles, un samedi où je l'avais accompagnée à l'université. Ce jour-là, j'avais la certitude qu'à tout moment elle serait capable de divulguer au premier venu ce qui m'était arrivé et que j'avais vécu comme un drame. En plus de la montée d'hormones qui me tombait dessus, j'avais découvert une immense tache marron au fond de ma culotte blanche. On m'avait toujours dit que les règles étaient rouges. Pensant que quelque chose n'allait pas, terrorisée, je lui en ai parlé malgré la honte qui me submergeait. Pour moi aussi, la tache était marron ! a-t-elle crié à une de ses collègues. J'étais furieuse.

En homme discret, mon père était quelqu'un sur qui on pouvait compter. Ce que je lui disais ne risquait pas d'être répété, je l'avais constaté les rares fois où je lui avais demandé de garder le silence, de ne pas toucher mot à ma mère de tel ou tel fait. Voyant qu'elle n'en parlait pas, je savais qu'il avait tenu parole. Ta mère se sent obligée de tout raconter, soupirait-il.

Il avait raison : ma mère est franche et directe. Quand elle me laisse un message vocal, elle détaille tout ce qui se passe autour d'elle. Pour commander un Uber, elle répète à voix haute le prénom du chauffeur, le numéro d'immatriculation du véhicule et le temps qu'il faudra patienter. Elle ne garde rien pour elle. Mon père était à l'inverse muet comme les pierres et Leandra et moi nous reposions sur lui. Il aimait prendre des photos, avait un appareil argentique et stockait toutes ses images, essentiellement des paysages, des fleurs, des arbres, des immeubles et des monuments. Il réalisait peu de portraits, comme si pour lui les visages et les gens étaient directement associés aux mots, à la parole explicite. Ses clichés reflétaient sa personnalité. M'offrir la Valiant 78 était sa façon de me dire qu'il m'appuyait dans ma décision de faire du journalisme parce que j'aimais ça, et que sa passion à lui consistait à restaurer des voitures.

Déceler ses marques d'affection s'apparentait à résoudre une équation mathématique. La mécanique et la photographie étaient des occupations silencieuses. Quand mon père était content, il ne demandait pas à trois ou quatre personnes de se regrouper pour prendre la pose ; il préférait se concentrer sur une corbeille de fruits, un arbre, un coin de rue, et son regard se dirigeait vers ce qui n'était pas susceptible de raconter une histoire. En me donnant la Valiant, il m'a offert un cadeau qui ne relatait rien mais représentait ce qu'il aimait faire : monter et démonter des objets pour les réassembler. Cette voiture était donc une manière détournée de m'apporter son soutien. Il ne l'avait pas exprimé par des mots. Il savait que je savais. Je n'ai compris l'origine de notre complicité qu'après trois cérémonies avec Feliciana. Et j'ai aussi pris conscience que j'avais des choses à régler le concernant.

7

Ma mère est devenue veuve avant ses vingt ans, je crois, et comme elle avait deux filles, que mon grand-père Cosme et ma grand-mère Paz étaient pauvres, elle a voulu qu'on soit tous réunis pour qu'on s'en sorte mieux. Nous avons donc quitté San Juan de los Lagos pour aller à San Felipe, où ils habitaient. Elle nous disait qu'en nous y mettant tous, nous ferions de meilleures récoltes. Cosme n'était pas vieux, il avait autant d'énergie que Paz, ils entretenaient la milpa et semaient, et à notre arrivée les caféiers, les citrouilles et les chayotes commençaient à sortir de terre, à côté du maïs et des haricots déjà grands, destinés à être vendus sur le marché. J'y allais avec ma sœur Francisca et parfois je m'approchais de l'église avec mon grand-père, que les habitants respectaient parce qu'il traitait bien les gens et les regardait droit dans les yeux, d'où la considération qu'ils lui témoignaient. En plus de leur propre milpa, Cosme et Paz s'occupaient de celle du Père, que le propriétaire d'une hacienda lui avait donnée par charité. Le Père avait ses propres récoltes qu'il réservait aux bonnes œuvres, mais il nous achetait toujours les légumes qu'on lui apportait, peu importe lesquels, pour la cantine de l'église.

Ma sœur et moi on se levait avant que le soleil ne sorte de sa montagne, on aidait aux récoltes et à la cuisine, on prenait du café et on s'alimentait de haricots, de tortillas et aussi de piments. À cette époque, mon grand-père Cosme a eu l'idée d'élever des vers à soie dans la maison où nous vivions tous les cinq, on lui en avait parlé sur le marché et il en avait acheté quelques-uns pour une poignée de pièces. Il était rentré avec trois ou quatre vers déjà grands comme des doigts et des œufs de ces bombyx. Nous, on dormait par terre, sur des nattes, tout habillées, on ne connaissait pas encore la soie, mais le Père avait des soutanes qu'il resserrait avec des ceintures en tissu pourpre et rouge qui pendaient, mon grand-père m'a emmenée les voir avec le Père, en plus d'autres vêtements pour la célébration de la messe, certains en soie, d'autres brodés de fils de soie. Mon grand-père s'est donc intéressé à la fabrication de la soie pour en vendre au Père, aux propriétaires terriens et à toutes les personnes qui aimaient le luxe qu'on peut se procurer quand on a de l'argent, alors j'ai commencé à faire de la soie chez nous.

Il faut quatre saisons pour que les vers poussent, les papillons pondaient leurs œufs sur nos nattes, et deux saisons plus tard les chenilles naissaient. Dès qu'elles s'extirpaient des œufs, on leur donnait des feuilles de mûrier qu'elles dévoraient en faisant des bruits pareils à ceux des *huaraches*, nos sandales, sur un tapis de feuilles mortes. Les vers mâchent tellement fort qu'on se demande comment des êtres aussi petits que des doigts d'enfant peuvent faire autant de raffut que des soldats marchant sur les feuilles sèches, mais c'était pourtant vrai, ils mâchaient sans jamais s'arrêter, ces satanés doigts de bébé, un sacré boucan, et quand ils avaient atteint une bonne taille on les séparait des plus chétifs pour qu'ils ne se dévorent pas entre eux, parce qu'on est ainsi faits, les vers comme les gens : si on laisse une machette à trois hommes, ils se débrouillent pour s'entre-tuer sans que l'on comprenne comment ils ont pu tous mourir. Les vers sont pareils aux hommes, si on les laisse seuls ils se massacrent entre eux, et savoir de quelle façon a fini celui qui a tué les deux autres est inutile, parce que les gens et les vers aiment se taper dessus jusqu'à ce que mort s'ensuive. Les chenilles adultes sont grosses comme les doigts dodus d'hommes bien nourris. Dès qu'elles se mettent à baver, c'est le moment de les faire grimper sur des rameaux bien secs pour qu'elles filent leurs cocons en soie. Le soir, mon grand-père Cosme et moi on nettoyait la soie qu'ils avaient tissée et on buvait le café qu'on avait récolté, puis on vendait notre soie au Père et à une famille riche qui était très proche de lui. On tissait nous-mêmes les fils, ma grand-mère les teignait dans des pots remplis d'indigo, de cochenille, d'écorces d'arbres et de fleurs de la montagne. On vendait aussi le fil de couleur naturelle, et le bruit a couru que notre soie était belle, on la vendait à d'autres familles qui fréquentaient toutes l'église. Je ne me rappelle plus trop ce que faisait Paloma en ce temps-là, Paloma qui s'appelait encore Gaspar, mais elle était comme ces buissons, là-bas : en arrière-plan. Si je vous dis que je l'ai vue sur le marché, que mon grand-père et moi on l'a croisée un jour, quand on y est allés, je ne me rappelle plus quand, elle était encore habillée en garçon, mais mon grand-père m'a dit, Il marche comme si on lui arrachait des plumes. C'est lui qui l'a surnommée l'Oiseau alors qu'elle était encore Gaspar. Par la suite, tous ceux qui n'aimaient pas les muxes ont continué de la traiter d'Oiseau.

Nous portions des vêtements cousus par ma grand-mère Paz, en coton léger pour les grandes chaleurs, en laine dès qu'il faisait froid. Ma mère y brodait des motifs avec de nombreux fils. Plus nous grandissions et plus nous avions de travail, Francisca et moi, mais on portait toujours les mêmes habits, on nous les arrangeait sans les changer. À San Felipe, les enfants s'habillent comme les adultes parce qu'ils se mettent à la tâche dès qu'ils savent marcher, qu'ils tiennent sur leurs jambes, comme les petits veaux qui naissent ainsi, car les enfants naissent eux aussi pour travailler la terre. Quand je regarde les enfants qui viennent ici, souvent amenés par des personnes vivant à l'étranger, je constate qu'ils s'amusent avec des jouets et des gadgets.

Avec l'argent que nous tirions de la soie vendue aux propriétaires terriens qui vivaient aux abords de San Felipe, mon grand-père Cosme et moi on s'achetait des agneaux et des poules, et il m'envoyait garder les animaux dans les contreforts des montagnes avec Francisca, entre San Juan de los Lagos et San Felipe, là où j'avais marché avec mon père avant qu'il meure, avant que l'incendie nous annonce que sa respiration se resserrait, comme les oiseaux noirs se resserrant à l'image d'un poing pour lui dire qu'il ne lui restait plus de jours ni de nuits, cette poignée d'oiseaux noirs qui se regroupaient pour se disperser ensuite dans le ciel bleu qui disait à mon père, Ton souffle va écourter ta vie. C'est cette montagne, celle-là, celle qu'on voit là-bas, oui, qu'on va célébrer dimanche prochain, d'ailleurs j'ai déjà les bougies roses qu'on fait brûler à cette fête. Cette montagne entre San Juan de los Lagos et San Felipe, eh bien, pour moi c'est mon père, c'est là que poussent les champignons qui m'ont appris le Langage, qui m'ont appris que je suis capable de Le voir dans les eaux profondes, car Dieu a voulu qu'il en soit ainsi. Mon grand-père Cosme nous y envoyait garder les bêtes, chercher des rameaux bien ronds et bien longs pour y installer les vers à soie, et des branches sèches pour entretenir le feu sur lequel ma grand-mère Paz préparait à manger. Francisca et moi gardions les premiers agneaux que nous avions achetés avec l'argent de la soie jusqu'à ce qu'ils soient assez grands pour être vendus et qu'on en achète d'autres, alors petit à petit on a fini par avoir un troupeau.

Francisca et moi on ne chômait pas, on ne jouait pas comme les enfants d'aujourd'hui, comme vous me dites l'avoir fait avec votre sœur Leandra. Pourtant un jour j'ai fabriqué une poupée de chiffon avec les chutes de coton et de laine de ma grand-mère, puis Francisca a tricoté un petit châle avec les fils qui restaient des teintures, et on a baptisé notre poupée María avant de jouer avec elle. Un soir, avec une de nos amies, une petite fille dans notre genre, on parlait de María comme si c'était un membre de la famille, mais mon grand-père nous a vues, et quand il s'est rendu compte que c'était une poupée, il nous a grondées en disant que dans cette famille personne n'avait jamais eu le temps de jouer. Il a arraché le châle fait de résidus de fils et il a ajouté, Tout le monde travaille dans cette maison. Feliciana, Francisca, sachez que les fainéants et les paresseux sont comme les morts, ils causent des souffrances sans même en avoir conscience, les saligauds, alors vous deux, retournez travailler, je ne veux plus entendre de Tola par-ci, Tola par-là. La poupée s'appelait María et pas Tola, et mon grand-père avait une excellente mémoire des noms, il regardait les gens droit dans les yeux et on le respectait pour ça, parce qu'il se souvenait de ce qu'ils s'étaient raconté la dernière fois qu'ils s'étaient vus et il leur en reparlait quand il les retrouvait sur le marché. C'est la première fois que je l'ai entendu modifier un prénom pour nous blesser, car oublier c'est blesser.

Dans notre ville les enfants font ce qu'ils veulent tant qu'ils ne marchent pas, mais dès l'instant où ils tiennent sur leurs jambes comme les petits veaux, ils doivent travailler. Je me rappelle que ma sœur Francisca et moi on s'amusait à mettre de la paille sur le dos d'un chien qui traînait par là, près des semis, on lui lançait une touffe de paille sur le dos quand on l'apercevait et qu'il s'approchait de nous, et il se promenait avec jusqu'à ce qu'elle tombe ou que le vent la fasse tomber, on jouait à ça, à voir jusqu'où allait le chien, la paille prise dans ses poils, et on éclatait de rire toutes les deux, mais mon grand-père n'appréciait pas. Le jour où il nous a surprises avec la poupée, il nous a dit, Feliciana, Francisca, on vous traite comme tout le monde, ici on travaille tous pour manger, et si je peux vous apprendre quelque chose, c'est de respecter le travail. Il nous a confisqué la poupée de chiffon qu'on avait baptisée María et qu'il appelait Tola, du prénom d'une femme qu'il ne supportait pas, et il a jeté le châle en soie de Francisca dans le feu sur lequel on faisait la cuisine. Une grande flamme verte est montée en pénétrant dans mes entrailles, parce que j'ai bien vu la tête que faisait ma sœur, et il a gardé la poupée María renommée Tola et il m'a dit, Feliciana, c'est toi qui as fabriqué cette poupée. Il l'a gardée longtemps, il ne l'a pas jetée, plus tard j'ai compris pourquoi.

Il l'a ressortie longtemps après. Un jour, ma grand-mère Paz est tombée malade et c'est à ce moment-là que j'ai revu Paloma, toujours prénommée Gaspar. Du côté de mon père, tous les hommes avaient hérité du don des curanderos, alors ma mère est allée chercher Gaspar, le plus jeune cousin de mon père, qui était encore presque un petit poulain et le seul encore en vie de cette famille de guérisseurs qu'on venait consulter depuis San Felipe et les localités environnantes. Gaspar débutait avec le Langage. Quand il a été muxe, il est devenu Paloma, mais à l'époque il était curandero et on se déplaçait pour lui, parce que les hommes de notre famille avaient bonne réputation. Mon grand-père l'avait initié, puis il avait aidé mon père. L'autre grand-père le jugeait durement, il disait que Gaspar marchait comme si on lui arrachait des plumes, c'est pourquoi il le traitait d'Oiseau quand il était un garçon. Il donnait ce sobriquet à toutes les muxes qui ne s'habillaient pas en muxes, les hommes qui fréquentaient d'autres hommes une fois la nuit tombée, et qui se déplaçaient comme des volatiles qu'on déplume. Certains ont continué à l'appeler ainsi, mais elle les corrigeait. Moi c'est Paloma, chéri, parce que je suis une colombe et que c'est moi qui aime les petits oiseaux. Un jour, j'ai demandé à mon grand-père Cosme pourquoi il lui avait donné ce surnom. Feliciana, il y a des hommes qui aiment retrouver d'autres hommes sur la place, l'Oiseau est encore jeune mais il aime les garçons dans son genre. Il m'a expliqué que les muxes étaient aussi sèches que les terrains au-delà de la montagne, où rien ne poussait, pas même des buissons. Des trombes d'eau auraient pu y tomber, on aurait pu les brûler pour y planter des graines, ça n'aurait rien donné car cette terre était maudite. C'est pour ça que les muxes n'avaient jamais d'enfants. Et c'est tant mieux, disait-il, car on ne veut pas de cette engeance-là. Longtemps après j'ai découvert au cours de mes cérémonies l'existence de femmes qui rejoignaient d'autres femmes la nuit, j'ai également vu une muxe avec un corps de femme et j'ai compris que les Oiseaux de mon grand-père tombaient amoureux comme n'importe qui d'autre, qu'ils avaient des passions pareilles à celles du commun des mortels, mais Cosme n'était pas un sorcier, il avait grandi en croyant que les muxes n'étaient pas du même bois que lui. En accomplissant mes rituels, j'ai constaté que les gens aiment, tombent amoureux, ont des penchants et souffrent, peu importe qu'ils soient hommes ou femmes, c'est ce que le Langage nous permet d'entrevoir : nous sommes égaux en amour, égaux quand il fait nuit, tous égaux sous le soleil, pour reprendre ce qu'on nous dit à la messe, égaux sous le Langage qui nous place tous au même niveau.

Une rumeur circulait, comme quoi Gaspar aimait les garçons car on avait jeté un sort à sa mère quand elle était enceinte de lui, et que le mauvais œil lui ferait mettre au monde un enfant qui aimerait les hommes avec de grands yeux aussi noirs que les siens, des yeux noirs comme la nuit, et qu'il aimerait passer ses nuits en compagnie de ces hommes. Il était fils unique et on racontait que Dieu avait puni sa mère pour n'avoir eu qu'un seul enfant, contrairement à sa sœur, qui en avait une ribambelle.

La première fois que je l'ai vu quand il était encore un garçon, Gaspar avait un visage magnifique. Il a toujours eu une peau de bébé, et pendant cette cérémonie, j'ai remarqué qu'il n'avait pas de poils sous les bras ni sur les jambes ni nulle part ailleurs. Sa peau avait la douceur de sa voix et une cicatrice traversait son sourcil gauche, comme s'il avait fait une grosse chute. Je n'avais pas encore eu mes lunes quand ma mère a amené Gaspar à la maison. Il portait un paquet enveloppé de feuilles de bananier dont il prenait soin comme d'un trésor. J'ai eu mes règles quelques jours plus tard, et je me rappelle avoir pensé qu'assister à la cérémonie m'avait propulsée du côté des femmes en laissant Francisca derrière moi.

Gaspar avait apporté de quoi guérir ma grand-mère, qui avait les yeux renfoncés, de grands cernes violets et la peau d'un blanc de chaux. Lorsqu'il a écarté les feuilles de bananier, j'ai aperçu un autre emballage, en coton cette fois, mais je n'ai pas pu en distinguer davantage, car Gaspar a vu que je l'observais et il m'a rabrouée. Il était fâché, mais même en colère, il restait doux comme un galet au fond d'une rivière, dont les aspérités ont été gommées par le passage de l'eau, et il m'a dit que si je découvrais ce qui se cachait sous l'enveloppe, il ne serait pas en mesure de soulager ma grand-mère, de sorte que je me suis écartée, mais ma curiosité l'a emporté et, de là où je me tenais, je ne le quittais pas du regard et je plissais les yeux. Si quelqu'un s'approchait, il me croirait endormie, et ceux qui étaient plus loin le croiraient eux aussi. J'ai ainsi pu voir ce que Gaspar a fait de ce paquet entouré de coton et de feuilles de bananier : il a allumé des bougies en cire d'abeille et a tendu le contenu du paquet à ma grand-mère mal en point. Puis il s'est mis torse nu, il avait un corps admirable, des gestes d'une délicatesse que je n'avais jamais vue chez qui que ce soit. Jamais, ni chez nous ni dans notre ville je n'avais rencontré quelqu'un qui bougeait avec autant de grâce, surtout pas ma grand-mère Paz ou ma mère, qui travaillaient la terre, maniaient des tissus, préparaient à manger et ne touchaient aucun corps sain ou malade avec autant de chaleur, de douceur, de tendresse ou toutes ces particularités réunies. Il a caressé le tissu en coton et il a ensuite disposé les champignons – j'ai su par la suite qu'il s'agissait de champignons – deux par deux avant de commencer à chanter. Il avait une voix d'adolescent qu'il rendait encore plus flûtée en chantant ou qui s'était déjà feutrée toute seule, et l'expression de son beau visage nous permettait de comprendre qu'il confiait à ma grand-mère quelque chose qu'il avait entouré d'attentions, comme on le fait pour les premières fleurs du printemps. Gaspar veillait ainsi sur les mots du Langage. Le sens de ce qu'il disait m'échappait mais c'était harmonieux, sa voix ressemblait à ces recoins où on aime aller se réfugier quand le soleil de l'après-midi cogne et qu'on désire se mettre à l'écart pour continuer ses activités dans un endroit frais. Des années après, j'ai compris que Gaspar avait accompli une cérémonie en tirant de son paquet des champignons destinés à soigner ma grand-mère, que Felisberto, mon père, m'en avait déjà montré de pareils sans m'expliquer à quoi ils servaient, il m'avait juste dit leurs noms et comment les choisir. Le Livre est là, Feliciana, et il t'appartient, avait-il précisé sans que je sache de quoi il parlait. J'avais donc déjà vu ces champignons dans la montagne, entre San Juan de los Lagos et San Felipe, là où je gardais les agneaux avec ma sœur Francisca.

Le soir du rituel de guérison de ma grand-mère, j'ai fermé les yeux, fait semblant de dormir en essayant de comprendre ce que chantait Gaspar, et j'ai saisi le sens de certains mots. Il mentionnait d'une voix douce les étoiles, les nuages, la puissance de l'air, un puis deux tourbillons qui en formaient un autre, plus grand et plus fort, les vents qui faiblissaient, les étoiles blanches dans la nuit noire, il disait à ma grand-mère, Tu es l'étoile blanche de la nuit noire, je suis un homme et une femme, un saint et une sainte, je suis l'étoile blanche de la nuit noire qui vient éclairer les ténèbres. C'est la première fois que j'ai voyagé. Je suis partie de la maison où nous vivions grâce à sa belle voix, car elle était belle, il apportait de la beauté au Langage. C'était la première fois que j'étais libre, Gaspar et ses chants adolescents m'avaient délivrée, j'ai pu faire ce que je voulais parce que sa voix me le permettait. Plus je l'entendais et plus j'avais envie de m'y abriter, tels étaient les effets de son utilisation du Langage, qui procure un refuge. Francisca dormait profondément, mais moi je ne voulais pas perdre ce que la fin de son chant nous réservait. À l'aube, peu avant que le soleil sorte de sa montagne, Gaspar s'est emparé d'une chose à l'aspect terreux, il l'a frottée et de la poussière blanche s'en est élevée, comme sortie du ventre de l'animal qu'il avait transporté sur son épaule. Il a posé ces grains sur la poitrine de ma grand-mère, celles de ma mère et de mon grand-père Cosme, qui n'avaient pas mangé de champignons, et il en a frotté leur peau pour les faire pénétrer. Il a ensuite fait pareil sur son torse. Le soleil montait dans le ciel quand ma grand-mère s'est mise debout, apparemment en forme. Gaspar l'encourageait. On sait qu'un simple souffle peut envoyer les grands malades dans la tombe, que la mort est portée par les vents forts et pond facilement son œuf. Ce premier souffle a ramené ma grand-mère à la vie, elle a repris des forces cette nuit-là, grâce à ce que Gaspar lui a fait ingurgiter et grâce à son onguent. Elle était restée des jours sans pouvoir se lever, jusqu'à ce qu'il la caresse avec sa voix et le Langage. Il lui a dit que la cérémonie était terminée et qu'elle allait mieux, ça s'est passé comme ça.

Quelques jours se sont écoulés et je suis devenue une jeune fille puisque j'ai eu mes lunes. Avec Francisca, nous gardions les agneaux et les chèvres sous un arbre quand j'ai vu plusieurs champignons identiques à ceux que m'avait montrés mon père avant de mourir. Mes grands-parents parlaient de ces végétaux avec beaucoup de respect, pourtant aucun de leurs ancêtres n'avait été curandero. Ma mère vénérait les chamanes de la famille de mon père, elle les avait connus, elle savait ce qu'ils avaient fait et savait qu'ils étaient aimés de tous. Ma grand-mère s'étant remise de sa maladie après la cérémonie de

Gaspar, j'ai pris conscience des pouvoirs bénéfiques des champignons au point de vouloir en manger. J'ai alors découvert que mon grand-père avait gardé María, ma poupée qu'il appelait Tola, car elle était parmi les objets que Gaspar avait disposés autour de ma grand-mère. Il a regardé Cosme, puis la poupée que j'avais baptisée María, et il a dit, Cette fille appartient au Livre. Sur le moment je n'ai pas compris la signification de ces mots.

J'avais dix ou treize ans et je venais d'avoir mes premières lunes quand j'ai goûté un champignon avec ma sœur Francisca, qui était encore une enfant, mais plus pour longtemps. On était assises à l'ombre de l'arbre et on surveillait le troupeau. Je me souviens parfaitement que cette fois-là le champignon nous a fait oublier notre faim et a égayé notre journée. Par la suite, lorsqu'on avait l'estomac dans les talons et que les repas servis pour cinq ne nous rassasiaient pas, on allait dans la montagne avec les agneaux et les chèvres, on se partageait un champignon et on était repues.

Un jour mon grand-père Cosme s'est approché de l'arbre et il nous a découvertes, Francisca et moi, mortes de rire devant le troupeau, c'était une vraie fête, impossible de nous arrêter. Il n'aimait pas les rires, il nous disait, Quand je souris, regardez-moi bien parce que ça n'arrive que quand il neige sur San Felipe. Il ne neigeait jamais sur notre ville, il ne tombait que des peines et de la grêle, et nos rires en cascade ne nous empêchaient pas d'être inquiètes à l'idée qu'il se fâche, que sa colère éclate, mais rien ne pouvait les stopper, ils étaient comme des pierres qui roulent sans que personne ne soit en mesure de mettre fin à leur course. S'il nous réprimandait, nos rires redoubleraient peut-être, rien ne pouvait entraver leur cavalcade. Cosme était très sérieux et son air grave m'a émue, je crois qu'il s'en est aperçu, et nos rires se sont propagés à lui, qui s'est esclaffé en comprenant que Francisca et moi avions mangé un champignon. Au lieu de nous gronder, il nous a ramenées à la maison et n'a touché mot de cette histoire ni à notre mère ni à notre grand-mère.

Dès qu'il a plu je suis retournée avec Francisca dans la montagne entre San Juan de los Lagos et San Felipe, et nous avons de nouveau consommé des champignons, un pour elle et un pour moi. Elle était devenue une femme pendant les pluies, je me rappelle qu'elle m'a dit, Feliciana, j'ai eu mes lunes. Quant à moi, j'ai eu ma première vision, encore très nette dans ma mémoire : un vent violent soufflait et fouettait les feuilles et les branches des arbres, et au milieu j'ai distingué mon père, Felisberto, qui ne m'avait pas quittée avant que j'apprenne à parler. Je sentais son amour, il était là, avec moi, vivant. Il m'observait, bien habillé, c'était un plaisir de le savoir aussi élégant et en forme, il m'a dit que

Francisca et moi étions entre de bonnes mains, que je devais prier Dieu et le remercier pour les grandes choses qu'Il me réservait. Il m'a également demandé de veiller sur Francisca, qui serait toujours à mes côtés, et j'ai promis de le faire. Il m'a dit, Feliciana, le Livre t'appartient. Ni moi ni aucun de mes ancêtres n'avons jamais su lire et écrire. J'ai trouvé ça étrange : il a prononcé dans ma vision les mêmes mots que ceux qu'il m'avait dits de son vivant, ceux que j'ai également entendus de la bouche de Gaspar qui n'était pas encore Paloma quand il s'est adressé à mon grand-père en découvrant María, ma poupée. Cette fille porte le Langage en elle, le Livre lui appartient. Je ne comprenais toujours pas ce que cela signifiait.

De retour de la vision, j'ai raconté à ma sœur que j'avais vu notre père et lui ai répété ce qu'il m'avait dit. Elle a voulu savoir comment il allait, je lui ai répondu que toutes les deux, on lui ressemblait plus qu'à notre mère, surtout elle. Elle était contente. J'étais sur la voie, je le sentais mais j'ignorais comment poursuivre. Mon père a été le premier à me l'annoncer, mais j'étais bloquée, bien trop jeune pour connaître la marche à suivre. Paloma était encore Gaspar lorsqu'elle est venue me trouver. Feliciana, passe me voir un de ces jours pour que je t'apprenne à aborder le Langage et le Livre. Tu sauras ainsi qu'il t'appartient. S'agit-il de la Bible ? Non Feliciana.

Dans ma vision, pour me prouver que je n'avais pas affaire à un esprit et que je n'étais pas en train de rêver, mon père m'a indiqué ce que je devais dire à Cosme. Je compte m'engager sur la voie de Felisberto, celle de mon grand-père et de mon arrière-grand-père, qui étaient curanderos. Cosme croisera les bras sur sa poitrine et te répondra que c'est un métier d'hommes. Mais quand une fleur naît fleur, il n'y a pas moyen de la transformer en buisson, même si on en a envie. C'est ce que je souhaitais te dire et c'est ce que tu lui diras, Feliciana, ce que tu lui prouveras à lui et à tous les autres. Tu te garderas de dire, Je veux emprunter le chemin qui est le mien parce que c'était celui de mon père, de mon grand-père et de mon arrière-grand-père. Tu leur diras, Ce chemin est le mien parce que je suis Feliciana.

J'ai su ainsi que telle était ma voie et je l'ai vue tracée en mon nom. Je l'ai vue et sentie à un très jeune âge. Je ne parle ni espagnol, ni anglais, ni allemand, ni français, ni aucune des langues pratiquées par les gens qui viennent me consulter, j'en suis incapable. Je suis apparue dans des films, on a parlé de moi dans les journaux, on m'envoie des livres, des disques et tout ce que créent les artistes, ils me l'envoient et je leur dis merci, mais peu m'importe d'être la première, je me moque d'être célèbre, ça ne m'intéresse pas, même si je leur en suis reconnaissante. Je fais ce que je fais parce que je suis mon chemin, et si on me voit dans des films et sur des photographies, si on lit mon nom dans la presse, c'est parce que c'était inscrit sur mon chemin. Pourtant je ne l'ai jamais cherché. À ceux qui me parlent dans d'autres langues je ne peux répondre que dans la mienne, pas question que je la tue avec une autre. Je ne parle pas le langage du gouvernement, et c'est pourquoi on fait venir des interprètes, pour qu'ils traduisent mes paroles aux gens, comme pour vous : ce que je vous raconte arrive à vos oreilles dans une autre langue, pas dans la mienne. Cela me paraît bien, car même deux personnes ayant la même langue peuvent ne pas se comprendre, la première entend quelque chose et la seconde une autre, voilà pourquoi le Langage est aussi grand, aussi vaste que le présent. Des années après l'apparition de mon père et bien après la naissance d'Aniceta, Apolonia et Aparicio, mes trois enfants, après la mort de Nicanor, mon mari, je me suis engagée sur le sentier pour guérir les blessures du corps et de l'esprit, et j'ai annoncé à mon grand-père Cosme que telle était ma voie. Le chemin de Dieu m'appartient, je dois soigner les gens et leur révéler leurs eaux profondes. C'est un métier d'homme, a-t-il riposté en croisant les bras, comme l'avait prédit mon père, et suivant ses conseils j'ai continué, sachant qu'il fallait que je leur prouve, à lui et à tous les autres, que j'étais digne de ce travail. Il m'avait dit, Prouve qu'en étant une femme tu es sur un chemin d'hommes et qu'on t'a donné quelque chose qui ne leur a jamais été donné, non parce qu'ils sont des hommes mais parce que tu es toi. Tel était le Livre dont mon père m'avait parlé avant de mourir, celui qui appartient à la petite, avait souligné Paloma. Mais ce Livre ne m'était toujours pas apparu.

8

Ma mère avait quitté sa famille à seize ans. Elle s'entendait bien avec ses frères et sœurs, mais les relations avec ses parents étaient plus tendues, elle voulait mener une vie différente de celle qu'ils envisageaient pour elle. La situation s'était compliquée lorsque, à l'adolescence, elle avait compris que le seul moyen de réaliser ses rêves – faire des études et travailler – était de partir. Mes grands-parents avaient eu six enfants dont deux filles, ma mère et ma tante, la benjamine de la fratrie et sa cadette de neuf ans. À seize ans, ma mère subissait les pressions de ses parents, qui voulaient qu'elle se marie, car dans leur milieu il était inconcevable qu'une femme aille à la fac et exerce une profession, si bien que pour faire l'un ou l'autre, elle dut se passer de leur consentement. Tous deux condamnèrent sa décision, mais adoucirent leur position après son départ et un chantage impitoyable exercé par ma grand-mère. Claquer la porte fut déterminant dans sa manière d'appréhender le monde et, plus tard, de nous éduquer, Leandra et moi. Elle paya ses études en acceptant un poste de vendeuse dans un magasin de vêtements – elle m'a montré l'endroit où se situait la boutique, désormais remplacée par un parking. Elle se déplaçait à bicyclette et son salaire lui permettait de louer une chambre dans un appartement qu'elle partageait avec d'autres étudiants, parmi lesquels mon oncle, le frère de mon père. C'est comme ça qu'ils s'étaient rencontrés.

Pendant les quelques mois que nous avons passés chez nos grands-parents, Leandra est devenue boulimique et s'est totalement désintéressée de l'école. En classe, elle tuait le temps en crayonnant sur ses cahiers, n'était là que pour chauffer sa chaise. Elle s'ennuyait mais gardait la tête hors de l'eau parce qu'elle était intelligente et savait se débrouiller. On l'a renvoyée de cette première école parce qu'elle avait de mauvaises notes en comportement ; plus tard, à compter de ses onze ans, son esprit contestataire était plus marqué que celui des élèves de son âge. Elle avait trois ans de moins que moi, mais une longueur d'avance en tout. J'ai eu par exemple mes règles bien après mes camarades, d'une part parce que j'avais sauté une classe, de l'autre parce que je m'étais en quelque sorte synchronisée avec Leandra, qui en revanche a été la première de sa classe à être réglée.

Ma grand-mère maternelle était une fervente catholique. Quand nous habitions chez elle, nous allions à l'église. Honteuse du côté rebelle de Leandra, elle lui faisait souvent des remarques sur ses cheveux courts, la traitait de garçon manqué. Ma sœur lui rétorquait qu'il y avait d'autres façons de se coiffer et de s'habiller que celles qu'elle connaissait. Leandra se fichait de l'école et des études. Charismatique et pleine d'humour, c'était un trublion. Quand quelque chose tournait mal et qu'il y avait des problèmes dans la classe, on la soupçonnait immédiatement. À la grande surprise de toute la famille, y compris de ma tante, qui l'appréciait et l'avait toujours protégée, elle fut sensible aux sermons du curé quand notre grand-mère la força à aller à la messe. Elle joignait les mains et fermait les yeux pour prier, s'agenouillait pour faire ses dévotions avant de se coucher et, un beau matin, elle m'annonça qu'elle voulait faire sa première communion. J'ignore comment elle s'y est prise, mais elle est parvenue à me convaincre en quelques minutes de m'inscrire avec elle au catéchisme dans cette même église, proche de chez nos grands-parents, où mon père rechignait à nous emmener après notre retour à la maison. Elle avait dix ans, presque onze, quand nous avons reçu pour la première fois le corps et le sang du Christ. À treize ans, j'avais l'impression d'être un ours sur un monocycle.

C'était une célébration collective. Les familles concernées avaient organisé une fête et ma tante, toujours douce et compréhensive à son égard, lui offrit un Zippo Spectrum que Leandra avait repéré dans un centre commercial, un jour où ma tante l'avait emmenée au cinéma. Ma sœur trouvait que c'était l'objet et la couleur les plus spectaculaires du monde. L'idée venait du fiancé de ma tante, et tous deux décidèrent que c'était le cadeau idéal pour allumer chaque soir avant sa prière le grand cierge qu'on lui avait remis ainsi qu'une croix et des épis de blé liés par un ruban beige. Leandra avait insisté auprès du fiancé de ma tante pour qu'il lui donne son Zippo argenté, qui lui semblait une invention géniale. Elle m'annonça fièrement que la flamme ne s'éteignait jamais, passa une main au travers et souffla dessus pour s'en assurer, s'émerveilla de constater que c'était vrai malgré le vent qui s'engouffrait par la fenêtre, entre nos deux lits et, cette nuit-là, après avoir ouvert les quelques cadeaux que nous avions reçus, principalement de la part de ma grand-mère, qui avait trouvé là une occasion de manifester sa verve catholique, Leandra alluma pour la première fois le cierge avec son Zippo Spectrum, qui lui servit par la suite à mettre le feu à la troisième école dont elle fut renvoyée.

Ma mère avait été une cause perdue pour ma grand-mère, qui pensait se rattraper en partageant sa foi avec nous. Elle nous avait acheté deux robes blanches, une bible recouverte de plastique nacré sur laquelle étaient inscrits nos prénoms dans une typographie ecclésiastique – à croire que nous étions des saintes –, des médailles du Christ en argent que nous n'avons jamais portées. Elle nous informa que nos oncles nous avaient acheté un album photo frappé de lettres d'or qui disaient *Ma première communion*, et deux silhouettes brillantes de petites filles priant l'une en face de l'autre y étaient dessinées. En réalité, c'était elle qui avait fait l'acquisition de cet objet. En accord avec son athéisme, mon père assista à la cérémonie sans y participer. Il resta debout, refusa de s'agenouiller à la demande du prêtre, de répondre et de prier. Il aimait raconter en plaisantant que, si son travail lui avait laissé plus de temps, il aurait volontiers porté la bonne parole des non-croyants en faisant du porte-à-porte, résumant par ces mots l'absence de sensibilité religieuse qui régnait dans notre foyer.

Leandra était ravie de son Zippo qu'elle allumait et éteignait, ouvrait et refermait. Dans la soirée, j'avais feuilleté le recueil de poèmes que m'avait donné ma tante. Mon cadeau est mieux que le tien parce qu'il peut le brûler, murmura ma sœur de son lit alors que j'hésitais à lire ce livre qui paraissait très sérieux et dont les mots, dans leur verticalité, semblaient plus complexes que ceux de la collection de magazines des années 1970 que j'avais l'habitude de parcourir. Je n'oublierai jamais l'effet que ce livre eut sur moi à treize ans. Il avait fallu que je prenne des cours de catéchisme et que je fasse ma première communion pour trouver un sens à ce vers de Fernando Pessoa : « Si Dieu n'a pas d'unité, comment, moi, en aurais-je une ? ».

Au cours de cet été j'ai eu de grandes révélations, comme si on avait oublié de me signaler que ce que je faisais depuis treize ans, c'est-à-dire vivre, pouvait être amusant. Ce livre m'a ouvert des portes sur le cinéma, la musique, les journaux ; il m'a aussi amenée à interroger mes parents. J'ai eu mes règles à ce moment-là et, même si dans un premier temps j'ai vécu ces bouleversements physiques et ces montagnes russes émotionnelles avec crainte, en ayant l'impression qu'on m'avait jetée à l'eau de force pour m'apprendre à nager, j'ai compris que je m'éloignais avec joie de l'univers de Leandra, du moins pour un temps.

J'ai commencé à écrire de mauvais, de très mauvais poèmes, et des articles pour la revue de l'école, un jeu de pages photocopiées agrafées ensemble sur lesquelles nous couchions nos colères adolescentes. J'ai voulu apprendre à jouer d'un instrument. Comme j'aimais la batterie, j'ai demandé à mon père de m'inscrire à des cours. Il était ingénieur, n'y connaissait rien en musique et devait ignorer comment gérer une ado qui exprimait ses goûts. Il était le premier à encenser mes écrits mais, désarçonné par mon intérêt pour la batterie, il m'a envoyé voir ma mère, qui m'a encouragée à chercher des cours qui ne soient pas trop chers, à proximité de chez nous.

J'ai trouvé un homme âgé d'un peu moins de trente ans, qui avait des cheveux longs et un T-shirt où s'étalait le bébé de la pochette de *Nevermind*, de Nirvana. Il vivait encore chez ses parents, dans une maison en bois et en adobe qui avait l'odeur d'une cabane dans la forêt. Cette ambiance campagnarde en pleine ville était étrange : il y avait des objets en bois, une peau de vache sous une table rustique, des marmites en terre et un immense macramé beige tendu sur un mur. Le type se donnait des airs de gros dur dans sa façon de s'habiller et de parler et, tout en sirotant une citronnade sans doute préparée par sa mère, il m'a emmenée dans la cuisine en précisant qu'il avait beaucoup d'élèves garçons, mais que jamais une fille n'avait frappé à sa porte. Quand on y pense, a-t-il ajouté, son verre à demi plein à la main, il n'y a pas de batteuses femmes. D'ailleurs aucune femme n'a révolutionné l'histoire du rock, n'est-ce pas ? En fait, les femmes sont plutôt des chanteuses, pas des instrumentistes et encore moins des batteuses. Et il a liquidé le reste de citronnade.

C'était un samedi après-midi, Leandra s'apprêtait à sortir, son sac sur le dos. Je n'ai pas l'intention de mettre le feu au parc, Zoé, m'a-t-elle répondu quand je lui ai demandé où elle allait. Et elle a claqué la porte. Elle venait de fêter ses onze ans et de se faire renvoyer de sa première école, les enseignants ayant décrété qu'en dépit de son intelligence et des excellentes notes qu'elle décrochait grâce à sa mémoire d'éléphant, elle avait un comportement déplorable. Elle s'ennuyait et préférait traîner avec ses copains plutôt que travailler ; elle était communicative mais perturbait la classe. Elle avait provoqué un professeur décisif pour son passage en classe supérieure. C'était la goutte d'eau qui avait fait déborder le vase : elle avait poussé le bouchon trop loin et épuisé la patience de l'enseignant. Elle eut beau rendre une copie remarquable et obtenir la meilleure note de l'école à son examen, ce professeur convoqua ses collègues afin qu'ils discutent de son dernier écart de conduite, qui venait grossir une longue liste d'incidents similaires. Ils décidèrent qu'elle ne redoublerait pas mais qu'elle devrait poursuivre sa scolarité dans un autre établissement.

Sa deuxième école était située dans un vieux bâtiment et des ventilateurs étaient vissés aux plafonds des salles de classe. Dès qu'un enseignant avait le dos tourné, les élèves lançaient un taille-crayon ou une gomme sur les pales qui émettaient un bruit discret mais suffisant pour que tout le monde éclate de rire. Quand leur prof s'absentait et que le ventilateur tournait, il recevait une pluie d'objets – crayons, stylos à bille et stylos-plumes. Quelqu'un osa même y envoyer sa trousse, dont le contenu fut projeté dans la salle, déclenchant l'hilarité générale. Un jour, Leandra versa le contenu d'une bouteille d'eau sur une veste et la lança sur le ventilateur qui se détacha, tomba au milieu de la salle avec une partie du plafond, laissant un grand trou qu'elle qualifia plus tard de « cratère ». Comme ce n'était pas la première fois qu'elle avait une conduite dissipée, on la renvoya de nouveau.

Cette fameuse après-midi, elle portait un sweat noir avec une fermeture Éclair. Au parc, elle retrouvait souvent un garçon qui vivait dans un des immeubles en face du jardin et ne se séparait quasiment jamais de son bonnet rasta en tricot. Avec ses grands yeux et son nez rond, il était très doux et très tendre avec ma sœur. Profitant d'avoir la chambre pour moi toute seule, j'écoutais une chanson que je connaissais par cœur et testais ma voix lorsque ma mère entra dans la pièce et me demanda ce qu'il en était des cours de batterie. Elle était rentrée plus tôt que d'habitude, mon père n'était pas encore là et ça me dérangeait qu'elle n'ait pas songé à frapper. Je lui répétai ce que le type m'avait dit. À trente ans et des poussières, les lèvres fardées de rouge, ses longs cheveux lâchés, elle s'assit au bord du lit dans son jean taille haute et son T-shirt blanc sur lequel pendait une chaîne dorée et s'écria, Non mais quel toquard, ce mec ! Il a une image stéréotypée des femmes ! Tu sais ce que tu aurais dû lui répondre, Zoé ? Qu'aucun esprit étriqué comme le sien n'a révolutionné l'histoire du rock !

Et puis tu aurais claqué la porte ! Ne me dis pas que ce merdeux t'a dégoûtée de la batterie !

Je me suis dégoté un autre prof, Aitán, qui enseignait aussi la guitare, le piano et les bases de la musique à un groupe de huit ados. C'était un rouquin de vingt-quatre ans à la peau laiteuse constellée de taches de rousseur, comme saupoudrée de cannelle. Même ses sourcils étaient roux. Très grand, il fermait presque toujours à demi les yeux et marchait maladroitement, à croire que ses jambes étaient trop longues pour lui permettre de se déplacer avec précision. Nous l'adorions. Il dispensait ses cours dans une dépendance située à l'arrière de la maison de son père, un psychanalyste connu qui faisait de temps en temps irruption dans le studio pour nous saluer. Un jour, en arrivant, nous avons découvert des caméras de télévision : on l'interviewait dans le jardin parce qu'une célébrité s'était ôté la vie et qu'il avait beaucoup écrit sur le suicide. Praticien renommé, il partageait avec d'autres analystes, psychologues et thérapeutes un cabinet dans un immeuble d'un autre quartier de la ville. Quant à notre prof, il était en master de guitare classique et recevait des élèves l'après-midi pour financer ses études. Il était drôle, élégant, chaleureux, et nous mettait en confiance.

J'ai rencontré María à ce cours de musique. Elle jouait de la guitare et nous avons monté un groupe, baptisé Phosphorescente parce qu'elle avait inventé un personnage, la Fille Phosphorescente, qu'elle dessinait dans les marges de ses cahiers et qui avait le superpouvoir de devenir fluo – je ne me rappelle plus trop dans quelles circonstances ni quel était l'intérêt de ce don, mais nous aimions l'idée qu'elle se distingue par sa fluorescence. On répétait le samedi après-midi. Notre groupe s'est appelé tantôt Phosphorescente, tantôt La Fille Phosphorescente, jusqu'à ce qu'on décide que la première option serait son nom « officiel ». Très vite, Julia, une voisine de María, nous a rejointes en tant que chanteuse. Elle était plus drôle et plus extravertie pendant les répétitions que les rares fois où on a joué en public. Elle perdait ses moyens face aux gens, pourtant elle chantait merveilleusement bien. L'énergie dont elle faisait preuve quand on était entre nous s'opposait diamétralement au trac qui la paralysait en concert. Elle cachait son visage derrière ses cheveux et accomplissait sa prestation les yeux clos ou rivés au sol.

Pour notre premier concert, nous étions mortes de peur en montant sur la scène installée en plein air, dans le cadre d'un concours pour jeunes talents organisé par la mairie du district où vivaient María et Julia. Quelques flâneurs qui traînaient dans le quartier et nos familles ont assisté au concert, de même qu'Aitán et sa petite amie. Quand nous l'avons salué, il nous a chaudement félicitées et offert un bouquet de fleurs jaunes. Nous avons terminé deuxièmes, ce qui, d'après Leandra – qui était là avec son sac à dos et son copain au bonnet rasta –, était pire que tout, car nous n'étions ni en tête ni au fond du trou de la troisième place, celle dont personne ne se souvient, mais engluées au milieu, occupant une position médiocre dans une compétition locale.

Nous avons également joué à l'anniversaire d'un des élèves du cours de musique. Là on s'en était mieux sorties et on avait bien rigolé. Nous avons donné notre troisième concert pour le spectacle de fin d'année du collège que je fréquentais, la première école dont Leandra avait été renvoyée. Cette fête était pour chacun l'occasion de mettre son travail en valeur. Je me rappelle que Leandra était arrivée seule, chaussée de bottes noires, et qu'elle portait un peignoir en soie avec des motifs chinois sur un pantalon bleu et un débardeur blanc. Sur place elle a retrouvé des amis. Une fille s'est jetée à son cou avant de s'asseoir à côté d'elle et d'ovationner toutes les prestations tandis que ma sœur affichait son indifférence et n'a commencé à réagir qu'à compter du moment où nous sommes apparues. Nous passions après un gars qui déclamait par cœur des poèmes d'amour et, au moment où je me préparais à sortir des coulisses, Leandra a porté une main à son front en ayant l'air de se demander si elle allait supporter un vers de plus. Je la revois encore aujourd'hui, blasée comme une actrice de théâtre dans son peignoir chinois. Réglée depuis peu, elle avait perdu du poids, s'amusait à dire qu'elle suivait un régime à base de pâtes, ce qui était vrai. D'une part, son métabolisme avait changé, de l'autre elle avait cessé de se jeter de façon compulsive sur la nourriture.

Nous avons repris trois chansons des groupes qu'on écoutait à l'époque, qui ont été bien accueillies, et d'autres de notre cru (María en avait signé la musique, moi les paroles). À l'époque Leandra fumait en cachette : mon grand-père paternel était mort la peau toute grise à cause d'un emphysème pulmonaire, et mon père considérait le tabac comme de la kryptonite. Il pouvait écluser une bouteille de tequila ou de whiskey mais détestait fumer et ne supportait pas l'odeur de la cigarette. Apprendre que Leandra avait ce défaut l'aurait bouleversé, mais si ma sœur aimait la provocation et n'avait pas l'intention d'arrêter, elle n'avait pas non plus envie de faire de la peine à notre père. Elle avait donc attendu la fin du concert pour sortir s'en griller une avec son amie. Je me rappelle l'avoir vue ensuite foncer droit sur nous et me dire en répandant une odeur de chewing-gum à la menthe mêlée aux relents du café qu'elle buvait dans un gobelet en polystyrène qu'elle avait aimé nos chansons, mais qu'elles étaient comme des triplées qui se ressemblent et finissent par se confondre. Elle avait raison. Dans le souci d'y remédier, j'ai changé les paroles pour les diversifier en cherchant des synonymes dans le dictionnaire. Lorsque je les ai montrées à Leandra, elle m'a avoué que certains termes lui échappaient. Mais c'est très bien, Zoé, et tu as fait un gros travail d'anthropologue en allant exhumer tous ces mots compliqués. Son commentaire m'a sidérée, j'y ai souvent repensé, car s'il y a bien une qualité que je ne remettrai jamais en cause chez Leandra, c'est sa sincérité.

Je répétais dans le garage, écoutais des albums d'un bout à l'autre. Parfois, quand une mélodie lui plaisait, mon père esquissait avec raideur de petits pas de danse. Peu après le commentaire de Leandra, pendant une répétition chez María, j'ai proposé qu'on s'essaie au rap. Nous en avons composé un toutes les trois, privilégiant la batterie, sur un *sample* d'une chanson de Tupac. Leandra n'a pas apprécié cette chanson, que Julia a chantée chez elle, à une fête, derrière son rideau de cheveux, coiffée d'une casquette pourpre, les ongles vernis de jaune fluo. Elle avait décrété que ça nous donnerait un genre et que ce serait notre signature, alors on s'était nous aussi peinturluré les ongles en jaune. Au milieu de la chanson, María a fait une impro qui évoquait la soirée, et ça a été un succès.

À quatorze ou quinze ans, on a délaissé le groupe et les ongles fluo pour faire la fête, et bientôt Phosphorescente a été relégué aux oubliettes. Lorsque quelqu'un parlait d'une de nos chansons, j'avais un peu honte, mais même après notre séparation, j'ai continué à écrire des paroles que je n'ai jamais chantées ni jouées en public. Je ne les montrais pas à Leandra, trop intimidée par son jugement. La batterie que je m'étais achetée dans une brocante d'instruments d'occasion me servait à rythmer mes poèmes. Pendant que mon père montait et démontait sa voiture ou celle d'un collègue, je passais mes samedis et mes dimanches après-midi à jouer, à chanter des mots sur une base rythmique, persuadée qu'ils étaient meilleurs ainsi, comme s'il m'était impossible de manger une cuillerée de sucre autrement que diluée dans un café. J'avais peut-être hérité de mon père ce besoin de dissoudre une chose dans une autre.

J'écrivais toujours des articles pour la revue de l'école et je lisais beaucoup. Leandra, elle, ne s'intéressait ni aux livres ni à la presse. À l'adolescence, nous sommes restées éloignées l'une de l'autre, comme les deux lignes parallèles de nos lits de chaque côté de la fenêtre de notre chambre. J'avais le sentiment que nos chemins ne se croiseraient jamais plus et qu'en dehors des réunions de famille, nous n'avions plus rien à faire ensemble.

En quelques mois, un changement radical s'est opéré chez ma sœur. Elle a cessé d'être une préado en surpoids aux mains potelées et aux cheveux courts pour devenir une jolie jeune fille. Elle aimait tirer parti de sa beauté. La première fois qu'elle a pris une cuite, elle était plus soûle que tous ses amis. En fin de soirée, elle avait liquidé ce qui restait de vodka et de bière et été la seule à mélanger les alcools liquoreux des parents de l'amie qui l'avait invitée. Mon père et moi avions dû aller la chercher, la porter, et pendant qu'il la bordait il m'avait envoyée à la cuisine chercher une bassine en plastique à placer entre nos lits.

Elle passait l'essentiel de son temps dehors, on ne se voyait pratiquement plus. J'allais souvent à des fêtes où on refaisait le monde en fumant des pétards ; Leandra multipliait tout type de sorties, sans discernement. Je portais des Converse, ma sœur des bottes. Il est hors de question que je mette des Converse, ma vieille. Ce sont des accessoires de l'uniforme capitaliste, décrétait-elle.

À l'époque, les élèves de dernière année d'un des lycées organisaient à partir de 15 h 00 – nous avions cours le matin – des soirées gargantuesques où tout le monde avait l'occasion de boire, draguer, s'embrasser, se peloter et peut-être tirer un coup dans un coin. Ces réunions massives étaient si populaires que des groupes connus venaient y jouer et les festivités se terminaient à l'aube, parfois en mélodrames. La seule fois où je me suis rendue à une de ces fêtes, ça a été pour voir des musiciens locaux que María et moi aimions bien. Nous avons sympathisé avec un couple de garçons, fumé des joints en leur compagnie jusqu'à la tombée de la nuit. C'est aussi la seule fois où j'ai croisé Leandra. Elle était bien bourrée et m'a suppliée de ne pas le lui reprocher. Le nez rouge, elle a ajouté, Frangine, je te présente ma femme, c'est la copine de mon pote mais je la kiffe tellement que je lui ai demandé sa main. On s'est mariées. Surtout, ne le répète pas aux parents parce que je ne les ai pas invités. Elle avait d'ordinaire une voix plus aiguë que la mienne, mais là, elle parlait carrément deux tons au-dessus. Sans trop savoir pourquoi, j'ai pensé sur le moment que c'était parce qu'elle voulait impressionner cette fille dont le parfum était aussi doux que la voix. Le lendemain elle m'a dit qu'elle l'avait embrassée et qu'elle s'était vraiment marrée.

Elle voulait être designer, ce qui déconcertait notre père, sans doute parce que c'était à l'opposé de son métier d'ingénieur. Ma mère tempérait leurs conversations. Moi j'aurais aimé travailler dans une salle de rédaction ou une bibliothèque, ou encore écrire de la poésie, des perspectives qui me positionnaient aux yeux de mes parents entre deux stations de radio dont ils étaient incapables de régler la fréquence. Un jour, j'ai déclaré avec aplomb que je comptais écrire des tas d'histoires pour le journal qui m'engagerait. J'aurais pu tout aussi bien décider de planter un drapeau sur la Lune tant cette idée leur a paru étrange et incongrue. Pourtant, lorsque j'ai raconté à Feliciana comment j'étais devenue journaliste, elle a affirmé sans l'ombre d'une hésitation que le Langage m'appartenait autant qu'à elle, même s'il me manquait encore quelque chose. Le concept de Langage m'échappait, au départ je l'écoutais en parler comme d'un élément magique, puis je me suis peu à peu rendu compte qu'elle se référait à une réalité bien plus vaste.

Comment tu comptes t'y prendre ? m'a demandé ma mère. On ne viendra pas te chercher pour travailler, tu sais, il faut que tu ailles de l'avant.

Un matin, avant de me rendre en cours, j'ai acheté le quotidien que mon père lisait chaque week-end, une habitude qu'il tenait de mon grand-père, également ingénieur. Je ne crois pas que la lecture de ce journal le captivait, mais il cherchait ainsi à préserver le lien qui l'unissait à son père, de même qu'en exerçant son métier il avait conservé leur intimité faite de silences, car si mon père était peu loquace, mon grand-père était une véritable tombe. Il lisait donc ce journal quand je passais mon samedi avec lui, dans le garage. Mon exemplaire à la main, j'ai regardé l'adresse, et à la fin des cours je suis passée dans les locaux de ce grand quotidien pour proposer mes services, me disant qu'avec un peu de chance ils auraient un petit poste pour moi. C'était le journal que lisait mon père et que le livreur déposait sur le pas de notre porte, où il nous attendait comme un chien fidèle. Je n'avais pas la moindre idée de la façon de procéder, mais j'étais si décidée que la réceptionniste m'a aussitôt mise en contact avec l'assistant du chef d'édition de la rubrique culturelle, qui m'a donné rendez-vous le lundi suivant. Le responsable d'édition n'était pas facile à atteindre et, quand je l'ai enfin rencontré, il m'a dit qu'il n'avait pas l'intention d'engager une gamine désœuvrée. Ici on travaille, on n'est pas là pour tromper son ennui. Je ne suis pas allée plus loin que la réception. Lorsque j'en ai parlé à mes parents, ils mangeaient des sandwiches dans la cuisine, devant la télé réglée à très faible volume. Mon père n'a pas perdu son calme et m'a conseillé de retourner au journal pour m'expliquer. Ma mère, elle, a explosé.

Ce goujat t'a vraiment traitée de gamine désœuvrée ? Je ne sais pas qui a élevé Monsieur le Chef d'édition, mais il ne connaît pas les bonnes manières ! Si tu ne le remets pas à sa place, c'est moi qui m'en chargerai ! Ton père a raison, tu vas retourner le voir, et non seulement tu vas lui apprendre la politesse, mais tu lui prouveras aussi que tu es capable de décrocher n'importe quel boulot si tu en as envie, Zoé !

Le lendemain, en fin de journée, ma mère est passée me prendre alors qu'elle aurait dû être à l'université, et elle m'a déposée devant le siège du journal.

Ils te payeront une misère mais ils ont forcément quelque chose pour toi. Je t'attends ici jusqu'à ce que tu reviennes avec une promesse d'embauche. Et surtout, tu dois être payée, hein, même si tu débutes. Il ne faut jamais travailler gratuitement !

Il nous a fallu revenir une semaine plus tard car le responsable d'édition était absent, mais il a fait dire à son assistant qu'il me recevrait. Comme j'étais au lycée tous les matins, il m'a proposé de travailler toutes les après-midi de la semaine et le samedi de 7 h 00 à midi pour un salaire minable.

Je n'ai pas tardé à comprendre qu'en salle de rédaction il n'y a pas d'horaires. J'ai d'ailleurs fini par faire acte de présence la totalité du week-end, mais j'ai ainsi gagné la confiance de mon premier chef, qui m'a recommandée pour mon premier emploi, une fois mon diplôme en poche, et j'ai ensuite rebondi sur le poste que j'occupe à présent. Je me rappellerai toujours le temps bipolaire et prévisible du jour d'été où on m'a engagée : une chaleur étouffante le matin, puis des pluies éparses. Et puis ma mère, son sweat noir, ses lèvres orange et ses ongles rouges.

Le problème des puces est plus important qu'on ne l'imagine, Zoé, m'a-t-elle dit en conduisant. Tu savais que quand on met une poignée de puces dans un bocal, elles sautent et se cognent contre le couvercle ? C'est normal, ce sont des puces et les puces, ça saute, mais si on enlève le couvercle elles continuent à sauter jusqu'à cette limite invisible, parce qu'elles s'imaginent que la barrière est encore là. Avec les machos, c'est pareil. Ni toi ni Leandra n'avez une mentalité de puces, Zoé. Que ce soit bien clair : vous sautez aussi haut que vous le voulez et s'il y a un couvercle, vous n'avez qu'à le dévisser !

Pendant les cinq années où j'ai travaillé pour ce quotidien, ma mère n'a jamais appelé mon responsable autrement que « Monsieur le Chef d'édition ». Elle ne lui a jamais pardonné la façon dont il m'avait traitée à notre premier rendez-vous. Cette année-là, parmi les nombreuses candidatures posées pour le cursus universitaire en communication, quatre-vingts ont été acceptées et dix étudiants ont eu droit à une bourse. J'en faisais partie et je le méritais, j'avais passé six mois à cravacher pour y parvenir, potassé les maths, la chimie et la physique jusqu'à point d'heure en m'efforçant tant bien que mal de me dégager un peu de temps. Lorsque les résultats ont été publiés, mon père m'a téléphoné au bureau pour me dire qu'il était fier de moi et qu'on allait fêter ça. J'ai pensé qu'il organiserait un dîner, au lieu de quoi il m'a offert la Valiant 78. À la maison, ma mère y est allée de son fameux Je n'en attendais pas moins de toi, dont j'ai enfin compris la signification : elle aspirait tout simplement à ce que je fasse ce que je voulais dans la vie.

9

Mon grand-père Cosme a cessé de me parler dès l'instant où je lui ai dit, Telle est ma voie, le chemin de Dieu m'appartient. Je guérissais les gens qui venaient me voir, ils répétaient ensuite que je les avais guéris, le bruit courait que je soignais les maux du corps et de l'âme, alors les habitants des localités voisines sont venus eux aussi, ils parlaient espagnol, puis des étrangers qui s'exprimaient dans d'autres langues ont fait le voyage jusqu'à San Felipe et ont demandé après moi. Ils voyageaient à cheval, à dos de mule, se frayaient un passage à coups de machette ; ils arrivaient comme ils pouvaient, ces étrangers, ou bien ils se faisaient conduire jusqu'ici par des gens de la région, car à l'époque il n'y avait pas de routes ni même de chemins pavés, ceux qui existent maintenant, c'est le maire qui a ordonné qu'on les aménage devant l'afflux de tous ces étrangers. Il voulait se faire bien voir, surtout quand il a appris qu'un banquier grec allait nous rendre visite après avoir vu le film qu'on avait fait sur moi, et quand on lui a dit que c'était un homme puissant il l'a invité chez lui. En ce temps-là, le trajet à cheval ou à dos de mule jusqu'à ma maison à côté des milpas durait quatre ou cinq heures, et certains endroits n'étaient praticables qu'à pied, il fallait couper les branches qui s'étaient affaissées à cause de la grêle, mais cela ne les décourageait pas : ils continuaient à défiler jusqu'à ce que je leur dise, Reviens demain mon garçon, ou Un autre jour ma fille, et Toi repasse plus tard, mais d'entre eux tous, celui que j'aurais aimé voir et entendre me dire, Feliciana, ce que tu fais est beau, c'était mon grand-père Cosme, qui avait déclaré que j'exerçais un métier d'hommes.

Un jour il a frappé à ma porte en s'écriant, Feliciana, il paraît que tu es une célèbre curandera, que tu possèdes le Langage, je te donne ma bénédiction. Il était comme ça, il lui fallait du temps pour admettre certaines choses, mais lorsque c'était fait il nous ouvrait sa porte qui était grande, très grande. Il n'en a poussé les battants que deux fois pour moi, et là c'était la seconde. La première remonte au jour où j'ai eu ma première fille, Aniceta, après avoir épousé Nicanor. Je devais avoir quatorze ans, je ne me souviens plus trop, parce que ni à San Felipe ni à San Juan de los Lagos on n'inscrit les naissances dans un registre.

Quand il m'a ouvert la porte de sa maison, où étaient enfermées ses rancœurs, il les a libérées. Il est apparu sur le seuil avec la poupée de chiffon que j'avais fabriquée étant jeune, que j'appelais María et lui Tola, et il m'a dit, Feliciana, elle appartient à ta fille Aniceta, tu n'as qu'à la lui confisquer quand elle jouera, pour qu'elle sache tracer sa route comme je l'ai fait avec toi en t'apprenant à travailler. Alors j'ai compris, jeune mère et jeune mariée, qu'en m'ouvrant sa porte une première fois, il me signalait qu'il m'aimait sans le dire, et qu'en la rouvrant une seconde fois il me respectait en tant que curandera. Mon grand-père Cosme n'a jamais aimé Paloma, il s'adressait à elle avec des mots aussi blessants que des coups. Il était dur avec elle, même si tout le monde l'aimait. Il ne l'a pas remerciée d'avoir guéri Paz de sa maladie car il avait vu ses plumes, et dès qu'il entendait quelqu'un parler d'elle, il disait qu'elle marchait comme si on les lui arrachait.

Avant les proches de Nicanor, trois autres familles nous avaient rendu visite pour savoir si mon grand-père voulait bien leur accorder ma main, mais leurs garçons ne les avaient pas accompagnées. Les jeunes filles ne voyaient pas leur futur époux à l'avance, et non, non, moi non plus je n'ai rencontré aucun de ces garçons, pourtant j'ai été présentée à leur famille. Celle de Nicanor était la plus nombreuse et la plus agréable. Ils avaient des chevreaux, des poules, des cochons. Mon grand-père a conclu avec eux et j'ai fait la connaissance de Nicanor plus tard, quelques jours avant notre mariage à l'église. Il m'a paru très sérieux. Sa famille nous a offert des cochons et des chèvres qu'on a confiés à ma grand-mère. Mon grand-père a sacrifié un chevreau et ma mère a fait de l'*atole* pour tous les invités. Les membres de la famille de Nicanor, eux, avaient apporté de l'eau-de-vie et un *mole* de dinde. Le jour du mariage, Nicanor m'a raconté qu'il avait appris à lire et à écrire parce qu'on l'avait envoyé à l'école communautaire. Sa famille s'est également occupée de la musique de la fête. Le groupe Montes animait des soirées dans les auberges et chez les habitants de San Felipe. Ces musiciens se produisaient dans toutes les localités de la région et ils nous ont fait danser car un des membres était un proche de la famille de Nicanor, alors imaginez un peu comme ils dansaient tous bien ! Paloma ne fréquentait pas encore les hommes, elle ne sortait pas la nuit, ni avec ceux qu'elle aimait ni avec ceux qu'elle n'aimait pas. Elle était encore Gaspar, elle exerçait le métier de curandero et, ce fameux soir, elle a virevolté avec toutes les femmes de la famille de Nicanor, qui ont trouvé ce garçon sympathique car il était d'agréable compagnie et avait l'esprit festif et drôle. Oui, elles l'ont apprécié, il les a toutes fait rire et tournoyer alors que mon grand-père disait à qui voulait l'entendre qu'il n'était pas de sa famille mais de celle de Felisberto, mon père, et que malheureusement il était le dernier représentant d'une grande lignée de curanderos. Nous étions en train de danser lorsque ma sœur Francisca s'est soudain approchée de moi en s'écriant, Je ne veux pas qu'on me marie, puis elle n'a plus ouvert la bouche de la soirée, qu'elle a passée à nous scruter avec des yeux de chouette tout en surveillant la tripotée d'enfants de ma belle-famille.

Les jours qui ont suivi le mariage, j'étais effrayée, d'abord parce que je ne partageais plus ma natte avec Francisca, ensuite parce que Nicanor aimait engloutir des plats consistants au petit-déjeuner alors que nous n'y étions pas habitués, enfin parce que j'ai été surprise qu'il me grimpe dessus pendant notre nuit de noces. Au début je me suis résignée en pensant que c'était le sort réservé aux épouses, mais que les gens puissent aimer monter les uns sur les autres me dépassait, et il m'a fallu du temps pour comprendre le sens de cette pratique. Je croyais qu'il s'agissait d'une coutume entre les hommes et les femmes, que ça leur plaisait et qu'il fallait respecter les usages. Ma sœur s'inquiétait que Nicanor me grimpe dessus, elle avait la frousse que ça lui arrive, que notre grand-père Cosme veuille la marier contre sa volonté. Il s'était mis à la proposer, il vantait en public sa beauté et sa haute taille aux gens qui la connaissaient déjà. Il m'a fallu du temps, mais j'ai fini par comprendre pour quelle raison les hommes montent sur les femmes et par me rendre compte qu'on peut y prendre du plaisir. Nicanor était très jeune, il ne buvait pas encore. Le jour du mariage il a avalé à grand-peine l'eau-de-vie apportée par les siens, qu'on nous a forcés tous les deux à ingurgiter. Lui, il aimait surtout travailler. À l'époque j'étais loin de me douter qu'il allait sombrer dans l'alcool après avoir été soldat, au point de se faire rouer de coups de machette jusqu'à ce que mort s'ensuive, juste au moment où notre fils Aparicio a fait ses premiers pas.

Jeune mariée, j'ai constaté qu'il m'était agréable de passer du temps avec ce Nicanor que j'avais épousé sans le connaître puisque j'avais d'abord rencontré ses parents, et nous nous sommes découverts peu à peu, jusqu'à nous apercevoir que vivre ensemble nous plaisait. Lorsque je lui ai annoncé que j'étais enceinte il n'a semblé ni triste ni heureux, c'était comme si je lui avais dit qu'à l'orage succède le matin radieux. Il est resté silencieux en apprenant que j'attendais un bébé, comme si je lui avais dit, Il fait jour, Nicanor, puis il s'est exclamé, Feliciana, prépare-moi un café bien sucré comme tu en as le secret ! Il a accueilli la nouvelle de la même manière qu'il prenait son café avant que le soleil sorte de sa montagne.

Lorsque j'ai accouché d'Aniceta, mon grand-père Cosme est venu me voir et il m'a ouvert sa porte. Ensuite Gaspar est passé et il m'a dit, Feliciana je suis impur, je ne peux plus guérir les gens. Les habitants de la région commençaient en effet à se rendre chez

Tadeo le Borgne, qui lisait l'avenir et profitait de n'avoir qu'un œil pour révéler à ces personnes ce qu'elles avaient envie d'entendre après avoir lancé sept grains de maïs. Gaspar m'avait rendu visite pour m'annoncer que certaines nuits il fréquentait un homme marié, un politicien de la ville qui avait une famille, des enfants et une femme. Il travaillait pour le maire et, soucieux que ses connaissances ne le voient pas, il était allé à la *pulquería* dans l'intention de lever un gars, et comme par hasard Gaspar se trouvait là, encore garçon. C'est à ce moment-là que j'ai vu la mort pondre son premier œuf en lui, bien avant qu'il devienne Paloma. Elle a fait cela, la mort, non parce que ce politicien avait des enfants et une femme, mais parce qu'il allait de ville en ville en draguant les garçons et qu'il souffrait d'une infection purulente qu'il a transmise à Gaspar. Il m'a dit qu'il pissait du pus et non de l'urine, et il se demandait comment y remédier : Feliciana, aide-moi avec tes herbes bénies ! De sorte que nous sommes partis dans la montagne et nous avons béni les plantes qui avec le temps ont amélioré son état et apaisé le mal qu'il avait attrapé en passant ses nuits avec ce politicien. J'avais Aniceta dans mon giron et il m'a dit, Feliciana, chérie, avec ce sourire cette petite fille va tout arranger. Dès qu'elle est née, cette enfant a été sa chouchoute avant qu'il lui préfère Apolonia. Il l'adorait, il me rendait visite essentiellement pour la voir, c'est pourquoi il venait souvent à la maison et il nous aidait dans nos tâches. Puis j'ai eu Apolonia et presque aussitôt Aparicio, après notre mariage.

En ce temps-là Nicanor partait à cheval, armé de son fusil, avec des révolutionnaires. On lui a tiré du plomb dans le bras, puis ça a été au tour de son cheval de se prendre une balle, et pour finir il en a reçu une en plein ventre. Il m'envoyait des messagers qui m'apportaient ses mots et des pièces de monnaie pour que je puisse me débrouiller. Ma grand-mère Paz est morte à ce moment-là, suivie peu après dans la tombe par mon grand-père Cosme, qui ne supportait pas de vivre sans elle, comme je l'ai constaté un jour de grêle. Il a succombé au chagrin, car avant la disparition de sa femme il était en bonne santé, la mort a pondu son œuf dans son âme plus que dans son corps, elle est ainsi faite, la mort, et Cosme s'est éteint peu après Paz. Plus tard elle a emporté ma mère. Ils s'en sont allés tous les trois à la saison des pluies, aussi vite que le feu grandit sous l'effet des vents violents. Une seule saison des pluies et ils étaient tous partis. Francisca était soulagée que notre grand-père ne l'ait pas donnée en mariage.

Il y a des morts qui se tiennent compagnie, des gens qui suivent ceux qui les ont pris de vitesse et c'est dans ces occasions-là que la camarde pond son œuf dans l'âme, que les gens lui demandent de pondre, et si elle fait la sourde oreille ils lui arrachent son œuf, comme s'ils se battaient pour un article sur le marché, mais la mort est toujours prête à pousser sa chansonnette. Car elle écoute autant que la vie. Mon grand-père Cosme s'est tu quand ma grand-mère n'a plus été de ce monde, il a perdu l'usage de la parole et sa bouche s'est creusée rapidement, privée de mots. Il refusait même de manger, alors elle s'est creusée, endormie comme un bras dont on ne se sert plus. Il s'est muré dans le silence comme si c'était le moyen qu'il avait choisi pour quitter cette terre, et un beau matin son corps était froid. Je ne peux pas vous dire qu'il est mort en renonçant à la parole parce que Dieu ne lui fournissait plus de mots, non, je dirais plutôt qu'il a cessé de parler après le départ de notre grand-mère Paz, puis ma sœur est venue m'annoncer que notre grand-père était avec Dieu. J'ai bien vu qu'elle se sentait délivrée d'un poids, elle qui redoutait qu'il lui trouve un mari. Il avait déjà reçu une famille, mais ils n'avaient pas assez de bétail à offrir, et la semaine suivante il avait rendez-vous avec une autre, mais personne ne s'est présenté parce qu'il était mort.

Ma mère était malade du cœur et son éclat a faibli, pareil à celui d'une bougie qui se consume pendant que tout le monde dort. Nous sommes restées seules, ma sœur Francisca et moi, avec mes trois enfants, Aniceta, Apolonia et Aparicio. Nicanor faisait la révolution. Gaspar, qui n'était pas encore Paloma, venait nous donner un coup de main.

À l'époque, des soldats de l'armée passaient déposer dans les maisons les sous gagnés par les soldats et transmettaient oralement leurs messages aux femmes et aux enfants qui les attendaient. Les rares hommes sachant écrire leur confiaient des lettres. C'était le cas de Nicanor, qui n'avait aucune difficulté pour lire et écrire. Le problème, c'est que moi je n'en étais pas capable. Le soldat me les lisait et je demandais ensuite à quelqu'un d'autre de me les relire, pour le simple plaisir d'écouter ce que me racontait mon mari. Il me disait de ne pas m'inquiéter pour lui, qu'ils rentreraient tous sains et saufs et très vite, mais quelque temps plus tard un de ces hommes a frappé à ma porte et m'a appris que mon époux était mort au combat. Je l'ai pleuré, je me suis habituée à l'idée que je ne le reverrais plus, j'ai rassemblé mon courage et j'ai dit à nos enfants, Nous allons faire nos adieux à votre papa, creuser une tombe vide pour avoir un endroit où verser nos larmes, peu importe qu'il n'y ait que son nom sur la pierre, parce que les noms ne meurent pas, pour eux les heures et le temps qui passe n'existent pas, ils demeurent et, que la personne soit morte ou vivante, elle porte toujours le même, car le Langage est toujours vivant. Voilà ce que je disais à mes trois enfants, Aniceta, Apolonia et Aparicio. Nicanor, votre papa, sera toujours vivant, son nom le restera aussi dans le Langage. Tels étaient les mots que j'ai prononcés quand est arrivé un autre soldat pour me remettre les sous que Nicanor nous envoyait du champ de bataille, et j'ai pensé, C'est de l'argent en retard, un message qui remonte au temps où il était encore en vie, puis je suis allée avec mes petits chercher un endroit où planter une croix de bois à côté d'un agave, un lieu où écrire son prénom au-dessus d'une tombe vide. Or un beau jour, un troisième soldat a frappé chez moi pour me dire Nicanor va bien et il t'envoie un message. Qu'est-ce qui s'est passé ? ai-je demandé sans comprendre si c'était vrai ou faux, si mon mari était mort ou vif. Les enfants et moi avons quand même planté la croix de bois qui portait son nom près de l'agave, comme ça nous pourrions prier et laisser pousser tout autour les herbes qui contiendraient sa mémoire, seulement nous ignorions si nous devions creuser une tombe, nous ignorions s'il fallait y mettre son corps mort ou simplement son nom. Pour finir, j'ai pris deux planches que j'ai clouées en croix et nous nous sommes contentés de planter son nom dans la terre. Mais on m'apportait toujours des sous et je pleurais, ne sachant pas si Nicanor était mort ou vif, je n'y comprenais rien, je communiquais ma consternation à ma sœur et à Gaspar, qui n'était pas encore Paloma, et leur disais, Je ne comprends pas. Mais j'ai continué de dire aux petits qu'on avait tué leur père à la guerre, je préférais qu'ils pensent que la mort avait pondu son œuf au lieu de me croire et de s'imaginer qu'il était encore en vie. Pourquoi m'auraient-ils crue ? Leur père avait peut-être ressuscité, comme Jésus-Christ. Aniceta s'est pourtant aperçue que je pleurais d'indécision, incapable de démêler le vrai du faux. Elle se rendait compte que j'étais perdue et que je ne savais pas quel tombeau préparer pour son père, hésitant à creuser une fosse pour son corps à l'endroit où nous avions planté une croix à son nom. Que cette croix porte son prénom est tout ce dont nous avons besoin, car ni les heures ni le temps n'ont d'emprise sur les noms, ai-je dit aux enfants. Le Langage est toujours vivant. Un jour est arrivé un autre soldat avec de l'argent. Nicanor a été tué au combat, m'a-t-il annoncé, alors nous sommes allés pleurer sur les planches clouées en croix plantées dans la terre où était inscrit son nom, Nicanor, et j'ai pleuré comme un bébé pleurerait de soulagement, dans l'espoir qu'il soit encore en vie, et il est apparu peu après, ivre, sur le pas de la porte. Dans un premier temps je ne l'ai pas reconnu, il avait des cartouches et un fusil, une moustache et une tenue qui changeaient son allure, et puis sa sueur avait une odeur rance d'eau-de-vie.

De retour de la guerre, son goût pour l'alcool a fait pourrir notre mariage comme un fruit tombé que personne ne ramasse. Il est devenu brutal avec nos enfants et avec moi. Francisca ne pouvait pas le regarder dans les yeux ni lui parler. Quant à Gaspar, qui n'était pas encore Paloma, il ne nous rendait plus visite parce que mon mari s'était transformé en bête. Si Aniceta, Apolonia et Aparicio disaient quelque chose qui lui déplaisait, il les frappait et implorait leur pardon le lendemain, plein de remords. Moi aussi il me frappait, mais moins souvent, et il a cassé une marmite devant Francisca sous prétexte que son *atole* était raté et qu'il avait un goût de terre. Une fois il a battu Aparicio parce qu'un jeune bouc lui avait fait mal et que le petit pleurait si fort qu'il en avait la bouche et le visage tout bleus. Nicanor l'a frappé bien plus fort que l'animal ne l'avait fait, tout ça parce que son garçon pleurait à cause d'un bouc or, Un homme ça ne pleure pas, a-t-il dit en le cognant si violemment que le gamin avait les lèvres en sang et qu'il avait perdu une dent. J'ai dû la pousser avec ma main toute la nuit pour qu'elle reste en place et, au matin, quand le soleil est sorti de sa montagne, elle s'était ressoudée, Aparicio chouinait parce que c'était douloureux, si bien que j'ai haché des herbes pour faire un cataplasme que j'ai appliqué sur la gencive. C'est donc moi qui ai replacé sa dent pour qu'elle s'enracine de nouveau.

Plus tard, je me suis aperçue qu'une jeune femme plaisait à Nicanor et qu'il passait ses nuits avec elle. Je n'ai pas été longue à m'en rendre compte. Il n'est pas mort à la guerre, il a été assassiné, et si les soldats venaient m'annoncer à la fois sa mort et sa résurrection, il a quand même regagné le foyer familial après avoir combattu, armé de son fusil. Il m'est revenu ivre, uniquement préoccupé par cette fille qu'il rejoignait quand nous dormions. Il n'est pas mort au combat, bien qu'Aparicio le dise, car à ses yeux son père est un saint. Non, Nicanor a été tué à coups de machette par le frère de cette fille, qui s'appelait Viviana et que mon mari avait installée dans une cabane à San Felipe, dans un quartier éloigné du centre. Certains racontaient que Nicanor avait abusé de cette Viviana par la force, mais moi je vais vous dire la vérité, que seul mon grand âge me permet maintenant d'avouer : s'il l'avait emmenée dans cette hutte pour lui grimper dessus contre sa volonté, je me serais déplacée pour l'achever à la machette. C'est quelque chose que je porte en moi comme un soupir qui ne veut pas sortir et qui m'accompagne, et je ne peux pas en parler sans m'effondrer. Un homme a pris ma sœur Francisca de force sans que je puisse rien faire pour la secourir. J'ai appris par la suite les détails de l'aventure entre Nicanor et Viviana, et je vous dis tout net qu'il ne l'a pas violée, parce que dans ce cas je serais allée lui régler son compte à cause de ce que cet homme a fait à Francisca.

Ma sœur m'a confié son secret après être devenue une jeune fille et avoir eu ses lunes, et je l'ai vu ensuite, au cours d'une cérémonie que j'ai organisée pour elle quand j'ai été en possession du Livre évoqué par mon père avant de mourir, et par Paloma du temps où elle était encore Gaspar. J'ai vu ce misérable grimper sur elle et la prendre contre son gré, et jusqu'au jour d'aujourd'hui je pense que j'aurais pu tuer ce sale type à la machette, car la fureur qui s'est installée en moi ravive la douleur du souvenir. Je ne tue pas, je ne fais de mal à personne, mais je suis en colère contre ce misérable, voilà pourquoi je vous dis que j'aurais pu en finir avec lui, Dieu me pardonne ces paroles. C'était dans la milpa qui s'étend là devant. Ma sœur Francisca sortait à peine de l'enfance et elle s'est mise à faire pipi sur notre natte toutes les nuits. Je voyais cela avant d'aller vivre avec Nicanor et je lui disais, Tu es une femme maintenant, va te soulager dehors, comme tout le monde. Pourquoi sur notre natte ? Dans la journée elle urinait dehors, mais quand elle dormait elle s'oubliait. Avant qu'elle ait ses lunes elle avait des seins pareils à deux beaux fruits, elle avait toujours été plus grande que moi, allez savoir pour quelle raison, parce que notre mère était minuscule et notre grand-mère encore plus. Mon grand-père Cosme n'avait pas une très haute taille non plus, mais on le respectait pour son caractère et l'attention qu'il portait aux autres en les regardant droit dans les yeux, parce qu'il se rappelait tout ce qu'on lui disait, il n'oubliait jamais le prénom de qui que ce soit ni les histoires qu'on lui racontait. Mais comme nous il était petit alors que Francisca, Dieu sait pourquoi, nous a vite dépassés, comme un épi de maïs qui s'élève au-dessus des autres dans un champ, même si le vent le secoue, et où qu'elle se promène en ville, les hommes la reluquaient et lui criaient des choses. Gaspar, qui n'était pas encore Paloma, disait, Francisca tu es belle, et il lui mettait du rouge à lèvres que ma sœur s'empressait de frotter avec un chiffon, refusant qu'on la voie fardée comme une femme. Avant d'épouser Nicanor, j'ai donc remarqué qu'elle mouillait la natte, je l'ai réveillée en lui disant, Va chercher de quoi éponger ça, tu n'as plus l'âge de faire pipi ainsi. Elle a fondu en larmes en gardant le silence, et c'est moi qui suis allée prendre de quoi nettoyer pour lui éviter des coups de baguette sur les doigts. Elle l'a refait, alors j'ai acheté en cachette une autre natte qui a remplacé l'ancienne, je n'avais pas envie qu'on la sermonne. Personne ne s'est aperçu de rien. C'est ce jour-là qu'elle m'a raconté ce qui s'était passé et que j'ai vu plus tard en accomplissant une cérémonie pour elle.

Ce misérable a introduit en elle ses gros doigts dégoûtants, ça la brûlait et elle voulait partir, mais il n'y avait personne pour lui venir en aide. Elle était là, les seins à l'air, sous un soleil dur et blanc, un soleil de plomb haut dans le ciel, elle pouvait à peine parler parce qu'elle ne voulait pas rester, elle se demandait pourquoi ce moins que rien glissait en elle ses vilains doigts, elle voulait échapper à cet homme qui la fouillait de ses doigts craquelés par les labours, mais elle n'a pas réussi, il la maintenait de force, laissant sa poitrine découverte, il sortait ses doigts et les introduisait de nouveau, elle avait déjà un corps de jeune fille mais elle n'avait pas envie de la compagnie de ce misérable, un misérable qui lui murmurait à l'oreille que lorsqu'elle serait mariée et qu'elle aurait sa dot, elle le remercierait pendant sa nuit de noces, et aux côtés de son mari elle se souviendrait qu'il l'avait bien grosse, mais Francisca était terrifiée, ce misérable l'a forcée en lui disant plusieurs fois qu'elle s'en souviendrait, Tu te rappelleras ce que je te fais là parce qu'aucun autre homme ne te la mettra comme moi, puis il la lui a mise et ma sœur a eu mal, elle voulait être ailleurs. En glissant en elle ses doigts aux ongles noirs de terre et son âme de bête putride, il lui pétrissait les seins qu'elle-même se défendait de toucher quand elle se lavait avec les calebasses remplies d'eau, le matin, avant que le soleil sorte de sa montagne, tout comme elle refusait de poser ses yeux noirs sur son corps de jeune fille aux cheveux de jais qu'elle frottait avec de l'herbe pour les faire briller. Pendant qu'il la besognait, elle calmait son esprit en songeant à un tableau accroché près du christ dans l'église de notre ville, une vierge immaculée dont les pieds blancs flottaient au milieu de nuages qui semblaient en mouvement, pareils à ceux poussés par le vent quand le ciel était dégagé, d'un bleu limpide, à croire que la pluie venait de le laver, de gros nuages blancs et dodus comme des enfants bien nourris aux joues roses, grassouillets car remplis de bon lait maternel. Francisca m'a dit que ces nuages l'avaient emmenée ailleurs, dans notre église, où l'odeur des fleurs blanches la protégeait et dont elle appréciait l'ombre et le sol froid les jours de grande chaleur. Ma sœur voyait la Vierge et avait l'impression de fouler elle aussi les nuages cotonneux et dodus comme des enfants bien nourris aux joues roses, pleins de lait maternel, les nuages qui sentaient le lait comme les nouveau-nés, et elle se demandait ce qu'on sentait sous ses pieds quand on foulait les nuages blancs et doux, plus légers que l'air. En tout cas ils lui ont apporté la paix en lui permettant de respirer le parfum lacté dégagé par les nourrissons pendant que ce misérable lui léchait les seins comme s'ils étaient des fruits, jusqu'à ce qu'il répande sur eux le *pulque* rance de son âme puante.

Il y a des misérables sans nom, des misérables qui figurent dans la Bible, il y en a dans toutes les villes, ils parlent toutes les langues, il y en a eu de tout temps et les femmes continueront à leur donner le jour. Pour moi ils n'ont pas de nom et ils n'en auront jamais car tous portent celui de leurs crimes. Dès sa naissance, ma sœur Francisca a été une âme pure et silencieuse et elle l'est encore aujourd'hui. Je ne serais pas Feliciana si je ne l'avais pas eue, et vous ne seriez pas Zoé si vous n'aviez pas vécu aux côtés de votre sœur Leandra. Les sœurs ont ce que nous n'avons pas, elles sont ce que nous ne sommes pas et nous sommes ce qu'elles ne sont pas.

Nicanor n'a pas grimpé sur Viviana de force. Quelques années plus tard, Apolonia m'a appris que Viviana était enceinte de son mari. Elle a eu quatre enfants de lui. Mes deux filles en voulaient à Nicanor, elles avaient surpris des gens qui racontaient que leur père était un ivrogne et qu'il passait ses nuits avec Viviana. Je leur répondais, Votre père vous a donné la vie, ne lui gardez pas rancune car rien ne naît d'une graine brûlée, les filles, surtout pas des fleurs si le nom du père s'est consumé. Vous qui avez un mari et un fils, vous me comprenez. Allez là où nous avons enterré son nom en plantant les planches fixées par un clou et priez pour Nicanor, votre papa, allez vous recueillir devant cette croix, partager vos peines et vos joies, parce qu'il vous a donné la vie. Un jour Viviana m'a consultée pour sa cousine qui avait mal au foie. Elle m'a avoué qu'elle avait fréquenté d'autres hommes avant mon mari et qu'elle avait décidé de rester avec lui, qu'ils s'étaient enfuis une nuit parce qu'elle l'avait voulu, qu'il ne l'avait jamais forcée. Pourtant son frère a tué Nicanor à coups de machette, il l'a achevé en croyant que sa sœur était partie contre son gré. Elle a ajouté qu'elle se sentait coupable vis-à-vis de moi, qu'elle tenait à mettre les choses au point et qu'elle espérait que je guérirais sa cousine du mal qui la frappait au foie. J'ai aidé cette femme, je l'ai soignée, et laissez-moi vous dire que tout ce qu'éclaire le soleil brille sur cette terre. Viviana m'a raconté qu'elle avait emmené Nicanor chez elle alors qu'il était ivre, que son frère ignorait qu'elle voyait d'autres hommes à la tombée de la nuit. Pour son malheur, mon mari a été le premier dont il a eu connaissance, et il l'a tué parce qu'il pensait qu'il violentait sa sœur.

10

Feliciana avait compris sans que je lui dise. Un enfoiré avait abusé de Leandra quand elle avait seize ans. Notre père venait de mourir, notre mère faisait des heures sup dans les services administratifs de l'université, et sitôt rentrée à la maison elle allumait le téléviseur et s'endormait devant. Elle n'avait pas, n'avait jamais eu de tendances dépressives, et après la mort de notre père elle ne s'affalait pas sur le canapé pour pleurer mais regardait des documentaires, totalement absorbée par ce qui se passait sur l'écran. Elle préférait les reportages le plus éloignés possible de sa vie. Au lieu de rechercher des fictions, elle s'enfonçait dans une réalité très différente de la sienne. Le jour de l'anniversaire de mon père, deux mois et demi après sa disparition, pendant que Leandra et moi préparions des *quesadillas* dans la cuisine, elle nous a dit que nous n'avions pas idée de ce qui se déroulait dans l'univers en expansion, puis nous a exposé avec force détails sa théorie pour mesurer les trous noirs. C'était l'anniversaire de mon père, mais ni ma mère, ni Leandra, ni moi n'étions en mesure de le verbaliser. Ma mère se passionnait pour une série de reportages sur l'espace, la Voie lactée, les galaxies, la physique et ses grandes interrogations philosophiques. Un jour, j'ai remarqué que dans son bureau à l'université, elle avait remplacé son fond d'écran, troqué la photo de nous quatre à la plage contre l'image d'un astronaute flottant dans l'espace. C'était, je crois, l'autoportrait qui la représentait le mieux à l'époque.

Dans la quatrième et dernière école qu'elle a fréquentée, Leandra avait une camarade dont la sœur aînée était dentiste. Âgée de vingt-neuf ans, c'était une femme enjouée, bavarde, aux joues creusées de fossettes quand elle souriait. Elle s'exprimait avec un entrain communicatif, avait toujours quelque chose à dire sur les sujets d'actualité, surtout ceux de la presse à sensation, qui l'amusaient. J'appréciais les moments passés en sa compagnie lorsqu'on allait déposer ou attendre ma sœur à son cabinet. Un jour qu'elle déjeunait chez son amie, Leandra lui avait fait part de son désir de travailler et sa sœur dentiste lui avait proposé de la prendre deux semaines à l'essai car elle cherchait justement une assistante. Leandra ne possédait aucune notion de dentisterie ou d'odontologie, mais le jeune homme qui exerçait les fonctions de secrétaire avait démissionné quelques jours auparavant. Ce premier job était ce qui se rapprochait le plus de la médecine ; or paradoxalement Leandra ne supportait pas la vue du sang alors qu'elle était capable de lancer une grenade pour exprimer un désaccord, comme quand elle avait déclenché l'incendie dans son école. Mais la vue du sang la faisait défaillir. Apprendre qu'elle avait mis le feu à son école m'avait choquée sans me surprendre. Personne n'avait été blessé, et si cette histoire n'avait pas été diffusée dans les journaux télévisés, la rumeur s'était cependant répandue dans d'autres écoles, les collègues de mon père en avaient eu vent ainsi que les camarades de classe de mes cousins. Ma sœur pouvait adresser un message violent au monde mais blêmissait lorsque quelqu'un se blessait un doigt en coupant un citron.

Au travail elle portait deux blouses : une avec une bouche souriante aux dents baguées, l'autre imprimée de ballons de différentes nuances de bleu sur un fond d'azur. Ces tenues ne correspondaient guère à sa façon de s'habiller, elle qui avait tendance à s'ériger contre les uniformes et les marques. Durant les mois qui ont suivi la mort de notre père, elle a perdu du poids, a fondu comme un savon qu'on a oublié dans l'eau. En quelques semaines, la fille aux formes rebondies était devenue une sylphide. De nous trois, elle était celle qui avait le plus de difficultés à faire son deuil : elle pleurait, explosait pour un oui ou pour un non, cessait brusquement de nous adresser la parole. Le matin, ni ma mère ni moi ne savions de quel pied elle allait se lever. Elle se laissait porter au gré de son humeur, qui pouvait l'entraîner dans n'importe quelle direction, mais la plupart du temps elle était en pétard. Elle confiait à qui voulait l'entendre les souvenirs qu'elle avait de notre père, évoquait ce dernier à voix haute et était la seule à extérioriser ses pensées à mesure qu'elles surgissaient. En d'autres termes, elle était, de nous trois, celle qui régurgitait le mieux son sentiment de perte.

Il est curieux d'observer comment les cartes se rebattent dans une famille. Les acteurs restent les mêmes tout en changeant de rôle : ma mère, qui avait toujours été très expressive, était rentrée dans sa coquille et Leandra, d'ordinaire assez renfermée et sarcastique, était devenue loquace et d'une grande sincérité. Ma mère et moi nous réfugiions dans le travail. Je me lançais à corps perdu dans les études et fournissais plus d'efforts que nécessaire au journal. Bien entendu, je vivais dans le déni.

Un vendredi matin, dans la salle de bains, Leandra m'avait dit qu'elle comptait aller à une fête dans la soirée. En fin de journée, je passais en revue les corrections d'articles que mon chef avait reportées à la main sur le papier quand j'ai reçu un coup de fil de ma mère, qui m'a demandé de me préparer : elle serait là d'ici un quart d'heure. J'ai protesté que j'étais occupée, elle a rétorqué d'un ton inquiétant que je devais la conduire chez Fernando, un des amis de ma sœur. J'ai aussitôt essayé de contacter Leandra, qui n'a pas décroché, de même que ma mère. Je venais juste de faire la connaissance de Julián, un jeune skateur qui avait les dents du bonheur et été embauché au journal à une date récente. Nous n'avions pas encore eu le temps de discuter, mais je le trouvais sympa, je sentais que je pouvais lui faire confiance, alors je lui ai fait part de mon problème. Discret, il n'a pas cherché à en savoir davantage et m'a dit de ne pas m'inquiéter pour mon absence.

Quand nous sommes arrivées devant chez Fernando, maman a sonné jusqu'à ce qu'il lui réponde que Leandra n'était pas chez lui, mais ma mère a insisté. Avant qu'il décroche de nouveau l'interphone, un voisin a ouvert la porte du hall, ma mère s'est glissée à l'intérieur pour ressortir au bout de quelques minutes, traînant derrière elle Leandra complètement ivre. Elle est montée dans la voiture et a fondu en larmes : elle se sentait mal. Je me suis glissée sur la banquette arrière, j'ai ouvert la portière, lui ai soulevé les cheveux pour qu'elle vomisse. Nous avons dû nous arrêter deux fois afin qu'elle puisse se vider. Notre mère n'a pas prononcé un mot, son stress était palpable. Moi je pensais que Leandra s'était pris une cuite mémorable et qu'elle avait appelé à la maison, puis j'ai compris que notre mère avait suivi une de ses intuitions, qui l'avait incitée à aller la chercher à ce moment précis. Leandra était très bourrée et, son portable n'ayant plus de batterie, elle n'avait pas pu envoyer l'adresse de Fernando à notre mère. Je connaissais le chemin pour l'avoir déjà déposée là-bas. Ma sœur n'arrivait pas à faire de phrases, moins à cause de l'alcool que parce qu'elle était bouleversée. Je me suis dit qu'elle et ma mère étaient au courant de faits dont je n'étais pas informée et j'ai interrogé maman pour qu'elle m'en dise plus. Tu n'as qu'à demander à ta sœur, ma chérie, a-t-elle riposté avec beaucoup d'assurance en ouvrant sa portière et, pour la première fois depuis que nous étions en deuil, elle est rentrée à la maison sans allumer la télé ni se coller devant un documentaire, s'est enfermée dans sa chambre et a mis la radio, réglée sur la chaîne d'informations que nous n'avions pas écoutée depuis la mort de mon père. J'ai couché Leandra, me suis assise au bord de son lit. En soulevant sa frange je me suis rendu compte que son front ruisselait de sueur.

Elle m'a dit qu'elle n'avait bu qu'une bière et un mezcal et qu'aussitôt elle avait eu un coup de barre. Ils comptaient aller à une fête, mais elle s'était endormie. Ils étaient seuls tous les deux. Trouvant bizarre d'avoir sommeil après deux verres, elle s'était allongée et avait senti une main lui caresser le dos. Elle avait demandé à Fernando de la laisser tranquille un moment, elle était dans les vapes et pensait qu'elle irait mieux après une courte sieste. Elle avait le vertige, ne comprenait pas cette fatigue qui lui tombait dessus ni pourquoi il lui caressait le dos. Elle songea à une indigestion, ses défenses immunitaires avaient peut-être baissé parce qu'elle avait maigri. Elle ordonna à Fernando de ne pas la toucher mais il continua, l'enlaça par-derrière, couvrit sa nuque de baisers, palpa ses seins sans soulever son T-shirt, puis tenta de le lui retirer. Épuisée, elle répéta d'un ton pâteux qu'elle ne voulait pas. Il lui caressa les tétons et elle, à demi-inconsciente, repoussa ses mains en lui disant de ne pas s'imaginer des trucs qui n'existaient pas, précisa qu'elle voulait seulement dormir un instant et qu'il ne l'intéressait pas. Mais il continua à la molester, lui reprocha de s'être couchée dans son lit et ajouta en cherchant à l'immobiliser par derrière qu'elle était sûrement encore vierge. Elle le supplia d'arrêter, il riposta que ce n'était pas facile parce qu'il savait qu'elle aimait ça. Elle avait la nausée, son corps lui pesait. Elle se rappelait s'être assoupie quelques minutes, puis s'écarta dès qu'elle sentit l'érection de Fernando contre sa jambe. Ce jour-là elle portait une jupe. D'un coup sec, il baissa sa culotte et elle sentit de nouveau l'érection, cette fois entre ses fesses. Elle se releva d'un bond et courut aux toilettes. Sans bouger du lit, il lui cria que c'était la preuve qu'elle était vierge. Avec une énergie insoupçonnée, elle verrouilla la porte pendant qu'il continuait de l'asticoter. Elle resta là, étendue sur le sol. Lorsqu'elle entendit la sonnette et comprit que ma mère était là, il était probablement en train de se masturber, excité par ses propres paroles.

Leandra n'avait pas l'intention de sortir, persuadée que Fernando finirait par se lasser et qu'il se rendrait seul à la fête. S'il fermait sa porte à clé, elle pourrait toujours enjamber la fenêtre de la cuisine et descendre par un des escaliers en colimaçon qui permettaient d'accéder au parking. Mais elle était pétrifiée par la peur. Dans la chambre, ce connard de Fernando continuait de la traiter de vierge effarouchée, disait qu'elle ne portait que du noir, comme les bonnes sœurs, qu'elle s'habillait bizarrement. Tu es trop bien roulée pour te saper comme une freak, tu ne sais pas ce que tu rates, espèce de conne ! s'exclama-t-il pendant que ma sœur, dans les toilettes, se demandait ce qu'il avait bien pu mettre dans son mezcal. Son corps était lourd, sa vision brouillée.

Quand j'ai demandé à ma mère comment elle avait su que Leandra était en danger, elle m'a répondu qu'elle avait eu une impulsion. Il était encore tôt, elle en avait déduit que ma sœur était encore chez cet abruti. Elle était furieuse. Depuis la mort de mon père, je ne l'avais jamais vue aussi présente, on aurait dit une météorite encastrée dans la terre. Elle donnait l'impression d'être tombée de l'espace quand elle a remis ce connard de Fernando à sa place et a sorti Leandra de son appartement. Plus tard, elle lui a conseillé de porter plainte pour agression sexuelle, mais ma sœur a refusé.

Elle s'est endormie tard et réveillée deux fois, puis elle a eu des insomnies et deux crises d'angoisse. Pendant des mois, elle ne supportait plus d'être enfermée dans un ascenseur, une voiture ou un petit espace ; quand elle allait à une fête, elle regardait toujours par où elle pourrait s'échapper, elle me disait que les appareils d'imagerie à résonance magnétique étaient pour elle un véritable film d'horreur. Ce jour-là, elle m'a réveillée, a lancé quelque chose par terre avant d'aller le récupérer, et a voulu savoir si je m'étais posé des questions sur l'origine des intuitions de notre mère. Notre père lui avait raconté qu'une nuit, maman l'avait tiré du lit en affirmant que son oncle venait d'avoir un accident sur la route de Cuernavaca et qu'il était mort. Il n'y avait pas encore de portables. Ébranlé, notre père a téléphoné à sa tante pour prendre de leurs nouvelles et elle lui a dit que son mari était en déplacement. Peu après, sa cousine l'a appelé pour lui annoncer la triste nouvelle, comme notre mère l'avait prédit. Par le passé, maman m'avait dit qu'à l'époque où Leandra et moi étions nées, l'échographie n'existait pas et que, pendant quelques mois, elle avait cru que je serais un garçon, jusqu'à ce rêve : Tu étais sur un banc, dans un parc, le visage couvert de boue que je frottais pour la faire disparaître. Tu étais la même que lorsque tu avais deux ans et je prenais conscience que tu étais ma fille. J'ai réveillé ton père pour lui dire que nous aurions une fille et qu'elle serait son portrait craché.

Le lendemain matin, j'ai vu ma mère retirer les feuilles mortes des plantes du salon, une tâche qui m'était en principe dévolue. Leandra avait faim et ouvrait les boîtes hermétiques du frigo contenant les restes de la semaine pour voir si quelque chose lui faisait envie. Lorsque j'ai demandé à maman comment elle avait su aussi clairement qu'elle devait aller chez ce connard de Fernando, Leandra lui a parlé de l'accident de notre grand-oncle.

— Toutes les femmes naissent en ayant une petite part de sorcière en elles, a-t-elle murmuré en se débarrassant des feuilles dans un sac plastique. Il faut bien qu'on se défende.

— Mais c'est Leandra qu'on est allées chercher, maman.

— Qui a dit qu'il ne fallait protéger que soi ? Enfin… le jour où l'oncle de votre père est mort, j'ai eu très peur et je ne protégeais personne, alors je n'ai pas vraiment de théorie sur la question. Tout ce dont je suis sûre, c'est que j'ai ressenti quelque chose, une sorte de pressentiment, et pourtant c'était tellement clair que je lui ai demandé d'appeler pour vérifier si son oncle allait bien. Malheureusement, je l'avais vu mourir.

— Comment peux-tu avoir ces visions ?

Leandra ne voulait plus qu'on reparle de ce qui s'était passé la veille, et notre mère laissait entendre qu'elle n'avait pas l'intention de précipiter les choses.

— Je ne sais pas. C'est comparable à des pensées que tu ne contrôles pas, mais c'est si clair que tu n'as aucun doute à ce sujet.

— Et qu'as-tu ressenti hier, exactement ? a demandé Leandra.

— Ça, une impulsion. J'ai regardé l'heure et j'ai su que tu étais toujours chez ce Fernando, que ta sœur connaissait l'adresse, alors je l'ai appelée pour qu'elle m'accompagne chez lui.

Elle évitait d'entrer dans les détails pour bien faire comprendre à Leandra qu'elle était libre de lui confier ce qu'elle voudrait au moment où elle le voudrait, même si elle avait besoin de savoir où en était sa fille.

— Une impulsion, a-t-elle répété. Comme toute mère qui sent que son enfant est en danger.

Dans l'après-midi, Leandra et moi sommes allées déjeuner à l'extérieur. Nous ne nous étions pas retrouvées ainsi depuis longtemps. Nous avons commandé des tacos, Leandra en a mangé plus que moi, visiblement sous le coup d'une réaction vitale. Nous avons marché dans une rue très animée et sommes passées devant une quincaillerie, une épicerie, deux boutiques de vêtements, un magasin d'articles orthopédiques qui semblait s'être figé dans les années 1970 et d'autres commerces. Leandra a contemplé la vitrine d'un disquaire et nous avons commenté certaines des pochettes exposées. L'œil de ma sœur était toujours attiré par des détails géométriques, une couleur particulière. Elle savait en général qui étaient les concepteurs graphiques et achetait des disques pour leurs pochettes, ce qui ne risquait pas de m'arriver. Je dirais que ses goûts musicaux étaient liés au visuel. Elle connaissait les noms des illustrateurs, des photographes et des artistes qui avaient participé à leur élaboration. Je tenais d'elle les quelques rudiments que j'avais en la matière, mais je me fichais pas mal des pochettes ou d'avoir une collection de disques en tant qu'objets.

Nos différences étaient décelables dans nos tenues vestimentaires. Pour Leandra, s'habiller équivalait depuis l'enfance à adopter une posture. Plus jeune, elle mettait principalement du noir – jeans noirs, jupes noires, T-shirts ou sweats noirs en coton à col rond et bottes noires. Elle avait cinq sacs réalisés à la main par différentes communautés ethniques. Je me souviens qu'après avoir discuté artisanat avec elle, une des collègues de notre mère lui avait rapporté de Colombie un sac aux couleurs fluorescentes confectionné par des Wayúu. Elle en possédait un autre en laine vierge tricoté par des femmes zapatistes.

Sa garde-robe comptait des pièces étranges qu'elle arborait en adoptant une attitude en parfait accord avec le vêtement : une tunique grise coupée comme un gigantesque sac-poubelle et resserrée par une grosse ceinture noire, un peignoir chinois qu'elle avait depuis des lustres, un dashiki africain acheté dans le centre historique de la ville à un vendeur ambulant, une jupe jaune d'Oaxaca qu'elle portait comme une minirobe. Elle aurait pu tout aussi bien arrêter son choix sur une serviette-éponge ou un rideau, sa ceinture leur aurait donné du cachet, sans compter que ma sœur ne se départait jamais de sa belle assurance.

Elle pestait contre les multinationales du prêt-à-porter, les énormes monopoles qui faisaient travailler leurs employés dans des conditions précaires et inhumaines. Elle n'achetait jamais de marques, et lorsque notre mère ou moi le faisions, elle nous assénait de longs discours pour nous rappeler comment ces entreprises traitaient leurs travailleurs et nous expliquer que des enfants et des adolescents fabriquaient des vêtements en série dans des ateliers clandestins flottants. Mon père ne s'intéressait pas à la mode, si bien que Leandra gardait ses distances et évitait de lui faire la morale, mais lorsque je lui rapportais ses sermons, il respectait ses opinions, même s'il les jugeait radicales. Souvent, quelqu'un lui demandait où elle avait acheté telle ou telle pièce, qu'elle dénichait souvent dans des endroits peu connus des ados. Pour se faire confectionner sur mesure un pull basique noir, elle était capable d'acheter les pelotes de fil de coton et de négocier le juste prix auprès des vieilles dames d'un club de tricot. Moi je ne prêtais guère attention aux fringues. J'aimais les couleurs claires et neutres, et quand je voyais quelque chose qui me plaisait dans une vitrine et que j'avais assez d'argent, je me l'offrais, mais j'aurais pu tout aussi bien me promener en uniforme. Maintenant que j'y pense, je crois que sur ce point je ressemblais à notre père et non à Leandra et à notre mère. Papa s'en était élaboré un, car ses tenues étaient plus ou moins identiques, seules les teintes les différenciaient les unes des autres.

À seize ans, Leandra s'habillait surtout en gothique. Elle avait toujours aimé les formes géométriques et les sacs artisanaux, appréciait les bâtons de rouge flashy et avait toujours les lèvres fardées, comme notre mère. À sept ans, elle adorait les stylos de toutes les couleurs et avait une collection de feuilles de papier à en-tête de formats différents, qu'elle avait débutée en pillant les bureaux respectifs de nos parents. Elle les stockait alors qu'elle détestait écrire des lettres ou quoi que ce soit d'autre. Ses cahiers d'école lui servaient à dessiner des figures géométriques. Elle aimait les petites images d'animaux, surtout celles représentant des chats, et elle disait fréquemment qu'elle aurait aimé en être un. Les papeteries l'enchantaient depuis sa plus tendre enfance, l'odeur des cahiers neufs protégés de plastique la fascinait, mais ce qu'ils contenaient l'ennuyait, comme tout ce qui s'y rapportait, à savoir l'école et le système éducatif. Un jour, de retour du quatrième établissement scolaire qu'elle avait fréquenté, elle qui m'avait pourtant poussée à faire ma première communion me dit, Le problème, Zoé, ce n'est pas Jésus. Lui, je n'ai rien à lui reprocher, contrairement aux chrétiens. Eh bien, pour l'école, c'est pareil. Ce n'est pas l'enseignement qui me soûle, mais les profs, qui nous traitent comme des débiles.

Vers quatorze ans, très sûre d'elle, elle décréta qu'elle se ferait un tatouage dès que possible. Mon père nous ayant demandé d'attendre d'être majeures avant de prendre cette décision, son premier tatouage remonte donc au jour de ses dix-huit ans. C'était trois rectangles de couleurs primaires. Quand je lui ai demandé s'ils symbolisaient quelque chose, elle a rétorqué, Pourquoi un tatouage devrait-il avoir une signification ? Il est cool, non ?

À quinze ans elle adorait observer toutes sortes de formes et de couleurs et s'abîmait des heures entières dans cette contemplation, pensant que plus tard elle pourrait elle aussi concevoir quelque chose. Les livres la barbaient et je me rappelle l'avoir vue un jour en ouvrir un dans une librairie et en lire la première page à voix haute. Franchement, je ne comprends pas que tu aimes la lecture. Personne ne parle comme ça dans la vraie vie ! Dans les musées, plus les œuvres étaient abstraites et les couleurs audacieuses, plus elles la captivaient. Si l'image faisait référence à une anecdote dont le spectateur devait dérouler le fil, Leandra tranchait celui-ci d'une phrase lapidaire. Elle adorait couper court à tout argument, à croire qu'elle sectionnait des fils de marionnettes. De là ses multiples ennuis avec l'autorité. Seule l'image l'intéressait, pas ce qui tournait autour. Moi c'était l'inverse : au musée je pouvais rester bien plus longtemps à lire les descriptions que devant les œuvres. Selon Feliciana, nos sœurs sont ce que nous ne sommes pas. Après son agression, quand nous sommes entrées chez le disquaire, Leandra m'a demandé si je pensais qu'elle serait capable à l'avenir de créer une pièce qu'un inconnu regarderait d'un air abstrait, comme nous venions de le faire devant la vitrine, et que ça lui plaise au point qu'il le dise à la personne qui l'accompagnerait.

Cette année-là, elle est allée chez le coiffeur et s'est fait raser la tête, elle ressemblait à un soldat. En la voyant, notre mère lui a dit que, quelle que soit sa coupe, elle serait toujours jolie. Mon père l'a pris comme une agression, une manière d'exprimer sa colère contre le monde, mais il ne m'a confié cela que timidement, au bout de quelques semaines, quand les cheveux de ma sœur avaient un peu repoussé. Leandra s'était aperçue qu'il gardait son jugement pour lui et un soir, dans le garage, pendant qu'il graissait une pièce de mécanique sous une petite lampe, elle a décrété calmement qu'il ne fallait pas forcément associer les cheveux longs à la féminité, qui pouvait prendre de nombreuses autres formes. Notre père l'a embrassée en lui disant qu'elle était libre de faire ce qu'elle voulait. Leandra et lui discutaient rarement mais un lien silencieux les rapprochait, comme deux escargots.

De même que notre père, Leandra préférait les lieux aux objets. Elle détestait faire les magasins, s'érigeait contre le capitalisme. Lorsque je sortais avec elle, j'avais l'impression d'être aux côtés d'un prédicateur incapable de fermer son clapet et je me demandais souvent pourquoi je ne l'avais pas laissée à la maison. Mais, sitôt entrée dans la boutique, elle observait davantage la disposition des objets sur les rayonnages que les objets eux-mêmes. Elle aimait les vieux cafés, les vieux immeubles, les échoppes de fleurs et de fruits devant lesquelles elle passait du temps sans rien acheter, engageant de courtes conversations agréables avec les passants ou les vendeurs. Elle avait hérité du don de communication de notre mère et de l'habileté de notre père et, dans ces moments-là, son comportement se situait à l'opposé de celui de la fille brutale, tranchante et sincère qu'elle pouvait être, confrontée à l'injustice. Elle ne supportait pas les manifestations despotiques et détestait qu'on se croie supérieur, qu'on fasse preuve de racisme ou de xénophobie ; de manière générale, elle avait du mal à accepter les attitudes humiliantes ou oppressives, qui l'obligeaient à dévoiler son côté violent, la rage qui l'avait conduite à déclencher à treize ans un incendie dans la troisième école dont on l'avait renvoyée.

Elle avait battu des records de mauvaise conduite, mais, alors que tout indiquait que cette adolescente était sur une pente descendante, je crois que quelque chose enfoui dans sa façon d'être confortait mes parents dans la certitude qu'elle finirait par trouver sa place. Son goût pour les figures géométriques l'amena à prendre une série de photos des formes qu'elle repérait au cours de ses promenades avec un appareil que notre père lui avait offert après le fameux incendie. Elle aimait aussi regarder les gens laver les rues. Près de chez nous vivait une femme qui, chaque matin, nettoyait devant chez elle en écoutant la radio à plein volume. Elle frottait avec passion, chantait et récurait le sol, un seau d'eau posé à côté d'elle. Leandra l'a prise en photo et m'a dit, Regarde, frangine, concentre-toi sur les cercles qui se dessinent quand elle verse l'eau par terre au rythme des chansons. Ma sœur avait des tas d'amis, elle s'en faisait partout où elle allait. Je me rappelle qu'une fois elle est descendue de voiture pour aller acheter du café et que de retour de l'épicerie elle m'a annoncé qu'on était invitées à une fête le soir même par la personne qui patientait dans la file d'attente derrière elle. De nous deux, Leandra est celle qui avait et a toujours le plus grand groupe de potes ; elle n'avait pas passé cinq minutes dans une école qu'elle en ressortait avec des projets et la garantie d'être conviée à divers événements. Mais, à treize ans, après l'incendie, elle occupait le plus clair de son temps à se balader avec son appareil photo.

Elle déteste son anniversaire. Quand c'est le jour J, je l'entends supplier les gens de son entourage de ne pas le lui souhaiter. Elle a horreur des gâteaux, vomit les chansons qu'on entonne à cette occasion, trouve que les « Happy Birthday » ridiculisent l'espèce humaine. Cette exécration a commencé quand elle avait dix ou onze ans. Elle trouvait les anniversaires ringards. Elle ment sur sa date de naissance, la décale de deux ou trois jours au cas où quelqu'un aurait l'idée de la féliciter, afin qu'il rate son coup. Sur toutes les photos de fêtes que ma mère a prises, elle est comme une âme en peine qu'on a forcée à être là. En cela elle ressemble à notre père, qui ne supportait pas de poser et préférait être derrière l'objectif.

J'adorais les films policiers et la presse à sensation ; Leandra, elle, riait devant les films d'horreur alors que, dans la vraie vie, il en allait différemment : elle tournait de l'œil dès qu'elle voyait du sang et j'étais facilement impressionnable. Contrairement à moi elle n'était pas prude, tirait une grande fierté de son corps, même quand elle était en surpoids, dans son enfance et son adolescence. À l'inverse, j'étais très pudique à l'époque de ma puberté. Elle allait aux toilettes sans se soucier de fermer la porte et si je lui adressais une remarque, elle me reprochait de traîner dans le coin. Après avoir minci en très peu de temps, il lui est arrivé de tomber dans les pommes. Je n'étais pas avec elle ce jour-là, mais sa force naturelle jurait avec sa faiblesse physique, sa vulnérabilité. C'était également une des particularités de notre père. En dépit de tout, elle a encaissé courageusement l'agression sexuelle de ce connard de Fernando. Le lendemain, nous sommes allées manger des tacos et nous promener dans la ville, et à son attitude j'ai compris qu'elle désirait sortir grandie de cet épisode dramatique.

Nous avons marché sans but précis, elle m'expliquait quelque chose à propos d'un immeuble gigantesque sur l'avenue Insurgentes. Abandonné, il était recouvert de graffiti et toutes ses vitres avaient volé en éclats. Elle disait que c'était un grand oiseau aux ailes trop courtes, un building gênant au milieu des autres, qui avaient encore une utilité. Ce sont des choses qui arrivent dans les meilleures familles, Zoé. Leandra aimait les vieilles constructions aux façades dégradées, les fenêtres sales, les portes amochées, la ferronnerie corrodée par le temps, et en particulier les gratte-ciel des années 1970 de Mexico, les mosaïques multicolores de leurs halls d'entrée, disposées selon un patron rigoureux mais dans un désordre apparent, leurs portes métalliques, les grandes baies vitrées des vastes appartements, le soleil de l'après-midi se frayant un passage entre les rideaux. Leandra disait qu'elle était curieuse de connaître la ville dans laquelle nos parents avaient passé leur jeunesse. Un peu plus tard, elle s'est lancée dans une série de photos des buildings de cette époque, sans doute pour se rapprocher de notre père. Après tout, c'était lui qui lui avait offert cet appareil. Il avait découvert son potentiel avant elle.

Lui aussi photographiait des objets, des maisons, des lieux, des voitures délaissées, des ponts, rarement des gens. Quand un homme ou une femme apparaissait sur un de ses clichés, c'était accidentel, inévitable, de même qu'un arbre ou un tas de briques peut surgir sur une image dans un album de famille. Les nôtres étaient remplis de photos de lieux de notre père ; celles, moins nombreuses, où posaient des gens avaient été prises par ma mère ou bien il s'agissait de Polaroids achetés aux photographes professionnels présents à ce moment-là. Le type d'images qui plaisaient à notre père ou à notre mère était pour ainsi dire représentatif de leur façon d'être. Quand personne ne souriait sur un cliché, ma mère estimait qu'il fallait le refaire : elle voulait que tout le monde soit dans le cadre, bras dessus bras dessous.

Leandra s'était mise à photographier les immeubles des années 1970 parce qu'ils revêtaient une signification particulière à ses yeux, dans la mesure où elle s'imaginait que notre père y était allé dans le passé. Elle trouva ceux dont elle supposait qu'ils lui auraient plu autant qu'ils lui plaisaient à elle, comme un enfant assis à une table d'adultes s'amuse à jouer avec des serviettes et des pailles. Elle prit de nombreux clichés. Des portes sans portier, des espaces qui des décennies auparavant avaient peut-être contenu un bureau, une chaise et une petite télé noir et blanc difficile à régler, des halls d'entrée décorés de plantes en tissu, que quelqu'un traversait de temps en temps. Aujourd'hui, ces grands buildings m'évoquent davantage Leandra que notre père, ou plutôt l'idée qu'elle se faisait de lui.

Quand elle ne potassait pas son bac et ne travaillait pas chez la dentiste (où son uniforme faisait d'elle une autre personne), elle se promenait avec son appareil, développait ses photos et me demandait parfois ce que j'en pensais. J'ignorais si elle était intriguée par ce qui se passait dans les pièces vides de ces édifices, derrière leurs rideaux et leurs fenêtres. Moi, c'est ce que j'aurais aimé savoir, mais elle m'a avoué que pour sa part elle n'y avait jamais songé. Je crois que c'est un des traits qui nous distinguait à l'adolescence et encore maintenant.

Telles étaient les passions de ma sœur. En revanche, elle détestait les maisons des années 1980 aux façades rugueuses, les immeubles modernes qui ressemblaient à des boîtes à chaussures blanches, les banques et les pharmacies, qu'elle jugeait visuellement affreux. Elle méprisait les structures qui respiraient le luxe et le gaspillage. Elle se rendait parfois dans une pharmacie du centre historique de la ville pour acheter des flacons en verre brun de différentes dimensions qui rappelaient ceux des vieux apothicaires, un moyen de distinguer ses affaires des miennes dans la salle de bains que nous partagions. Pour les commandes, un ancien système de fiches remontant à plus d'un siècle était toujours en vigueur et il y avait toujours de longues files d'attente. Elle aimait les produits qu'on y vendait : huiles essentielles et végétales, bases de glycérine et d'alcool qui lui permettaient de fabriquer elle-même ses masques faciaux, ses savons, ses parfums et son shampoing. Une fois, je lui ai demandé comment elle avait confectionné le merveilleux parfum qu'elle portait, et au lieu de me l'expliquer, elle m'a répondu tout sourire, À bas les grosses firmes, frangine ! Qu'elles aillent se faire foutre ! On ne va quand même pas toutes sentir pareil ! On n'est pas des mannequins en série. Qui a bien pu avoir cette idée débile ?

Elle n'aimait pas, et n'aime toujours pas, les unes des tabloïds, où apparaît souvent un mort dans une mare de sang sous un gros titre supposément spirituel. Elle n'appréciait guère non plus qu'on parle en sa présence d'accidents dramatiques et se sentait mal quand quelqu'un décrivait dans leurs moindres détails des maladies ou des épisodes sanglants. Le jour où nous avons retrouvé nos parents à l'hôpital avant la seconde crise cardiaque qui a emporté notre père, une infirmière avait laissé un des tubes en plastique mou se détacher et un liquide jaunâtre se répandait par terre, sans qu'on sache s'il émanait du corps de papa ou si c'était un médicament. Leandra s'est éloignée, en proie à la panique. Elle ne supportait pas le sang, contrairement à moi qui adorais les articles gore de la presse à sensation. Notre père m'avait transmis son goût pour la charcuterie et j'adore voir Félix dévorer des saucisses ; tous les dimanches, nous avions droit à un barbecue, et je suis sûre que s'il était encore de ce monde, il serait heureux de profiter de ces moments avec son petit-fils.

Quand elle était petite, ma sœur exécrait les rats et elle en avait peur. Elle était capable de fabriquer un cocktail Molotov dans notre salle de bains pour défendre ses idées pourtant elle perdait le contrôle devant un rat. Elle tournait de l'œil face à cette petite bête mais adorait les serpents. À onze ans elle a voulu qu'on lui offre une couleuvre d'eau qu'elle lâchait parfois l'après-midi dans notre chambre, en mon absence, parce que cet animal me répugnait malgré ses airs de serpent à la retraite. Leandra, qui détestait les rongeurs et les cafards, était fascinée par ses mouvements sur le tapis, et elle s'amusait à placer sur son chemin des obstacles que la couleuvre contournait.

À l'adolescence, les histoires de terreur et les romans à suspense me divertissaient, tandis que Leandra n'ouvrait jamais un livre par plaisir. Elle avait pourtant une excellente mémoire et retenait les dialogues des films qui lui avaient plu. Je me souviens de l'avoir entendue réciter par cœur la fameuse tirade de la jeune possédée de *L'Exorciste*. Elle était morte de rire et se contorsionnait comme si un esprit malin s'était emparé d'elle. Elle ne manquait pas une occasion de faire son petit numéro. Lorsqu'elle évoque un détail particulier du passé, je suis toujours admirative de sa mémoire prodigieuse. Elle mentionne des détails que j'ai oubliés, des séquences de films que nous avons vus dans notre enfance et dont je ne me rappelle rien, ni les titres ni les intrigues. Avant la naissance de Félix, Manuel et moi avons traversé une phase délicate et nous nous sommes séparés pendant quelques mois. Je me suis installée chez Leandra et Tania, sa compagne et, en buvant des bières le premier soir, elle m'a dit, C'est vrai que tu es hétéro, frangine, d'où tes problèmes de couple. Ses mauvaises blagues mises à part, son aisance à évoquer les souvenirs les plus insignifiants avec une grande précision est remarquable.

Sa prédilection pour les films d'épouvante remonte à notre enfance, alors qu'à la maison ils n'intéressaient personne. Notre père était fan de biopics et de films historiques, notre mère se joignait à nous, peu lui importait ce que nous regardions. Une fois, à l'école, un groupe d'élèves commentait un film sur un cimetière d'animaux de compagnie que ma sœur n'avait pas vu, et ils s'étaient relayés pour lui raconter l'histoire. De retour à la maison, elle était tout excitée par l'idée que les animaux enterrés dans ce cimetière revenaient hanter les vivants. Des années s'étaient écoulées depuis cette anecdote, quand la couleuvre a disparu, mais notre père a eu beau la rassurer en lui disant qu'elle s'était certainement cachée quelque part, Leandra ne s'est pas éloignée de lui jusqu'à ce qu'ils la retrouvent enroulée autour d'un des pieds de son lit. Pendant que je jouais de la batterie, elle s'enfermait souvent dans notre chambre pour dessiner. Elle avait dix ou onze ans, je ne sais plus trop, et craquait sur Lalo, un de ses camarades de classe. Elle ne lui a jamais révélé ses sentiments, mais m'a avoué un soir que nous étions couchées qu'il partait tous les week-ends avec ses parents à Tepoztlán et qu'avec la fille d'un de leurs amis, ils se mettaient à l'écart et se livraient à des jeux que ma sœur n'aurait jamais imaginés entre deux adolescents. Je crois que les récits de Lalo ont réveillé en elle des émois qu'elle n'avait encore jamais ressentis, ses premiers bouleversements hormonaux.

Le lendemain matin, pendant qu'on se brossait les dents, elle a continué, la bouche pleine de dentifrice. Je ne t'ai pas tout dit, frangine. Lalo m'a dit qu'ils ont nagé tous les deux À POIL, Zoé. Leurs parents étaient au restaurant, alors ils sont allés dans la piscine ensemble, ILS ONT RETIRÉ LEURS MAILLOTS et ils ont NAGÉ, Zoé. À onze ans, ma sœur était époustouflée et moi aussi.

En cachette de notre père, elle avait chipé des photos qu'il conservait dans des boîtes blanches depuis des lustres et avait écrit une lettre à Lalo sur un des papiers à en-tête de sa collection. Elle lui offrit le Zippo Spectrum qu'elle avait toujours dans son sac à dos. Lalo fumait, elle avait donc pensé que le briquet lui serait plus utile qu'à elle. Après avoir reçu sa lettre, il ne lui adressa plus la parole. Un jour, quelqu'un raconta à ma sœur qu'il s'était moqué du collage de photos d'endroits déserts qu'elle lui avait envoyé en décrétant que c'était l'œuvre d'une sorcière qui en outre lui déclarait sa flamme. Moi, elle m'avait simplement dit, J'ai perdu mon Zippo et un ami, frangine. Je suppose que c'est ça, l'amour : on donne et l'autre, comme si de rien n'était, garde tout pour lui. Quelques jours plus tard, Lalo lui renvoya sa lettre et son briquet. Ce fut une des rares fois où Leandra eut le cœur brisé. Même après le lamentable épisode avec ce connard de Fernando, elle a toujours trouvé le moyen de transformer les moments de vulnérabilité en force.

Lalo avait à peu près quatorze ans et Leandra cessa de lui courir après quand elle récupéra son Zippo et sa lettre. Le bruit courait qu'il se vantait de ses conquêtes, et ma sœur était une fille supplémentaire à son tableau de chasse. Elle commença à sortir avec un voisin qui lui plaisait. Il l'entourait d'attentions et était amoureux d'elle, mais elle le traitait avec indifférence. Je pourrais dire qu'elle a compris très tôt comment elle voulait qu'on la considère dans une relation. Elle a eu un petit ami bien avant moi, et en apprenant la nouvelle, nos parents nous ont imposé un tas de règles à l'ancienne, comme de nous obliger à rentrer à une heure précise. On ne s'attendait pas à une telle réaction car ils étaient plutôt ouverts d'esprit.

Le lendemain du drame avec Fernando, nous avons passé toutes les deux une journée agréable, mais quand dans la soirée je l'ai entendue s'attarder sous la douche, j'ai compris qu'en laissant l'eau couler une éternité, elle songeait sans doute à sa mésaventure avec ce connard.

11

Selon d'anciennes traditions, la curandera ne doit pas avoir de relations sexuelles avec des hommes et les rapports de ce type sont interdits à ceux qui mangent des champignons cinq jours avant et après la cérémonie. Les personnes qui le souhaitent peuvent même s'abstenir pendant sept jours et sept nuits. Je n'ai pas mangé de champignons tant que j'ai été mariée, parce que je ne voulais pas que Nicanor me prenne pour une sorcière et que je devais respecter les règles. À la fin de ma première année de veuvage j'étais pure, je n'avais plus d'époux et ne fréquentais pas d'autres hommes. J'avais à la hanche une douleur que deux guérisseurs n'avaient pas réussi à soulager, alors j'ai décidé d'aller dans la montagne entre San Juan de los Lagos et San Felipe, là où mon père m'avait emmenée avant de décéder, à l'endroit exact où ma sœur Francisca et moi gardions les agneaux et les chevreaux. Là j'ai trouvé les champignons que Gaspar, qui était déjà Paloma, avait caressés avec autant de douceur que lorsqu'elle touchait les objets en les traitant comme des fleurs, une délicatesse qui vous donnait envie qu'elle pose la main sur vous. Je n'avais encore jamais vu une telle légèreté, d'autant moins pour effleurer des choses, alors une personne… Paloma avait caressé les champignons de cette manière pour les donner à ma grand-mère Paz au cours de la cérémonie qui l'a ramenée à la vie. J'ai cueilli avec précaution plusieurs couples de champignons, qui se mangent ainsi, par paires. Comme un mari et une femme ils doivent bien s'aimer pour se donner de la force l'un l'autre. Je les ai détachés sans les brusquer, à la manière des pissenlits dans les hautes herbes, et je les ai portés avec soin, comme s'ils risquaient de s'effriter et de se disséminer dans le vent si je ne faisais pas attention. J'imitais la façon dont Gaspar, qui était déjà Paloma, les avait pris, puis je leur ai parlé, j'ai demandé à Dieu qu'Il m'aide à les choisir, et j'ai cueilli des couples car je savais qu'ils se mangeaient deux par deux, et ensuite je suis allée me soigner toute seule en accomplissant une cérémonie après que Francisca, ma mère et les enfants s'étaient endormis. À l'époque ma mère vivait encore avec nous. Cette nuit-là, j'ai pensé, Si j'arrive à me guérir seule j'arriverais à guérir les gens, il en est ainsi pour tout, d'abord moi, ensuite les autres, car ce que je peux faire dans les eaux profondes, je suis capable de le reproduire avec les gens. Si je pouvais venir en aide aux autres, alors les bénédictions de mon grand-père Cosme m'accompagneraient et je bénirais moi aussi des personnes.

Mais en ce temps-là j'étais loin d'imaginer qu'il me serait possible de cesser de travailler, car à la maison on avait faim et qu'il y avait de nombreuses bouches à nourrir. J'ai appris à mes enfants à élever les vers à soie, comme mon grand-père Cosme l'avait fait avec Francisca et moi et, même si nous n'avions pas autant de marchandise que lui à proposer, je savais que la soie se vendait toujours bien. Ma mère et ma sœur s'occupaient de la milpa, du café, des courges et des haricots que nous cultivions. Moi j'effectuais toutes sortes de tâches, mais Aparicio avait la bougeotte, il n'arrêtait pas d'aller de-ci, de-là, comme un beau diable, sans doute parce que depuis la mort de Nicanor il était l'homme de la maison. Vous voyez, il s'était aperçu qu'il n'y avait que des femmes dans sa famille. C'était vrai, alors il allait par monts et par vaux pour voir s'il pouvait s'échapper dans une famille d'hommes, je crois. Francisca et moi nous étions obéissantes, curieuses mais obéissantes, où que j'aille elle me suivait, toujours sur mes talons, mais elle était moins agitée que moi. Quand Aparicio est né, tout gonflé et hurlant, poilu y compris sur les fesses, un vrai poulain velu, je me suis rendu compte que ce gamin ne me laisserait pas une minute de répit, alors j'ai creusé un trou près de la milpa, un trou bien profond dans la terre, juste à côté de moi, et je l'y collais pour qu'il nous fiche la paix pendant que nous travaillions, jusqu'à ce qu'il soit en âge de comprendre que lui aussi, il fallait qu'il cravache. Quand il chouinait je lui donnais une tortilla, et une autre encore s'il continuait, puis c'était au tour de ses sœurs de le calmer. J'aurais creusé trois trous si mes filles avaient rechigné ainsi à se mettre à la tâche, mais toutes petites déjà, Aniceta et Apolonia étaient dociles, comme Francisca. Ensuite Paloma a fait cadeau à Apolonia de ses ombres à paupières, enfin… S'il y avait quelque chose à faire à la maison, c'était travailler, trimer dur, on n'a pas le choix quand on est tenaillé par la faim et qu'il y a de nombreuses bouches à nourrir. On ne pouvait pas s'offrir le luxe d'avoir des enfants turbulents dans les pattes. Voilà pourquoi je dis à mes filles que les enfants de la ville ont l'habitude que le monde tourne autour d'eux, comme si les dimensions de l'univers étaient adaptées à leurs petites mains, mais qu'à la campagne, les gamins sont obligés de faire leurs besoins dans le même trou que les adultes et leurs mains accomplissent le même travail que les mains des grands, car leur monde est celui de la faim et du labeur.

Ma fille Aniceta s'est lancée dans la fabrication de bougies en pure cire d'abeille, qu'elle rassemblait deux par deux pour suspendre leurs mèches à des clous qu'elle plantait çà et là dans la maison. Apolonia, elle, s'occupait de la soie. À mesure qu'elle grandissait, je prenais conscience qu'Aniceta risquait d'attirer sur elle le regard des hommes, mais elle ne s'en laissait pas conter et ressemblait en cela à ma sœur, qui aimait travailler. Ma fille faisait donc des bougies par paires, de toutes tailles, qu'elle accrochait par leurs mèches, et elle en colorait certaines avec des cochenilles ou l'écorce des arbres de la ravine, parce qu'elle avait hérité le don des teintures de sa grand-mère, je le lui disais Tu tiens ça de Paz, qui nous cousait nos vêtements et les teignait avec de l'indigo ou des écorces ; ta grand-mère avait deux mains droites pour la couture, et ma mère avait de l'or dans les doigts dès qu'elle brodait. Aniceta fabriquait de belles bougies et de beaux cierges que les curés, les religieuses et les femmes fortunées lui achetaient à l'église et qu'ils disposaient sur les autels devant lesquels ils priaient. Elle a été la première à rapporter de l'argent à la maison avec ses bougies en pure cire d'abeille de toutes les dimensions.

Étant capable de soigner ma hanche, je savais que je pourrais soigner d'autres personnes, pourtant je ne possédais pas encore le Livre et je ne connaissais pas tous les bienfaits du Langage avant que Dieu me parle et me dise, Feliciana, telle est ta voie. Il paraît que le soleil ne sort de sa montagne qu'après l'heure la plus noire de la nuit. C'est à ce moment-là que j'ai accompli mes premières cérémonies, une fois ma hanche guérie. Pour moi, le soleil s'est levé le jour où ma sœur est tombée malade. Je n'avais jusqu'alors aucune idée des pouvoirs du Langage. Je m'étais soignée seule, puis des malades sont venus me trouver, les parents qui les avaient amenés me suppliaient de remédier à leur souffrance ; j'avais recours aux herbes et à mes mains pour les soulager. Mes mains et mes prières m'indiquaient la région où se concentraient les maux des autres, que je guérissais en me servant des plantes bénies de la montagne, choisies en fonction de leurs maladies. Paloma avait fait courir le bruit que je soignais les gens, elle m'a amené un vieil homme qui avait du brouillard dans les yeux. Au début seules des personnes âgées faisaient appel à moi. En buvant de l'eau-de-vie, Paloma me disait, Feliciana, chérie, Dieu réserve les herbes et les champignons aux pauvres ; ils sont plus puissants que les hôpitaux des villes, qui dépouillent les patients de leur argent. Paloma m'a appris à parler aux herbes de la montagne, elle partait avec moi et, le sourire aux lèvres, pleine d'humour, elle m'expliquait qu'elles ressemblaient aux hommes, et les champignons aux nuits passées en compagnie des hommes. C'est grâce à elle que je sais bénir les herbes et les champignons.

J'ai guéri le corps des vieilles gens qui me consultaient sans savoir à l'époque que j'avais le pouvoir de soigner les maux de l'âme. Ils n'étaient pas nombreux, ceux qui faisaient le déplacement jusque chez moi. Paloma lisait l'avenir dans les cartes et prédisait l'amour, l'affection. On avait recours à ses services pour les peines de cœur et, puisqu'elle était douce dans ses manières et qu'elle les faisait rire, les gens venaient pour qu'elle leur apprenne ce que l'avenir leur réservait. Elle en profitait pour leur prodiguer des conseils, leur apprenait quoi faire la nuit avec les hommes et comment gérer leurs eaux profondes. Elle n'était plus curandera, elle disait, Appelle-moi la Sorcière Rouge, chérie, puis elle ouvrait grand sa bouche fardée et elle éclatait de rire.

Pendant mes cérémonies j'avais toujours des herbes bénies, parfois des champignons, mais le plus souvent des herbes que je préparais avec soin, et Paloma me disait, Feliciana, tu ressembles à un âne sans harnais, mets donc ça là-bas, ajoute un peu plus de ceci et enlève un peu de cela, et cette plante-là, mon chou, il m'en faut encore. Nous faisions nos mélanges dans des seaux avant de les goûter, nous préparions des mixtures médicinales qu'elle appelait les Vins. Fais plus de Vin pour les maux d'estomac, m'ordonnait-elle, fais plus de Vin pour les maux de tête, encore plus de Vin, Feliciana, plus de Vin pour ceux qui souffrent des extrémités. Elle avait confectionné un Vin pour désengorger le foie que les amateurs d'eau-de-vie appréciaient. Tous ses Vins étaient efficaces, les patients en réclamaient. C'est ainsi que les habitants d'ici se soignent depuis les temps reculés de leurs lointains ancêtres, et nos Vins remportaient du succès, car Paloma était douée pour choisir les plantes et les mélanger, puissantes et bénies.

Pour concocter les Vins, on versait de l'alcool dans les seaux contenant les herbes bénies en fonction des maladies à soigner : rue, menthe, sauge et autres plantes odorantes, et on allait chercher ce qui manquait pendant que Francisca surveillait Aniceta, Apolonia et Aparicio. Les gens me rendaient visite parce que quelqu'un leur avait dit que j'étais née dans une famille d'hommes curanderos, ce n'était pas moi qu'ils voulaient voir, ils ne demandaient jamais, Où est Feliciana, non. Ils disaient, Vous, dont le père et le grand-père étaient guérisseurs, il paraît que vous pouvez soigner mon malade. D'autres savaient déjà que Paloma et moi faisions des Vins et ils déclaraient, Bien que ce soit une muxe, elle reste quand même un homme et elle prépare les Vins car elle est issue d'une famille d'hommes curanderos. De nombreuses pluies sont tombées avant que les visiteurs se rappellent mon nom et fassent le déplacement rien que pour moi. Je leur disais, Je suis chamane, je viens d'une famille d'hommes sages, mais je suis une femme et mon prénom est Feliciana, le ciel me connaît car je suis connue de Dieu, je suis une femme qui guérit parce que le Langage m'appartient.

Je peux dire que j'avais déjà commencé à être curandera, car le Langage est présent dans les eaux profondes, que j'étais capable d'identifier les plantes et que je savais leur parler. Je concoctais les Vins qui soignent les maux du corps, pourtant mon nom n'était toujours pas porté par les vents et je n'avais pas le Livre. Jusqu'au jour où ma sœur Francisca est tombée gravement malade. Alors le vent, qui a le pouvoir de tout multiplier, a fait grossir mon nom. Elle se réveillait, se levait de sa natte pour se rendre dans la plantation de café, et Apolonia hurlait, Ma tante est morte ! Je me précipitais dehors, Aparicio pleurait au fond de son trou, puis Apolonia lui apportait de l'eau ou le hissait dehors pour le distraire. Francisca n'arrêtait pas de s'évanouir, le moindre effort aggravait ses chutes mais elle refusait de m'entendre, elle ne voulait pas accorder de repos à son corps et évitait de nous parler de son mal. Un jour, Aparicio a fait une grosse colère, il avait été particulièrement dur, il gueulait comme un cochon qu'on égorge pour qu'on le sorte du trou où nous le mettions dans la journée afin de labourer la milpa et de semer, et j'ai vu ma sœur tomber dans les pommes, tomber de tout son long comme un bâton. Elle disait qu'elle souffrait de la maturité des femmes. Je l'ai regardée de près en lui disant, Francisca, il est trop tôt pour ça. Elle m'a répondu qu'elle se rabougrissait et que son ventre s'asséchait comme une noix, qu'elle s'était flétrie parce qu'elle n'avait pas enfanté, que Dieu lui infligeait ces douleurs pour la punir d'être une vieille fille. Elle n'accordait aucune importance à ses évanouissements, disait que telle était la volonté de Dieu, qu'Il punissait ainsi celles qui n'avaient pas d'enfants et asséchait leur ventre comme une noix, puis elle a repris son travail, mais un jour j'ai découvert qu'elle ne pouvait plus se lever le matin. Elle n'avait plus d'énergie et glissait, pareille à l'eau qui nous file entre les doigts.

J'avais guéri ma hanche, j'avais guéri les nombreuses personnes âgées qui étaient venues me trouver pour bénéficier de mes Vins et de mes prières, tout ça parce que j'avais grandi dans une famille d'hommes curanderos qui répandaient le bien autour d'eux, de sorte que le bruit a couru qu'on pouvait me consulter, car du côté de mon père, ils étaient tous des sages. Pour ma part j'étais tellement triste de voir Francisca les yeux renfoncés, les orbites aussi noires que deux calebasses, que je suis partie chercher Paloma pour qu'elle s'occupe d'elle. Je me disais, Elle, elle sait, elle a redonné vie à ma grand-mère Paz. Quand je suis arrivée, Paloma était en train de s'habiller en muxe, ses cheveux noirs étaient tellement brillants qu'ils en devenaient presque bleus, elle épinglait une pince à cheveux du côté de son sourcil traversé d'une cicatrice. Cette pince à cheveux, je la lui ai mise pour ses funérailles, qui étaient une vraie fête, avec des gens venus de toutes parts, car elle avait le don de se faire aimer, Paloma, où qu'elle aille on l'adulait, alors je lui ai mis cette pince du côté où elle aimait la porter. Elle me disait Feliciana, il faut être fier de ses cicatrices, il ne faut pas les cacher. Moi je suis fière des moments difficiles que j'ai eus. Et elle épinglait la pince à cet endroit parce que ça lui plaisait qu'on la voie là, elle attirait les regards sur la cicatrice de son sourcil, c'était sa manière de souligner sa blessure, elle s'exprimait d'une voix d'une douceur égale à celle qu'elle montrait pour caresser les objets, des images que je conservais dans ma mémoire, du temps où elle était Gaspar, effleurant les choses, les joues creusées de fossettes, du temps où elle prononçait les mots comme si elle caressait ses auditeurs. Sa voix avait l'éclat de ses cheveux, semblables à la nuit qui a des nuances bleutées à force d'être noire. Elle se préparait pour une fête dans une autre localité, un bal organisé depuis longtemps, où partager un repas et des danses en vue du couronnement de la Reine Muxe. Paloma étincelait de mille feux ce soir-là, et elle m'a dit, Feliciana, qu'est-ce qui t'arrive, chérie ? Je me fais belle pour accompagner mes amies, mais raconte-moi donc ce qui t'amène, tu es blanche comme la farine. Elle s'appliquait du fard bleu sur les paupières, le même que celui qu'elle avait sur les mains quand Guadalupe l'a découverte morte et qu'il est venu me dire, On a tué Paloma, elle est là, devant le miroir, ce miroir où je l'ai vue deux fois morte et où elle paraissait deux fois plus vivante. J'étais allée chez elle pour qu'elle m'aide à guérir la très grave maladie qui affectait ma sœur Francisca. À San Felipe il n'y avait pas beaucoup de muxes, il y en a davantage aujourd'hui, mais à l'époque Paloma était une des premières à se rendre au rassemblement des muxes de toutes les villes de la région. Je n'avais jamais vu une telle sensualité, sa chevelure noire tirant sur le bleu luisait, ses paupières brunes étaient alourdies par le fard, sa tête ravissait les yeux comme lorsqu'on contemple un ciel nocturne sans nuages. Elle n'avait plus le regard de Gaspar, celui de Paloma était plus gai, mais sa peau et son maquillage correspondaient bien au caractère du garçon délicat à la voix douce. J'ignore pourquoi je lui ai dit, Tu es beau, Gaspar, parce que ce jour-là j'avais envie qu'elle soit Gaspar, qu'elle redevienne un curandero, j'avais besoin de lui en tant que tel, mais elle a rétorqué, Feliciana, tu charries, je suis une muxe, chérie, alors arrête de m'appeler Gaspar, c'est comme si on me bâillonnait. Appelle-moi Paloma, trésor, c'est mon nom, je ne suis pas née avec des ailes pour que tu me donnes un prénom aussi laid que celui de mon père, qui s'est toute sa vie abîmé les mains en labourant et soupirait à force de travailler, mon père dont je ne connais le visage que parce que j'ai trouvé une photo craquelée dans les affaires de ma mère le jour où elle est morte. Je n'ai connu mon père qu'au travers de la douleur de maman. Paloma c'est bien plus beau, mon chou, aussi beau que mes robes, mon petit cœur. Si Papi Cosme me traitait d'Oiseau, ce n'était pas parce que je perdais mes plumes en marchant, mais à cause de mes ailes bien accrochées là où d'autres trimbalent leur chagrin et leurs peurs enfouies au plus profond de leur être, raison pour laquelle ils ne peuvent pas s'élever et se contentent de faire ce que leurs proches attendent d'eux. Moi je dis à tous ces messieurs, Pourquoi supporter ainsi vos peines et vos craintes alors que le Christ les a supportées à votre place, mes beautés ? Regardez-le souffrir pour vous sur la croix et profitez de la vie qui est si belle, mais mettez-vous du rouge à lèvres, bon sang, sans quoi votre sourire est nu ! Paloma avait une bouche rouge, et moi j'avais besoin qu'elle m'aide, comme lorsqu'elle s'était occupée de Paz. Je l'avais vue réaliser ce miracle et il fallait qu'elle fasse de même avec ma sœur. Sa bouche était aussi ronde que sa tête, son rouge l'embellissait parce que son âme débordait d'amour. Sans plus l'appeler Gaspar, je lui ai dit, Paloma, tu es magnifique avec ce bleu qui scintille dans tes cheveux, sur tes paupières, avec ces lèvres rouges et ta pince qui oblige ceux qui te regardent à se concentrer sur ta cicatrice. À compter de cet instant ni moi, ni mes enfants, ni Francisca ne l'ont plus jamais appelée Gaspar car je le leur ai demandé. Elle m'a répondu, Tu sais, Feliciana, nous sommes tous venus au monde pour admirer la beauté et être heureux, mon chou, mais j'oublie que tu es venue m'exposer ton chagrin, alors dis-moi ce qui t'arrive, tu es blanche comme la farine, et pendant qu'elle se maquillait devant un miroir suspendu sur un mur, je lui ai décrit les maux dont souffrait Francisca. Tu dois m'apporter ton soutien, tu es la seule à pouvoir réaliser ce miracle, comme le jour où tu as fait revenir la grand-mère Paz à la vie. Je lui ai demandé pardon pour l'avoir appelée Gaspar, Je ne recommencerai pas, ai-je dit en surprenant une lueur de contentement dans ses yeux tandis que ses fossettes se creusaient davantage, comme quand elle était heureuse, comme si le grand-père Cosme, la grand-mère Paz et tous les hommes curanderos de ma famille ainsi que tous les petits-enfants que j'aurais des années plus tard lui avaient dit, Tu es belle, Paloma. Elle m'a répondu, J'ai cessé depuis longtemps d'être une guérisseuse, je peux t'aider à élaborer les Vins et à cueillir les herbes, mon petit cœur, mais pas pour ça, alors j'ai avancé de quelques pas et je lui ai parlé de plus près pendant qu'elle se fardait et j'ai senti son haleine alcoolisée, puis j'ai remarqué que l'épaisse couche de rouge débordait du contour de ses lèvres, ce qui la rendait encore plus sensuelle, comme quelqu'un qui a bu un verre d'eau-de-vie de trop et dépense trop de pièces sur le marché ou prend congé des gens avec trop d'effusion, tel était l'effet que me faisait sa bouche lourdement maquillée, de même que ses paupières très ombrées, ses cheveux qui renvoyaient des reflets bleutés et ses joues roses creusées de fossettes quand elle souriait. Dans l'urgence, elle était la seule à pouvoir m'être d'un quelconque secours ; or elle s'était écartée du chemin des guérisons et personne ne pouvait l'obliger à y retourner, car elle avait trouvé sa voie, qui n'était pas celle des curanderos mais la sienne, et quand je l'ai vue voler dans le ciel en réjouissant la vue des gens fascinés par ses battements d'ailes blanches et légères, quand j'ai vu Paloma voler j'ai compris que j'étais seule au monde comme je ne l'avais jamais été.

Une odeur d'huiles et de parfums se répandait chez elle car elle se préparait pour la soirée du couronnement de la Reine Muxe, où elle retrouverait ses amies. Ses robes et ses fards étaient éparpillés, scintillant de partout. J'avais rarement vu du maquillage et des habits aussi chatoyants. Francisca ne s'intéressait guère aux vêtements du dimanche et dans la semaine, pour travailler, nous portions de la laine et du coton, il en avait toujours été ainsi. Je n'ai découvert le maquillage et les ombres à paupières que lorsque ma fille Apolonia en a mis pour sortir. Toute propre, elle était belle et les fards que lui offrait Paloma brillaient. De mes filles elle était celle qui ressemblait le plus à Nicanor. Elle aimait les tenues sexy mais ne possédait que deux chemisiers habillés. Mes filles n'avaient ni la garde-robe ni les produits de beauté de Paloma. À la fête pour laquelle elle s'apprêtait, les muxes danseraient et mangeraient, parées de leurs plus beaux atours, leurs cheveux noirs tressés avec des rubans de toutes les couleurs. Certaines les brossaient mouillés pour les raidir, ou au contraire les enroulaient autour de tubes pour avoir de grosses boucles. Elles avaient des pendants d'oreilles en filigrane, étaient vêtues du costume traditionnel des Tehuanas, de huipils, de jupes en velours ou en dentelle. Certaines arrivaient dans des robes de ville et parlaient la langue du gouvernement, mais toutes se réunissaient à cette fête pour manger et danser. Paloma m'avait déjà emmenée à des soirées et avait fait de moi la marraine de la robe en soie confectionnée par la communauté pour la Reine Muxe avec les fils tissés par les vers qu'élevait Apolonia. Le jour où je suis allée la voir pour qu'elle guérisse Francisca, j'ai pris conscience qu'elle était l'âme de cette fête et, tout en l'aidant à fermer sa robe, je l'imaginais charmer toute une *cantina* de sa voix douce, apporter de l'animation, captiver les hommes qui l'écoutaient, mais qui n'aurait-elle pas fasciné, elle qui avait toujours eu le don du bonheur et qui mourrait heureuse, car son principal souci consistait à être bien dans sa peau. Je l'imaginais ravie au cours des festivités qui s'annonçaient, mais je voyais aussi l'image de ma sœur morte, les yeux de plus en plus enfoncés dans leurs orbites car la mort allait pondre son œuf en elle si personne ne la soignait. À cette pensée son âme s'est refroidie, les yeux de Francisca ressemblaient à deux lourdes pièces de monnaie que nul ne soulèverait. Rien n'avait échappé à Paloma, dont les mots sortaient de la bouche comme des fleurs printanières, et elle m'a dit, Ne fais pas cette tête et sèche tes larmes ou tes haricots seront trop salés. Ne te fâche pas, chérie, tu sais bien que j'ai arrêté les Enfants pour me consacrer uniquement aux hommes.

Les Enfants. C'était le nom que nous donnions aux champignons. Je la regardais maquiller la cicatrice qui lui traversait le sourcil afin de la faire ressortir davantage, et elle m'a dit, Il faut apporter des fleurs sur les champs de bataille où on a fait la guerre, chérie. Cette cicatrice était le résultat d'une agression des gens du marché, qui l'avaient vue marcher en se dandinant ou, pour reprendre les termes de mon grand-père Cosme, comme si elle perdait ses plumes. Un homme lui avait lacéré un sourcil quand elle était plus jeune, et pendant qu'elle s'appliquait de la poudre je pensais, L'état de Francisca va empirer, la mort va pondre son œuf en elle si je ne rentre pas, les lourdes pièces de monnaie s'enfonceront dans les orbites si je ne réagis pas très vite. Mais j'étais incapable de sortir de chez Paloma tant que je ne saurais pas comment sauver ma sœur, comment éviter que la mort l'emporte et que ses yeux s'éteignent. Paloma a pris mon visage entre ses mains qui sentaient les fleurs d'église, comme la crème qu'elle conservait dans un pot ouvert à côté du miroir, et elle m'a scrutée depuis ses eaux profondes en me disant, Tu l'as, chérie, mais tu ne t'en es pas aperçue. Je croyais que tu le savais, trésor. Tu auras peur parce que voir tout ce qu'on est capable de faire est effrayant, mon petit cœur. Imagine-toi un peu ce que ça m'a fait de constater que je pouvais soulager un moribond à l'époque où j'étais un enfant prénommé Gaspar. Tu seras terrifiée, mon chou, comme quand une marmite bouillante t'échappe parce que tu as la trouille, tel est le genre de peur qu'on a lorsqu'on est confronté à notre don. La force qui est en nous est aussi inquiétante que le feu qui s'élève alors qu'on ne s'y attend pas. Maintenant, laisse-moi te dire que c'est toi qui as chauffé la marmite contenant ton feu, chérie. Tu vas te chier dessus, mon lapin. Je lui ai dit que je n'avais pas le temps de réfléchir à tout ça, que j'avais déjà guéri ma hanche et de vieilles personnes, mais qu'à présent il s'agissait de Francisca et qu'elle allait mourir si je n'intervenais pas, et Paloma a conclu, Eh bien, Feliciana, bouge-toi les fesses et file dans la montagne immédiatement ! Le Langage et le Livre t'appartiennent, Dieu est avec toi, mon chou, tu n'as qu'à t'en remettre à Lui pour qu'Il t'aide. J'ai donc vite déguerpi en demandant à Dieu qu'il reste avec moi sur le chemin que j'empruntais pour cueillir les champignons et les herbes, dans la montagne où m'avait emmené mon père avant de décéder.

Les gens racontent que celui qui n'a pas faim ne mange pas. Moi, ce jour-là, j'étais fermement décidée à briser l'œuf que la mort réservait à ma sœur, je ne comptais pas les laisser, elle et son œuf, pousser leur chansonnette devant Francisca. Je m'étais soignée, j'avais soigné les gens qui étaient venus me consulter parce que j'étais apparentée à une lignée de curanderos mâles, mais je redoutais de ne pas y arriver et c'est à cet instant que Paloma m'a dit, Laisse la peur aux ingrats et aux imbéciles, Feliciana, le Langage t'appartient, il est profondément ancré en toi, mais si tu refuses de t'emparer une bonne fois pour toutes de cette marmite, le feu de la culpabilité te brûlera, or il est aussi violent que celui de la peur. Ce fameux soir, j'ai pensé, Si ça ne fonctionne pas, je ferai pénitence jusqu'au jour où la mort pondra son œuf en moi, puis j'ai compris que le sang des hommes curanderos qui coulait dans mes veines de femme me permettrait de faire comme eux et même d'aller plus loin, car étant femme, les fleurs et l'eau me purifient à mesure que je marche, par le simple fait d'être une femme, parce que je suis née ainsi et que les forces demeurent, que la vie nous donne de sa puissance, puis j'ai pensé, Les eaux lavent tout ce qui existe sur cette terre et elles vont dégager le chemin qui me conduira à guérir ma sœur, elle est gravement malade. Le problème, c'est que je n'avais encore jamais soigné quelqu'un entre la vie et la mort.

Cette nuit-là j'ai organisé ma première vraie cérémonie, la première pour laquelle j'ai plongé dans mes eaux profondes, parce qu'on ne peut pas fouler le chemin de Dieu sans être sur le point de se briser et que le soleil ne sort de sa montagne qu'à l'heure la plus noire de la nuit, alors je me suis dit que j'allais surveiller le moment où le soleil serait prêt à s'élever et, entièrement dévouée à Dieu, je m'en suis remise à Lui pour soigner Francisca en empruntant ma voie, car la vie l'exigeait. On pourrait dire que les cérémonies que j'avais accomplies auparavant étaient seulement des essais, car tout peut arriver quand on tombe malade, mais si un proche souffre, on traverse les pires moments qui soient et on prend de l'âge rien qu'en imaginant la souffrance de l'être cher. Cette fameuse nuit, je tenais à faire partir la maladie qui enfonçait les yeux de ma sœur dans leurs orbites. J'ai donc demandé à Dieu de m'accompagner : quand on l'appelle depuis les eaux profondes Il nous écoute.

J'ai allumé les sept bougies en pure cire d'abeille fabriquées par ma fille Aniceta en priant Dieu de nous épargner ce mal à toutes les deux, Francisca et moi. Lorsqu'un être cher est malade, le traitement doit également s'appliquer à ses proches, de sorte que j'ai déballé du tissu de soie que ma fille Apolonia m'avait donné pour les envelopper les puissants couples de champignons et, dès que je les ai administrés à Francisca, elle s'est évanouie et les Enfants (j'ai commencé à les appeler ainsi, comme Paloma) m'ont guidée. Ma sœur a ouvert les yeux, si bien que j'ai pu travailler dans ses eaux profondes afin de comprendre ce qui lui arrivait. J'ai supplié Dieu qu'Il m'explique le mal qui la frappait et m'aide à la guérir, puis j'ai eu une vision : des personnes forçant mon respect sont apparues, toutes très bien habillées de coton écru, comme l'était mon père le jour où j'avais eu ma première vision dans la montagne après avoir mangé des champignons. J'ai reconnu Felisberto, mon père, le même que dans mon enfance. J'ai compris que ces gens étaient des membres de ma famille que je ne connaissais pas, qu'il y avait là mon grand-père, mon arrière-grand-père et d'autres aïeux dont j'ignorais les noms tout en sachant que j'étais de leur sang et qu'ils étaient là pour m'apporter quelque chose. Je savais que j'étais la première femme à occuper cette fonction dans laquelle ces hommes m'avaient précédée, ils étaient là parce que j'étais curandera et qu'ils comptaient me faire un cadeau dont j'étais la seule destinataire. Je les ai vus en chair et en os, pourtant j'avais conscience qu'ils avaient vécu en d'autres temps et qu'ils avaient l'intention de me faire une révélation, que les Enfants m'avaient portée vers eux pour une raison que j'allais aussitôt découvrir. Lorsque je me suis approchée d'eux est apparue une table en bois précieux qui sentait la forêt mouillée. Elle avait très exactement le parfum d'un bois après la pluie rafraîchissante aux lourdes gouttes, à croire que cette table venait d'un autre monde et que, plus qu'un objet, elle était une impression de bien-être. Dessus, j'ai remarqué un livre qui m'a tout de suite procuré une magnifique sensation. Je ne connaissais pas le bonheur avant de voir ce livre sur cette table. Il resplendissait, pareil aux rayons du soleil qui pénètrent dans une cuisine sombre et froide aux cloisons en pisé, et qu'on a du mal à regarder tant leur éclat est puissant. La lumière illumine des milliers de copeaux qui, légers, se déplacent d'un point à l'autre. C'est ainsi que je percevais mes aïeux dans l'éclat du Livre et les rayons tièdes du soleil, recouverts d'une cape de copeaux et de lumière, ce n'était qu'une illusion car mon père, mon grand-père, mon arrière-grand-père et les autres hommes étaient morts, pourtant je les voyais comme je vous vois, vous ici et là votre interprète. Je n'avais jamais été dans un endroit aussi propre et aussi pur, et je ne parle pas de propreté domestique mais de celle du corps et des scintillements des eaux profondes. C'était comme si je respirais le premier air, qui assainissait le fond de toutes les choses. J'éprouvais un sentiment de paix. Trois d'entre eux ont alors posé une main sur le Livre et le Livre a grandi jusqu'à avoir la taille d'un garçon debout. J'ai compris que je pouvais l'ouvrir, ce que j'ai fait. Des lettres, des mots, des paragraphes s'étalaient sur ces pages, dont le sens me parvenait sans que je les lise, car comme je vous l'ai dit je ne sais ni lire ni écrire, ma sœur Francisca et moi n'avons pas été à l'école, mais le Livre est différent de ceux qu'on étudie dans les salles de classe, il contient le Langage, il est fait d'autres matériaux. Ses pages étaient blanches et resplendissaient comme la lumière du jour le matin, quand le soleil sort de sa montagne en effaçant l'obscurité, oui, ce livre-là avait le pouvoir de la chaleur. En touchant sa couverture j'ai senti la chaleur d'une pierre qui a passé toute la journée sous les rayons du soleil.

Un des êtres que je ne connaissais pas mais qui était mon aïeul a pris la parole. En entendant sa voix j'ai su qu'il s'agissait de mon arrière-grand-père. Il m'a dit, Feliciana, ceci est le Livre des sages et il est à toi. Désormais il t'appartient. Le Livre a rapetissé pour adopter la taille de ces bibles d'église qui tiennent dans la main, et en le prenant je me suis aperçue que non seulement je voyais son éclat, mais que je le sentais dans mon corps, où sa chaleur se répandait, accompagnée de la force que je recherchais. Les êtres et les tables en bois à l'odeur de forêt ont disparu, me laissant seule avec le Livre. Je n'avais jamais été aussi soutenue, jamais été aussi puissante qu'avec le Livre. Ses pouvoirs s'agrégeaient aux miens, je me les étais appropriés. Je l'ai contemplé en regardant ma sœur, étendue près de moi, les yeux enfoncés dans leurs orbites comme deux calebasses noires, la respiration coupée comme si on avait cassé ses soupirs ou comme le miroir qui se craquelle. Francisca expirait des miroirs brisés. J'ai tourné la première page du Livre et je lui ai lu les premières lignes, je me suis mise à chanter, car ces lignes étaient écrites comme de la musique, tel était le cadeau qu'on m'offrait à chaque mot que je prononçais, car rien qu'en les disant de la musique s'élevait. Avant de plonger dans les eaux profondes de ma sœur et d'examiner ce qui n'allait pas, les Enfants m'ont fait savoir qu'ils me portaient, tenus par Dieu, qui est toujours le guide. Les Enfants mènent à la connaissance du Langage et le Langage est dans le Livre.

J'ai donc chanté les premières lignes de la première page jusqu'à ce que je sois arrivée en bas, j'avais le cœur rempli de force, plus grande que celle qu'on ressent quand l'enfant en gestation vous donne des coups de pied, car je savais qu'en chantant chacun des mots du Langage je guérissais ; or guérir est aussi puissant que donner la vie. J'ai compris que tous les curanderos de ma famille avaient souhaité m'enseigner quelque chose, mais ils ne pouvaient plus m'indiquer quoi que ce soit, supplantés par Le Langage qui guide et apprend, tel est son pouvoir. J'ai compris que je n'étais pas obligée de tourner la deuxième page pour soigner Francisca. Je me suis donc concentrée sur la première jusqu'à ce que le soleil sorte de sa montagne, et quand j'ai fini de dire tous les mots inscrits sur cette page, le Livre a disparu de mes mains. Cette nuit-là j'ai mis un terme aux maux qui tourmentaient Francisca et j'ai commencé à fouler le chemin en mon nom. La nuit où j'ai guéri ma sœur en accomplissant la cérémonie au cours de laquelle on m'a remis le Livre, je me suis rendu compte que j'étais davantage redevable aux morts qu'aux vivants, car le Langage leur appartient. Alors s'il n'est pas puissant, dites-moi donc ce qu'il est.

12

Dès sa première séance, le psy de Leandra lui avait expliqué que lorsqu'on perd un être cher, le fait d'en parler a pour effet neurologique de déplacer cette mort et de la délester d'une partie de son poids. J'ai lu dans une interview de Cioran que lorsqu'il se fâchait, il lâchait des bordées d'injures jusqu'à ce que sa rage se dissipe. Il racontait qu'il avait un jour écrit un article sur le suicide dans le journal qui lui avait attribué une rubrique. Une femme obtint son numéro de téléphone et l'appela pour lui dire qu'elle souffrait beaucoup, qu'elle en avait assez de vivre et qu'elle était curieuse de savoir ce qui l'avait empêché de se supprimer. Il lui répondit qu'une personne encore capable de rire n'a aucune raison de passer à l'acte. J'avais lu cet entretien au bureau, mais il m'est revenu en mémoire quand je me suis rendu compte que le samedi que nous avions passé ensemble,

Leandra avait ri. Moins que d'habitude, mais elle avait ri. Elle ne parlait ni de la mort de notre père ni de l'épisode malheureux avec ce connard de Fernando, mais n'avait pas perdu son sens de l'humour. Qu'elle rie sans jamais aborder ces sujets douloureux me paraissait une réaction contradictoire, comme si elle touchait une surface chaude avec une main et plongeait l'autre dans du froid pour tempérer sa vie quotidienne, tout en sachant que si elle retirait une main, celle qui se trouvait de l'autre côté brûlerait ou gèlerait.

Parfois j'avais envie de lui demander comment elle allait, comment elle allait réellement, puis je me ravisais afin de ne pas la brusquer. Je constatais qu'elle était de plus en plus enjouée. À l'époque, elle allait une fois par semaine chez le psy – une prestation dont nous bénéficiions grâce à la mutuelle de ma mère –, travaillait l'après-midi chez la dentiste, préparait son bac et, le samedi, suivait des cours de photographie. Quand nous avons reparlé de l'agression de ce connard de Fernando, cela s'est fait tout naturellement, au fil d'une conversation, et elle m'a répondu d'un ton sans réplique. C'est malheureux, frangine, mais le plus à plaindre dans cette histoire, c'est ce mec, et ça, c'est vraiment con. À la manière dont elle faisait allusion à Fernando en donnant l'impression de ressasser pour elle-même, j'ai eu le sentiment qu'elle avait repris du poil de la bête. Comme l'avait dit son psy, elle accordait une autre place à ce souvenir. Il ne lui a pas fallu longtemps pour retrouver son poids habituel et j'ai constaté que ses lèvres étaient presque rouges sans qu'elle ait besoin de les farder et que ses joues rosissaient et soulignaient ses pommettes quand il faisait chaud ou qu'elle riait. Un matin, elle m'a regardée droit dans les yeux et nous avons parlé de tout et de rien pendant qu'elle buvait du lait à même la brique et se relevait les cheveux en chignon en laissant des mèches folles s'échapper sur ses tempes.

Au journal, je m'entendais de mieux en mieux avec Julián, âgé d'un an de moins que moi. J'adorais ses dents du bonheur, ses cheveux courts et la dreadlock qu'il avait du côté droit. Il lui arrivait de venir travailler en T-shirt de coton blanc, sa tenue préférée, un skate glissé dans son sac à dos. Un matin, j'ai remarqué un petit trou à son encolure, que j'ai trouvé incroyablement sexy. Quelques semaines ou quelques mois plus tard il m'a invitée à une fête. C'était la première fois que je sortais depuis la mort de notre père.

Julián était originaire de Chihuahua. Sa mère était partie quand il avait cinq ans, il avait donc été élevé par son père, qui enseignait les mathématiques à l'université. Ne pouvant pas renoncer à son poste, il l'avait envoyé chez un oncle et une tante qui possédaient un petit appartement avec de grandes baies vitrées donnant sur une avenue. Ils avaient aussi une chambre sur la terrasse, qu'ils proposèrent à leur neveu.

Avant de me faire visiter son logement, Julián m'a dit que son oncle avait installé quinze sources de lumière dans son appartement et que dans la pièce que lui occupait il y en avait trois : un spot dans la salle de bains, un plafonnier et une lampe de chevet. Ce sont les seuls détails qu'il m'a fournis. Il avait masqué son unique fenêtre avec deux rideaux de tissu indigo sur lesquels étaient peints au pinceau deux cercles blancs, comme à l'entrée des restaurants japonais. Il les avait trouvés dans un vide-greniers à Chihuahua. La porte en bois de la salle de bains, avec sa poignée dorée, était si fine que sa présence servait davantage à faire joli qu'à isoler du bruit. Au début ça me gênait, mais nous étions tellement bien ensemble que ça m'a vite passé. Les lieux sentaient l'humidité, étaient équipés de deux plaques chauffantes, et il faisait bouillir son eau sur le plan de travail en bois, à côté d'un évier en inox, dans un récipient à soupes instantanées bleu. Il réchauffait ce que sa tante lui préparait dans des tupperwares et nous dînions de couennes de porc en sauce verte, de *picadillo*, de boulettes aux œufs durs arrosées de sauce tomate – sa spécialité – ou de bouillon avec des nouilles. Pour permettre à son fils de faire les études de son choix, ce qui n'avait pas été son cas, son père se serrait la ceinture et versait une somme symbolique à son oncle. Comme moi, Julián travaillait pour financer son cursus. Le matin il assistait à ses cours de licence d'art plastique, et l'après-midi nous

nous retrouvions au journal, dans ce qu'il appelait la « salle de récréation ».

La première fois que je l'ai accompagné chez lui, c'était au printemps, par une journée étouffante. Il possédait une glacière en plastique bleu où il conservait du jus de raisin, le seul qui lui plaisait. Il avait élaboré une théorie de compatibilité des couples en fonction de leurs fruits préférés qui, sous forme de jus, s'associaient plus ou moins bien. Ce jour-là nous avons bu des bières sur la terrasse, à côté du réservoir d'eau qui s'élevait devant sa chambre. La peinture de l'immeuble s'était écaillée au fil du temps et, par endroits, on voyait les couches de ses trois couleurs successives, avec une dominante marron. Dans la salle de bains, je me suis concentrée sur l'ampoule Osram de 100 watts, et en sortant j'ai demandé à Julián pourquoi il décrivait les appartements en fonction du nombre de leurs lampes. Il m'a dit qu'il avait commencé pendant un recensement et que depuis il comptait les ampoules à la moindre occasion. Il savait par exemple combien il y en avait dans la salle de rédaction et partout où il allait. L'endroit le plus dingue que j'aie connu à ce propos était une maison où il y avait plus d'une centaine de putains d'ampoules, m'a-t-il expliqué. Pourquoi en mettre autant ? À quoi ça sert d'avoir toutes ces ampoules ? En rentrant chez moi je les ai comptées à mon tour. Nous avions surtout des LED à lumière chaude car ma mère déteste l'éclairage blafard, qui ressemble selon elle à celui des blocs opératoires et fait ressortir tous les défauts de nos visages. Notre père avait opté pour les LED par souci d'économie, à l'exception des lampes rouges que Leandra avait installées dans le garage pour sa chambre noire, à côté de l'endroit où il montait et démontait des voitures. La seule ampoule que j'ai jamais changée était aussi petite que celle d'un réfrigérateur, vissée sur la veilleuse qui me permettait de lire au lit sans déranger ma sœur.

Bien que perchée sur le toit d'un immeuble situé dans une avenue bruyante, la chambre de Julián donnait l'impression d'être isolée du monde. On y entendait davantage les avions que les bruits de la circulation. La première fois qu'il m'a invitée chez lui, il m'a montré la guitare que son père lui avait offerte pour ses douze ans, avec des autocollants au dos et le A d'« anarchie » au marqueur. Il m'a montré le tatouage d'une formule mathématique que son père trouvait belle et les dessins qu'il avait réalisés au crayon. Je ne vais pas te demander de poser, j'aimerais juste savoir ce que tu en penses, m'a-t-il dit avec son accent du Nord qui me faisait craquer. Il dormait sur un matelas posé à même le sol recouvert d'une courtepointe noire, avait encadré à proximité une photo d'identité de sa mère jeune et une autre de son père enfant. Je l'ai interrogé sur ses parents, il m'a répondu que sa mère était partie s'installer à Piedras

Negras, à la frontière avec les États-Unis, où elle avait fondé une autre famille. Son mari refusait toute intromission du passé dans son existence, de sorte que Julián et son père avaient très peu de contacts avec elle. Il avait vu deux ou trois fois son demi-frère, un gamin qui parlait mal l'espagnol, dans la cafétéria d'un centre commercial, c'était n'importe quoi, m'a-t-il dit. Son père s'était donc chargé de son éducation.

Leandra s'était déjà fait une amie à l'atelier du samedi. Elles allaient prendre des photos et acheter des pellicules ensemble, toutes deux fermement opposées à la photographie numérique. Jacinta, la professeure qui dirigeait l'atelier, portait une longue plume en guise de boucle d'oreille, des débardeurs au décolleté plongeant sur ses seins plantureux, une ceinture retenant un scorpion prisonnier dans sa boucle en acrylique transparent. Quand quelqu'un l'interrogeait à ce sujet, elle expliquait sans lésiner sur les détails que c'était son signe zodiacal et son ascendant, et ajoutait que le scorpion était son *nahual* ou esprit protecteur. Cette boucle de ceinture était un bouton qu'il suffisait de presser pour engager une discussion sur l'astrologie. J'ai appris ainsi que Julián était Cancer, Le couple parfait, a-t-elle précisé. Elle ne se séparait jamais de son Canon argentique doté d'un immense objectif qu'elle arborait comme une cible, disait Leandra, au bout d'une courroie en tissage huichol à laquelle elle avait suspendu un petit ex-voto représentant deux yeux en laiton. Les cheveux courts, la raie au milieu, elle avait un jour raconté à ses élèves qu'elle n'utilisait jamais de savon pour les laver, mais un mélange de fibres préhispaniques. Leandra, qui fabriquait ses parfums depuis des années, voyait en Jacinta un exemple à suivre. Elle devint sa chouchoute. La professeure disait qu'elle avait beaucoup de talent et une grande intelligence. Elle fut la première enseignante à parler de ma sœur sous un angle positif, bien différent de l'opinion qu'on avait d'elle dans les établissements dont elle avait été renvoyée à cause de la chute d'un ventilateur et de l'incendie qu'elle avait provoqué dans le local à poubelles pour défendre Cuauhtémoc, un de ses camarades. Jacinta la considérait comme un excellent élément, tels furent les mots qu'elle employa quand Julián et moi allâmes la chercher la première fois dans ma Valiant 78. Notre mère était si contente qu'elle invita ma sœur à dîner après l'atelier, un prétexte pour passer la prendre et rencontrer la fameuse Jacinta.

Leandra m'a avoué ensuite que plutôt qu'être designer, elle rêvait d'exposer ses photos dans une galerie. Par le passé, mon père m'avait dit que, s'il avait eu le choix, il aurait été photographe, mais mon grand-père était un homme borné et surtout tyrannique, si bien qu'il a étudié l'ingénierie et mon oncle la comptabilité. Mes cousines ont grandi selon les préceptes de mon grand-père et ont fait des études de droit. Notre père voulait que Leandra et moi suivions notre voie, et je me souviens de l'avoir souvent entendu affirmer qu'il ne contrarierait jamais nos projets.

Il m'a aidée à installer ma batterie dans le garage, où il avait également aménagé la chambre noire de Leandra. Le garage était l'endroit où nous pouvions donner libre cours à nos passions après avoir étudié et travaillé. C'est là que je lui ai confié mon désir d'écrire, là que ma sœur a appris à développer ses photos pendant qu'il montait et démontait les blenders et grille-pain des voisins, les fours et les mixers des collègues de maman, là où il réparait tout ce qu'il est possible de réparer. Le garage était notre espace de liberté à nous trois.

Leandra avait commencé à sortir avec des garçons dès l'âge de onze ans, peu après que Lalo lui eut brisé le cœur. À treize ans, elle avait lors d'une fête échangé des baisers avec une fille. À quatorze ans elle avait jeté son dévolu sur une autre fille et à quinze ans, elle avait fini par coucher avec un garçon, puis avec un autre et encore un autre, supplanté par une fille. À la suite de l'épisode malheureux avec ce connard de Fernando, elle s'était lancée à fond dans la photo, comme je ne l'avais jamais vue se passionner pour aucune autre activité, hormis partir en virée avec ses amis. L'incendie qu'elle avait fomenté avait accru sa popularité, elle s'entendait bien avec les élèves du lycée, était appréciée au cabinet de la dentiste.

Elle plaisantait à tout bout de champ, évoluait dans des groupes très différents, s'accommodait de toutes les situations et pouvait engager la conversation avec n'importe qui. Elle allait dans toutes sortes d'endroits et il m'arrivait de la récupérer assez loin, car une des conditions pour que j'aie la Valiant 78 était que je la partage avec ma sœur, qui n'avait pas son permis et ne comptait pas le passer. Elle était de plus en plus proche de son amie de l'atelier.

Elle a été assistante dentaire pendant deux ans, jusqu'à sa majorité. Elle aimait sa patronne, s'apprêtait à passer son bac et, alors que quelques années auparavant aucun enseignant n'aurait misé sur elle, tout le monde l'appréciait à l'atelier de photographie. Elle avait consulté trois psychologues, le premier à l'âge de neuf ans.

De son côté, ma mère fréquentait beaucoup sa sœur et mon autre tante, la femme du frère de mon père. Petit à petit, elle a repris une vie sociale active. Elle a eu du mal à sortir de son enfermement, suivant une sorte de routine, refusant de modifier certaines habitudes qu'elle avait déjà du vivant de mon père : elle occupait par exemple toujours le côté droit du lit, s'asseyait sur la même chaise dans la cuisine, laissant vide celle de son mari. En fouillant dans son sac, j'ai trouvé une amulette qu'il lui avait offerte avant leur mariage, du temps où elle vivait avec plusieurs étudiants, parmi lesquels mon oncle, qui les avait présentés l'un à l'autre.

Dans le salon de cette maison, mon père lui avait donné un petit sac en feutre rouge contenant un morceau de pyrite destiné à lui porter bonheur quand elle passerait son examen d'admission à la faculté d'administration publique. Mon père l'avait aidée à résoudre des équations mathématiques épineuses et elle l'avait fait rire, un parfait résumé de leur relation telle que je l'ai toujours connue.

Jacinta pensait pouvoir présenter quelques œuvres de ses élèves à l'exposition collective qu'elle organisait au Centre de l'Image. Honorée par cette perspective, Leandra espérait qu'elle se réaliserait. L'école lui avait paru soporifique jusqu'à ce qu'elle découvre la photographie. Quand je repense à cette époque, je me rappelle être rentrée ivre un soir et avoir surpris Leandra des pinces en plastique dans une main, le chignon de travers, occupée à observer plusieurs versions de la même image qu'elle voulait me montrer avant que je me couche, mais la lumière rouge m'avait donné la nausée et nos rôles s'étaient inversés : c'était elle qui m'avait couchée et bordée.

À treize ans, privée de sortie après l'incendie du local à poubelles, elle avait profité d'une après-midi où nos parents travaillaient pour faire l'amour avec le voisin qu'elle aimait bien. Son récit fut bref : Ses parents n'étaient pas là, je suis allée chez lui, il a pris une douche parce qu'il avait joué au foot, je l'ai suivi sous le jet et l'ai entraîné sur son lit tout mouillé.

Les histoires des bains de Lalo avec son amie à Tepoztlán l'ayant impressionnée, elle avait commencé par ça. Elle me décrivit ses rapports avec sa première fille de façon tout aussi expéditive : On regardait un film et je l'ai trouvée canon de profil, j'ai tourné son visage vers moi pour l'embrasser, et de fil en aiguille on est passées à autre chose. Leandra a toujours été très à l'aise, très ouverte en la matière. Moi j'étais au contraire incapable d'aborder un gars ou une fille, mais je savais que les garçons m'attiraient davantage. J'ai franchi le pas avec Julián. Timide et maladroite, morte de peur, je me suis approchée de lui. C'était agréable et je me sentais bien. Avec le recul, je pense que j'ai eu beaucoup de chance, car cette relation m'a aidée à traverser une mauvaise passe que j'aurais surmontée plus difficilement sans lui. J'étais amoureuse pour la première fois et j'ai fait l'amour avec lui à dix-neuf ans, alors que j'étais en deuxième année de fac.

Le jour où nous nous sommes embrassés, il a caressé mon visage d'une main tremblante, j'avais la bouche sèche tant j'étais nerveuse. Nous étions dans sa chambre, c'était la deuxième fois que je l'accompagnais chez lui. Le courant passait fortement entre nous, c'était évident, et des jours ou des semaines plus tard, en fin de journée, il a laissé une feuille de bloc-notes sur mon bureau. De son écriture minuscule, il me demandait si je voulais dormir chez lui. En sortant des toilettes, je lui ai fait signe que oui. Ce fut notre première fois. Nous avions réglé le réveil. À 4 h 30, il m'a réveillée de sa voix rauque et douce pour que je rentre à la maison avant l'aube. Ma mère et Leandra étaient encore couchées et j'ai dormi deux ou trois heures. La deuxième fois était plus drôle. Nous écoutions sur son transistor une espèce de courrier du cœur. Nus sur le matelas posé à même le sol, nous étions morts de rire.

La troisième fois je suis tombée enceinte. Techniquement, ça n'aurait pas dû arriver, et pourtant… J'avais déjà eu du retard dans mes règles à d'autres occasions. Là je pensais que c'était dû au stress lié à un surcroît de travail au journal et à mes études. L'année du bac, alors que je préparais une série d'examens, je ne les avais pas eues pendant trois mois, et après la mort de notre père j'avais eu deux mois de retard. Lorsque j'étais stressée, elles se décalaient d'une ou deux semaines. Après ce troisième rapport avec Julián je me sentais bizarre mais j'étais certaine de ne pas être enceinte. Il m'avait pénétrée sans capote un court moment puis avait remédié aussitôt à la situation. À cette période de mon cycle, il était vraiment improbable qu'il y ait un accident. Voire impossible, avais-je pensé. Ça ne m'avait pas effleuré l'esprit jusqu'à ce que je me réveille épuisée un matin en ayant dormi plus que la normale. Un voyant rouge s'était allumé à la fac, quand le donut au chocolat et le café allongé que je venais d'acheter, mon petit-déjeuner préféré, m'avaient soulevé le cœur. Incapable d'avaler quoi que ce soit, j'avais refilé le beignet à une amie et avalé mon café en grimaçant. Avant de partir à l'université, j'avais croisé ma mère dans la cuisine. Soupçonnant quelque chose dont j'étais loin de me douter, elle m'avait demandé si j'allais bien. J'ai humé le baume à lèvres parfum fraise que j'avais dans mon sac, dont l'odeur à peine perceptible m'a semblé capiteuse, comme amplifiée. J'ai passé la journée le ventre vide, et à la fin des cours, affamée, j'ai commandé dans un Sanborns un bouillon de poulet que j'ai liquidé seule, assise dans un box pour quatre. Je n'avais plus la nausée mais ça a confirmé mes craintes. Après être restée dans le déni toute la journée, j'ai fini par acheter un test de grossesse dans une pharmacie, me suis précipitée aux toilettes pour découvrir qu'il était positif. J'ai tournicoté dans le drugstore en regardant les produits d'un air absent, les gâteaux exposés dans la vitrine, les magazines avec des photos de gens heureux et souriants, y compris dans des situations inconfortables, sans autres soucis dans la vie qu'afficher leur bonheur sur la couverture d'une revue. Les employés travaillaient tranquillement, pour eux c'était un jour normal : l'un d'eux consultait son téléphone, un autre, les bras croisés sur une console, jouait avec son porte-clés, une fille encaissait un gâteau. J'observais tout sans rien voir et les minutes duraient une éternité. J'ai imaginé toutes sortes de possibilités qui me donnaient l'impression de former une pile prête à s'écrouler sur moi. Ne voulant pas annoncer la nouvelle à Julián au téléphone, je me suis dirigée vers ma voiture, le test au fond de mon sac. Comment faire ? me demandais-je en roulant jusqu'au journal. Dès qu'une pensée négative surgissait, un bébé apparaissait dans une poussette et je me projetais dans un futur hypothétique où je gardais cet enfant. Ressemblerait-il à son père, à la mère de Julián que je ne rencontrerais peut-être jamais ? Toutes ces questions se bousculaient dans ma tête comme des enchevêtrements de câbles noirs impossibles à différencier et à séparer. Il faisait chaud, aucune fenêtre ouverte ne suffisait à me rafraîchir, aucune position ne me mettait à l'aise, aucune idée ne me rassurait. Avant que je me gare, Leandra m'a appelée pour m'annoncer que Jacinta lui avait écrit en lui disant qu'elle avait sélectionné trois de ses photos pour l'expo en préparation. Elle me les a décrites, je les connaissais déjà, mais je ne pouvais pas me concentrer, je l'entendais me dire qu'elle attendait mes conseils pour les titres, elle m'en suggérait quelques-uns, mais ses propos me parvenaient comme une chanson en fond sonore dont les paroles m'échappaient. Ma sœur était à l'évidence ravie, je ne l'avais pas sentie aussi enthousiaste depuis des mois, un constat qui m'apaisait tandis qu'en moi résonnait un coup de tonnerre et qu'un éclair tourbillonnant m'aveuglait.

13

J'ai guéri ma sœur Francisca et des rumeurs ont circulé, multipliées par le vent, puis quelqu'un est arrivé un soir, suivi d'autres personnes un autre soir, et c'est ainsi que j'ai vu surgir des gens qui me demandaient de soulager leurs malades. C'était bien avant la venue des étrangers. Après la guérison de Francisca les bruits se sont répandus d'une localité à l'autre, certains ont fait le déplacement depuis la ville. Je viens de la ville pour vous voir, Feliciana. Mon nom a grandi, le vent l'a voulu, Paloma m'a rendu visite en me disant, Feliciana, mon chou, accroche-toi chérie, ça ne fait que commencer alors chasse la grisaille de ton visage parce qu'en vérité tu renvoies mille reflets de toutes les couleurs. Elle m'aidait en s'occupant des proches des malades, elle les traitait tous gentiment et tous ces gens venus de l'extérieur l'aimaient.

Ma mère n'était plus de ce monde. Quelques jours avant son décès j'ai découvert par terre un oiseau mort, elle est partie comme ça, dans son sommeil aussi léger que l'oiseau qui s'envole, sans qu'on puisse rien faire pour elle. Francisca se chargeait de cultiver la milpa et de cuisiner, Aniceta fabriquait ses bougies en pure cire d'abeille, que les gens réclamaient. Le matin elle les distribuait sur le marché et dans une épicerie dont la patronne lui cédait un espace en échange de pièces de monnaie. Elle y disposait ses cierges et d'autres marchandises, des légumes et même la soie d'Apolonia. Elle plaçait le tout dans un meuble en bois avec une vitrine pour mettre sa production en valeur. Apolonia élevait les vers à soie, donnait un coup de main dans les milpas, et Aparicio participait aux récoltes. Il n'était plus dans le trou que j'avais creusé en bordure du terrain, que je n'avais pas rebouché au cas où, mais je n'ai pas eu besoin de l'y jeter à nouveau, car du jour au lendemain il est devenu utile et a arrêté de chouiner au fond de son trou. Quand je l'en ai sorti, il avait l'air aussi sérieux que mon père Felisberto, qui ne se déridait jamais, pas même devant un café bien sucré. Mon père était un homme grave, comme mon fils Aparicio, qui contrairement aux autres enfants ne riait jamais, raison pour laquelle Paloma m'a dit, Feliciana, chérie, cet enfant est passé directement du stade de bébé à celui d'adulte. Tiens, je t'ai apporté ces jolies petites bottes pour l'homme de la maison, en espérant qu'il ne me reprochera pas d'avoir oublié un chapeau et du bétail.

À nous tous nous amassions des sous, nous mangions la farine de maïs agrémentée de chaux, les haricots, les chayotes, les piments que préparait Francisca ainsi que son café et son *atole*. Les gens étaient chaque fois plus nombreux, ils attendaient mes cérémonies, qui nous rapportaient également quelques pièces de monnaie. Paloma me secondait, elle a appris à Apolonia à se maquiller avant de sortir chaque matin les paupières fardées. Elle a aussi enseigné à Aparicio à bien traiter ses sœurs, car il avait le sale caractère de Nicanor quand il était soûl, sauf que lui était encore un enfant, il n'avait pas l'âge de boire de l'eau-de-vie et avait hérité du côté sombre de son père et du sérieux du mien. Paloma me disait, Feliciana, les petites bottes ne font pas un homme. Il est mauvais parce qu'il sort de la mauvaise graine de Nicanor. Je lui répondais, Nicanor était gentil, c'est la guerre et l'alcool qui l'ont rendu méchant. Amène-le-moi pour qu'il m'accompagne sur le marché de San Felipe et que je lui montre comment communiquer avec les autres. Le mettre dans un trou n'était pas une bonne façon de l'éduquer, encore heureux que tu n'aies pas installé un miroir dans cette fosse, bichette, sans quoi nous n'aurions plus aucun espoir de le sauver, mon chou. Laisse-le-moi, que je l'emmène voir la ville pour le sortir une bonne fois pour toutes de son trou.

La deuxième fois que la mort a frappé Paloma, c'est quand elle a aimé un homme qu'elle avait rencontré en emmenant Aparicio à la ville, un individu sans amour dont on avait assassiné la mère en la rouant de coups, et qui n'avait jamais connu l'affection, ni des hommes ni des femmes. Paloma l'a croisé avec Aparicio, il lui a posé des questions sur les bottes de l'enfant histoire de parler de quelque chose, et Paloma a compris qu'il voulait passer ses nuits en sa compagnie, alors elle s'est débrouillée pour le retrouver. Le problème, c'était que cet homme privé d'amour depuis toujours ne savait traiter ni les personnes de son sexe ni la gent féminine, c'était un mal-aimé, comme la nuit de désamour où il a agressé Paloma et où la mort a pondu son œuf en elle pour la seconde fois, elle a poussé sa chansonnette, je le sais, et ce mal-aimé lui a craché au visage, il a rouvert la cicatrice de ce sourcil qu'on lui avait abîmé parce qu'elle donnait l'impression qu'on lui arrachait des plumes quand elle marchait, comme le disait mon grand-père Cosme, et ce misérable a ravivé la blessure en la frappant.

On dit que celui qui découvre des ombres sur son passage porte en lui la lumière. C'est ce qui est arrivé à Paloma, dont la bouche s'était empourprée à force de prendre des coups assénés par l'homme mal-aimé et c'est ainsi que, la bouche meurtrie par le désamour, elle a rencontré José Guadalupe, avec qui elle a vécu et qui l'a découverte plus tard dans une mare de sang s'étendant sous son corps, quand on l'a assassinée en lui plantant un poignard dans le dos. Le jour où on a rouvert sa cicatrice en la frappant au visage, comme un miroir de désamour, l'amour a croisé son chemin et elle fait la connaissance de Guadalupe, à l'époque où j'étais déjà guérisseuse et où mon nom voyageait de village en village et de ville en ville, grâce aux rumeurs qui circulaient, c'est pourquoi je dis que le vent les multiplie, car nous avons beau le craindre lorsqu'il emporte les récoltes et qu'il apporte la pluie et la grêle qui brûle les milpas, moi je dis qu'il ne faut pas avoir peur des orages. Le vent amplifie tout et, quand éclatent les orages de grêle, alors il est temps d'écouter le bruit des tourmentes les plus rudes, des grêlons qui tombent comme des lames rasant les récoltes, il est temps d'écouter les couteaux glacés et la tempête, d'écouter le ciel gronder car le vent multiplie, tenons-nous le pour dit, alors ayez confiance vous aussi, la vie est ainsi faite parce que le vent multiplie et qu'il n'oublie pas les joies.

Un jour, Monsieur Tarsone est venu me chercher ici, à San Felipe, en demandant après moi parce qu'il m'avait vue dans ce film, les rumeurs avaient circulé et m'avaient amené ce banquier américain accompagné d'autres personnes qui ont fait grandir mon nom. Paloma savait que je devenais de plus en plus célèbre, qu'on demandait après moi. Elle me disait, Feliciana, chérie, regarde-toi mon petit cœur, tu gagnes en notoriété et tu ne le fêtes pas comme les personnalités, alors continue sur ta lancée et deviens encore plus célèbre pour que moi, je puisse le fêter comme il se doit, avec de l'amour et de l'alcool. Elle et moi avons passé des soirées ensemble, à fumer et à rire en buvant de l'eau-de-vie pendant que tout le monde dormait.

Tadeo le Borgne a surgi en entendant les allées et venues des visiteurs et le tintement des pièces de monnaie. Je leur disais, Je ne lis pas l'avenir, je m'en remets à Dieu que je prie chaque jour et chaque nuit, et il n'y a ni haine, ni rage, ni mensonges dans mes actions. Je ne lis pas l'avenir, je vois le présent grâce au Langage. Je n'ai rien d'une devineresse, c'est comme ça que Tadeo a trompé son monde avec les visions que lui montrait son œil borgne, racontait-il. Il profitait de son infirmité et disait à qui voulait l'entendre, Je lis l'avenir avec mon œil borgne, et on le croyait. Moi je ne fais pas cela, et si les gens veulent connaître leur avenir, je leur réponds que je lave comme l'eau lave, je lave les maladies du corps, je lave leurs eaux profondes comme l'eau qui s'écoule et polit les pierres en passant dessus. Je lave les maladies du corps comme l'eau lave les corps sales et les ventres chargés, je chasse les ombres qui causent la souffrance car la lumière existe mais l'obscurité est son enfant. Je ne suis pas une magicienne. Le Langage guérit, le problème c'est que certains sont préoccupés par le futur. Les divinations sont faites pour eux. D'autres croient que seuls les médicaments peuvent remédier aux maladies, les cachets et les potions élaborées par les savants en blouses blanches dans leurs laboratoires. Or le mal adopte de multiples formes et toutes les maladies ne peuvent pas être guéries par la science. Nous savons bien qu'il y a plus de maux que de cachets, et que si toutes les maladies du corps et de l'âme pouvaient être soignées ainsi, la planète entière déborderait de santé, comme si chaque matin était le premier sur terre, le premier jour de la Création.

Tadeo le Borgne vit de l'autre côté du ravin, au-delà du brouillard, de l'autre côté de San Felipe. Il ne sort presque jamais de sa hutte à cause de son œil malade, il paraît qu'il est borgne parce qu'on lui a fracassé une bouteille d'eau-de-vie sur la tête et qu'on la lui a ensuite plantée dans l'œil. Je l'ai connu quand il était petit et qu'il posait encore ses deux yeux sur les gens, avant qu'il en ait un qui ressemble à une calebasse noire. Quand nous avons quitté San Juan de los Lagos pour San Felipe, Tadeo avait encore ses deux prunelles et racontait qu'il avait des visions en rêve. Chaque localité a son sorcier, et Tadeo le Borgne voulait être celui du coin depuis son plus jeune âge. À chaque endroit son sorcier, il y en a jusque dans les appareils qu'apportent les étrangers. Tadeo interpellait les gens en leur disant, Je lis l'avenir, Feliciana donne des champignons et des herbes vomitives, mais moi je lis l'avenir sans vous faire manger ce qui vous rend malade, et il lançait sept grains de maïs et tirait les cartes en disant qu'elles lui parlaient, que les grains s'adressaient à lui en lui octroyant sept pouvoirs. Quand un malade le consultait il lui concoctait un mélange d'herbes avec de l'huile de cuisine et le lui faisait boire. Paloma disait, Feliciana, Tadeo est grand et gros, chérie, Dieu l'a fait tellement grand et tellement gros qu'il ressemble à une maraca et qu'il contient tous ces grains de maïs parce qu'il est creux à l'intérieur, à l'image de l'œil qui lui manque.

Tadeo le Borgne faisait croire aux gens qu'il lisait l'avenir dans les cartes et les grains de maïs. Un jour, Paloma m'a dit, Feliciana, tu ne vas pas me croire, mon chou, mais la Maraca affirme qu'avec son œil manquant elle est capable de voir qu'un orage de grêle s'annonce et va brûler nos milpas. Elle est allée lancer des grains de maïs vers le ciel et s'adresse à la grêle en pestant pour qu'elle tombe ailleurs. Elle peste aussi contre la foudre pour la détourner et hurle pour que les gens aient peur en l'entendant parler au ciel. Ce jour-là, les gens ont raconté qu'il n'y avait pas eu de grêle parce que Tadeo le Borgne l'avait découragée en l'insultant. Puis Tadeo est mort, noyé dans l'alcool. C'est lui qui m'a tiré dans l'épaule avec son pistolet, il y a des années, quand Monsieur Tarsone a attiré plus de monde. Tadeo le Borgne ne l'a pas supporté, il était jaloux des sous qu'on me donnait.

Il n'était pas bavard, non, Tadeo le Borgne. Pas bavard du tout. Il avait des gencives plus grandes que ses dents et des mots plus petits que sa tête, et quand les visiteurs ont afflué vers moi, ils sont aussi allés le voir parce qu'il disait, Je lis l'avenir avec mon œil borgne. Comme il ne parlait guère, on le prenait pour un sage, et dès qu'il ouvrait la bouche il disait aux autres ce que leur réservait l'avenir, car le Langage est également un poncho qui recouvre n'importe qui lorsqu'on s'en sert pour lire l'avenir. Avec son œil borgne il faisait des révélations aux jeunes filles désireuses de savoir si un garçon viendrait les chercher. Il arrive ! s'écriait-il, je le vois dans les cartes. Il racontait aux femmes mariées, Ton mari est infidèle, et il leur administrait les mêmes herbes à toutes, et parfois il dépassait les bornes, il tripotait les jeunes filles en les purifiant, passait des bougies et des œufs sur leur corps en les pelotant. À d'autres il disait, Ton mari est fidèle et il jetait les grains de maïs en disant, Il est fidèle, je le vois dans les grains. Celles-ci, il ne les tripotait pas. Paloma se moquait de lui et le traitait de Maraca, elle qui est curandera de sang, bien qu'elle ait renoncé à exercer pour passer ses nuits en compagnie des hommes et vivre aux côtés de Guadalupe. Paloma était scandalisée que Tadeo profite ainsi des gens.

Un jour, elle s'est fâchée car Apolonia était allée le consulter. Ma fille vendait de la soie en faisant du porte-à-porte, et elle était attirée par un garçon qui ne l'aimait pas en retour. Tadeo a lancé ses sept grains de maïs, il lui a tiré les cartes, lui a fait boire un mélange d'herbes et d'huile de cuisine avant de la déposséder de tout l'argent qu'elle avait apporté en plus de lui réclamer une bouteille d'eau-de-vie qu'Apolonia s'est procurée à l'épicerie auprès d'Aniceta. Lorsqu'elle lui a donné l'alcool, Tadeo lui a dit que le garçon qui ne partageait pas ses sentiments frapperait à sa porte pour demander sa main et m'apporterait une partie de ses biens. Les cartes lui demandaient de nettoyer le chemin avec des herbes et d'avaler son breuvage à base de plantes et d'huile de cuisine pour que ses vœux soient exaucés. Il a ajouté qu'ils auraient bientôt deux enfants, voire trois, il le voyait. Apolonia est repartie toute joyeuse à l'idée que le garçon qui ne l'aimait pas veuille l'épouser, qu'il léguerait une partie de ses biens à sa famille et qu'ils auraient peut-être trois héritiers. Elle nourrissait les vers à soie de feuilles de mûrier, et les doigts dodus étaient repus de leur pâtée et soûlés par les prénoms qu'elle comptait donner à ses rejetons, se remémorant ceux de nos ancêtres décédés qui lui plaisaient, ou des clients à qui elle vendait sa soie. Ainsi, quand le garçon qui ne l'aimait pas en retour se présenterait, elle lui indiquerait ces prénoms. Mais peu après une jeune fille enceinte est venue à l'épicerie et Aniceta a annoncé à sa sœur que le garçon qui l'attirait avait une épouse qui attendait un bébé.

Apolonia était si affligée que je n'ai pas osé lui reprocher d'être allée voir Tadeo le Borgne ni lui dire, Pourquoi lui ? On te met en garde contre le feu et toi tu fonces dedans ! Tu sais que c'est du feu et tu y plonges tes mains. Non, je me suis défendue de la rabrouer et je lui ai demandé de m'accompagner dans la milpa. Je lui ai parlé des pluies qui s'annonçaient, de la chaleur étouffante, des cercles de la nature qui, lorsqu'ils se défont, entraînent les changements de saison, car le temps n'évolue pas en ligne droite, il est concentrique. J'ignore si elle a compris que je ne voulais pas mentionner sa visite à Tadeo, mais personne ne nous enseigne les leçons de la vie. C'est pour cette raison que je lui ai parlé de la nature, qui peut remédier aux maux qui nous accablent, il suffit d'observer les cercles du temps pour comprendre une autre nature, la nôtre, celle des humains.

Comme je viens de vous le dire, moi je ne lis pas l'avenir et je ne peux pas non plus empêcher la mort d'une personne. Si un malade vient me voir et que la mort a déjà pondu son œuf en lui, c'est que telle est la volonté de Dieu, je ne peux rien faire pour lui, mais si un malade peut être soigné, je suis en mesure de le guérir, car il s'agit de relever quelqu'un qui est tombé en chemin. Il faut aider les gens pour qu'ils continuent d'avancer. Le Langage nous permet de nous remettre debout après une chute. Les médecins savants examinent leurs patients par petits bouts, une oreille, un pied, une main, des parties du corps atteintes de rhumatismes. Ils procèdent de la sorte parce qu'on le leur a enseigné pendant leurs études, mais moi je pense qu'il faut regarder les malades dans leur totalité pour connaître l'origine de leurs maux, car tout est uni et que le Langage le permet. J'ai pris conscience que le Langage apaise les maladies enfouies au plus profond de l'âme quand Paloma m'a amené Guadalupe. Les habitants de San Felipe sont durs avec les muxes. Ils ne veulent pas qu'elles se mettent en couple, quant au mariage n'en parlons pas. Ça ne se fait pas, non. Les muxes viennent au monde pour se charger de leurs proches, mais la mère de Paloma était morte et Gaspar, son père, avait lui aussi trépassé. Elle ne l'a pas connu, il est décédé quand sa mère était enceinte de lui. En tant que muxe, Paloma ne pouvait donc veiller sur aucun membre de sa famille puisque celle-ci se limitait à nous. Certains méprisent les muxes, mais ici, en général, on a de l'estime et de la tendresse pour elles, pourtant quand on leur offre des roses, si tant est qu'on leur en offre, on n'en retire pas les épines. Paloma connaissait tout le monde et était appréciée de tous. Elle pouvait vivre avec Guadalupe parce qu'elle n'avait plus de parents dont s'occuper. Elle avait des amies et sortait avec elles et Guadalupe. Mais peu de temps après s'être installé chez Paloma, ce dernier est tombé malade.

Elle l'a transporté chez moi avec deux amies. Il avait perdu connaissance, s'était cogné en s'effondrant et avait été pris de convulsions. Les femmes n'avaient pas pu le retenir, et il était tombé. D'un simple coup d'œil, j'ai compris la gravité de son état. Cependant son mal était non pas physique mais enfoui dans son âme : on l'avait humilié, maltraité, et toutes ces souffrances ont ressurgi quand il a commencé à vivre avec Paloma. Son père était enterré en lui, il faisait suppurer son âme. Le problème, c'est que je ne pouvais rien dire à Paloma, même si nous sommes du même sang, je n'ai pas le droit de divulguer ce que je vois et qui est du ressort de Dieu. C'était à Guadalupe de lui révéler ce qu'il portait en lui, car le Langage permet aussi d'éclairer les ténèbres, non de voir les gens par petites parties mais dans leur totalité parce que le corps est un.

Il n'est pas nécessaire qu'un malade me dise, Je suis atteint de ceci ou de cela, je vois bien ce dont il souffre. Il peut me guider, comme le font certains en répondant aux questions que les médecins savants posent à leurs patients, mais je n'ai pas besoin qu'ils me donnent plus de détails, je connais leurs maux, le Langage m'en informe. En me disant simplement leur prénom ils m'ouvrent la voie. Il m'est impossible de travailler s'ils ne parlent pas car le Langage m'appartient. Un jour un homme sans voix, un homme muet est venu, puis ça a été le tour d'une fille qui avait perdu l'usage de la parole. Ils souffraient d'autres maux mais ils sont partis comme ils étaient venus et sont allés consulter un autre guérisseur. Je ne pouvais rien faire pour eux. Plus tard, on m'a amené une fillette frappée de silence. Elle savait parler mais ne voulait pas, elle se faisait pipi dessus dès qu'on criait et qu'on la battait pour qu'elle ouvre la bouche. Lorsque je lui ai demandé comment elle s'appelait, j'ai senti à son regard qu'un misérable avait abusé d'elle, mais je n'ai pas pu le voir, elle ne m'a pas laissée entrer en elle ; or si elle ne s'exprimait pas mes pouvoirs étaient impuissants. Je lui ai donné ma bénédiction et j'ai conseillé à sa mère de l'emmener voir un médecin savant, je lui ai dit que si sa fille allait mal, ce n'était pas parce qu'elle se faisait pipi dessus mais parce que la honte la murait dans le silence, et qu'elle s'oubliait parce qu'elle avait peur, comme ma sœur Francisca. Je n'ai pas pu lui en dire davantage et je lui ai demandé d'aller voir un médecin savant, car si elle mouillait sa culotte, ce n'était pas dû à la maladie du silence.

Quand ils viennent me consulter, certains ont peur parce qu'ils ne comprennent pas ce que nous faisons. Je ne suis ni une sorcière ni une guérisseuse comme les autres et encore moins une devineresse, Dieu m'en est témoin. Les herbes et les champignons me confèrent le pouvoir suprême de la contemplation, le plus grand pouvoir qu'on puisse espérer avoir sur terre car il permet de se soigner et de régler tous types de problèmes et de peines de cœur. Grâce aux plantes et aux Enfants, je pénètre dans les corps, je vois l'origine de leurs maux, ce dont les médecins savants sont incapables. En principe, les gens ont peur de nous parce qu'ils se demandent comment nous maîtrisons ces connaissances que nous ont léguées nos ancêtres depuis la nuit des temps.

Après la cérémonie pour ma sœur, j'ai su que j'étais capable de guérir n'importe qui de n'importe quelle maladie, aussi obscure soit-elle. Mais avant Guadalupe, je n'avais pas conscience de mon habileté à chasser les souffrances enterrées au fond de l'âme. Ça, c'est Paloma qui me l'a appris en m'amenant son mari. Et c'est pourquoi je vous dis que vous aussi vous possédez le Langage, Zoé. Ceux qui le pratiquent en se mettant au service de leur prochain l'ont en eux, même s'ils ne guérissent rien.

Les personnes qui viennent ici déclarent, Feliciana, comment pouvez-vous être la chamane du Langage alors que vous ne parlez pas notre langue, et je leur réponds, Je ne suis pas la chamane des Langues, les traducteurs sont là pour ça. Non, moi je porte le Langage qui me laisse entrevoir ce que vous avez en vous. Avant d'être initiée, j'ignorais la plupart des mots que j'utilise aujourd'hui, et quand je les prononce, leur signification m'apparaît car Dieu est le Langage, et en disant ces mots on crée un monde, un autre monde semblable à celui-ci mais pas identique. Tel est le monde que nous créons.

La maladie frappe indistinctement les gens, peu importe leur métier et leur classe sociale. Elle touche les nouveau-nés et les vieillards, les garçons fortunés et les garçons pauvres, les misérables et les gens nobles, les filles malheureuses et les filles chanceuses. Et ce depuis l'époque de nos ancêtres les plus lointains. Malgré toutes ses avancées, la médecine laisse des zones inexplorées que notre ancien savoir visite, c'est ce qui différencie un sage d'un scientifique. Dans sa contemplation, le premier voit tout alors que le second se limite à ses connaissances. Le Langage est la nature, il se niche dans les herbes, dans les champignons Enfants qui nous permettent de les admirer et poussent avec les plantes sacrées jusque dans les endroits les plus insoupçonnés. La main de Dieu a façonné ces herbes, voilà pourquoi je peux avec mes mains guérir des maladies que certains médecins sont incapables de soigner, parce que les Enfants me laissent entrevoir non pas l'avenir des devins ou le passé dans lequel vivent les gens aigris, mais le présent, qui est vaste et inconnu du corps, ce corps que nous avons tous et qu'on n'en finit jamais de connaître. C'est ce que j'ai vu au cours de la cérémonie pour Guadalupe, l'amour de Paloma, qui était pris de convulsions.

Avec leurs deux amies, ils buvaient du *pulque* et de l'eau-de-vie quand Guadalupe est tombé de sa chaise et s'est évanoui. Il avait beau être grand, il est quand même tombé. Paloma et les autres filles ont cru que c'était parce qu'il n'avait rien mangé. Il n'avait rien avalé au petit-déjeuner, il n'avait pas voulu de tortilla saupoudrée de sel, juste une tasse de café sans sucre, rien de plus. Elles ont essayé de le réanimer en lui passant de l'eau sur le visage, puis en le frictionnant avec de l'alcool. Le bruit a couru qu'il allait mal, deux autres personnes sont arrivées et toutes l'ont porté à l'extérieur, dans la fraîcheur de l'air, sans obtenir la moindre réaction. Une des amies lui a administré un sirop noir, et c'est à ce moment-là qu'il a eu ses convulsions. Paloma et deux de ses amies sont arrivées chez moi, paniquées. Paloma était blanche comme la lune et avait le regard fuyant. En nage, elle m'a expliqué ce qui s'était passé, elle s'est dépêchée de m'aider à préparer la cérémonie. Elles savaient que c'était grave mais ignoraient de quel mal il s'agissait. Paloma m'a dit, Feliciana, Guadalupe est un taureau, chérie, tu dois le secourir, sans quoi je n'aurai plus le cœur à vivre ! Sauve-le comme j'ai sauvé ta grand-mère Paz, j'ai le cœur brisé, sauve-le comme notre grand-père a sauvé mon père, sauve-le comme tu as sauvé Francisca car tu es désormais la seule et l'unique, tu as le Langage et le Livre est à toi. Quand elles sont parties, j'ai promené une bougie sur son corps pour bien l'examiner, et la flamme m'a appris qu'il allait vraiment mal alors qu'aucune blessure ne marquait sa peau et qu'il n'avait aucune trace de coup. Il était toujours agité de spasmes. Puis la flamme m'a indiqué la voie de la guérison.

J'ai passé mes mains sur lui pour stopper les convulsions, lui ai demandé son nom, et j'ai pu entrer. J'ai vu un enfant marcher, il portait une tunique d'un orange aussi vif qu'un incendie nocturne, qui attirait l'attention dans cette rue. Très sérieux, il avançait comme un adulte chargé du poids de son passé et se dirigeait vers son père, qui portait des vêtements coupés dans une toile rugueuse et l'attendait de l'autre côté de la rue. Il regardait la tunique de son fils, d'un orange aussi vif qu'un incendie nocturne, et il se moquait de lui, Tu t'habilles comme les vieilles filles, comme cette vioque qui fait fuir les chiens et les mouches. À cet instant précis, quelqu'un tirait sur le père de Guadalupe qui s'écroulait. Dans sa tunique d'un orange aussi vif qu'un incendie nocturne, le garçon observait le sang qui s'étendait sur son vêtement rugueux, courait jusqu'à lui pour le secourir, mais on tirait de nouveau au fusil, sur lui cette fois. Or ce n'était pas lui qui se prenait la balle mais son père, qui était déjà touché, et dont le corps était à présent criblé de plomb. C'est ainsi que j'ai compris que c'était l'âme et non le corps de Guadalupe qui était malade, et que son père était à l'origine de ses souffrances. Le père était à l'agonie, l'enfant se sentait coupable de cela et s'évanouissait pour compenser, et pour les mêmes raisons Guadalupe avait été malade à plusieurs reprises avant de rencontrer Paloma, j'ai vu ces crises rapidement. Dans ces moments comme par le passé, l'enfant à la tunique d'un orange aussi vif qu'un incendie nocturne cherchait la mort pour devenir l'égal de son père qu'il aimait. Je me suis approchée, et avant que le père trépasse, il a eu le temps de lui dire que de toute façon il allait mourir et que ce n'était pas de sa faute, que si une autre balle partait, elle serait pour lui. Je lui ai chanté une page du Livre pour qu'il règle ses problèmes avec son père et guérisse de ce mal qui laminait ses eaux profondes. Le garçon qui portait une tunique d'un orange aussi vif qu'un incendie nocturne a donc eu l'occasion de s'expliquer avec son père et, au lever du soleil, je suis sortie avec Paloma, je me suis concentrée sur son visage angoissé et privé de sommeil, son maquillage avait coulé, les deux autres muxes qui l'accompagnaient étaient parties. Je lui ai annoncé que Guadalupe irait mieux dans sept jours et sept nuits, et qu'au terme de quarante jours et quarante nuits il aurait retrouvé sa joie. À la nouvelle lune, il m'a apporté des pièces de monnaie et un petit-déjeuner.

Non, je ne touche rien en échange de mes services. Mes semblables et moi on ne se faisait pas payer, contrairement aux politiciens, aux menteurs et aux fainéants qui doublent leurs tarifs et qui pour couronner le tout ne travaillent pas, comme le disait mon grand-père Cosme. Mais le savoir n'a pas de prix, le savoir est comme la vue. Pour révéler à quelqu'un ce qu'on a vu, on ne se fait pas payer, d'autant moins lorsqu'on est au service de Dieu. Si on me donne de l'argent pour mes cérémonies, même si les sous sont arrivés chez moi des quatre coins du monde, je prends ce qu'on m'offre en toute humilité, mais je ne fais pas commerce de mon don. Je suis tout aussi reconnaissante quand on me tend une tasse de café bien sucré, comme mon père aimait le boire sans quitter son sérieux, identique à mon fils Aparicio dans son enfance, ou à Guadalupe le jour où il m'a rendu visite, mais j'apprécie de recevoir quelques pièces, car à la maison nous avons toujours eu beaucoup de bouches à nourrir.

Quelques mois après l'amélioration de l'état de Guadalupe, Paloma est venue et m'a dit, Je t'apporte ça, chérie, de la part de mon mari qui va bien, mon petit cœur. Il dit que grâce à toi il se sent comme s'il venait tout juste de naître et t'envoie ces fleurs qu'il a cueillies dans la montagne. Devinez un peu comment était son bouquet ! Orange comme la tunique portée par l'enfant de ma vision, d'un orange aussi vif qu'un incendie nocturne. Le lendemain, au lever du jour, je lui ai parlé et il ne se rappelait pas la cérémonie, ni comment il s'habillait autrefois, ni combien il était sérieux sur le marché, ni les humiliations que lui infligeait son père. Parfois je vois une chose mais le malade en voit une autre, tel est le Langage. Si je dis, Arbre, je vois un arbre, mais vous, vous en voyez un autre, or les choses sont davantage reliées entre elles que ne le suppose le regard, c'est ce que nous montre le présent et ce que je vois, moi. Il se peut que vous voyiez un arbre et que j'en voie un autre, mais tous deux sont unis dans les eaux profondes car tel est le Langage. Quand Guadalupe m'a apporté mon petit-déjeuner, je ne lui ai pas dit de quelle couleur était sa tunique, je ne lui ai pas décrit la vision que j'ai eue dans ses eaux profondes. Lorsque Paloma m'a offert les fleurs qu'il avait cueillies pour me remercier de lui avoir rendu sa joie, j'ai compris de quelle page du Livre elles étaient extraites, comme si Guadalupe me les envoyait depuis ses eaux profondes, comme si l'enfant apportait des fleurs à l'endroit où son père lui faisait la guerre, car nous autres, nous fleurissons les champs de bataille de notre passé, c'est ce que disait Paloma en mettant en valeur sa cicatrice au sourcil pour qu'elle attire les regards. En voyant les fleurs de Guadalupe, j'étais ravie de savoir que son âme allait mieux et je savais que c'était l'enfant qui les apportait à l'adulte qu'il était devenu, que le poids de cet orange aussi vif qu'un incendie nocturne était celui de la tunique dont se moquait son père et dont la couleur revenait dans son bouquet.

14

J'ai avorté alors que c'était encore illégal à Mexico DF. J'ai d'abord essayé avec un cachet qui s'est révélé inefficace. Je n'ai rien dit à ma sœur et à ma mère tout en sachant que cette dernière se doutait de quelque chose. Julián et moi avions rendez-vous dans un immeuble de la Zona Rosa, je me rappelle que c'était au septième étage et que de là on avait une vue incroyable de la ville. Une amie de la fac m'avait conseillé de frapper à la seule porte blanche du palier et d'éviter de sonner. Une femme nous a ouvert et fait patienter dans une pièce avec de vieux magazines et la télé réglée à plein volume. Elle m'a remis un formulaire qui ne concernait que moi et non Julián. Obéissant à un réflexe inexplicable, je l'ai rempli au nom de ma sœur et l'ai montré à Julián pour qu'il m'appelle Leandra, il a compris tout de suite, puis il est descendu au 7-Eleven situé de l'autre côté de la rue. J'ai indiqué combien de partenaires sexuels j'avais eus jusqu'alors, quelle religion je pratiquais, quelles drogues je consommais et à quelle fréquence. L'imprimé se concluait sur un paragraphe où on détaillait ce qui risquait d'arriver si les choses tournaient mal. Y étaient aussi énumérées différentes causes de décès. En le signant, je m'engageais à ne pas mettre en cause la responsabilité du médecin qui me prendrait en charge ni celle de la clinique. Julián est revenu avec deux Coca-Cola. Je n'ai pas bu le mien car j'allais avoir une anesthésie et une des rares obligations qu'on m'avait signalées par téléphone consistait à ne pas boire.

Qui vous a parlé de nous ? m'a demandé la secrétaire médicale qui m'avait donné le formulaire et l'avait repris, une femme aux cheveux courts avec des mèches et aux ongles ornés de motifs, bien avant que la pose d'ongles acryliques soit à la mode. Une amie. Très bien, a-t-elle répondu d'une voix haut perchée. Avant de vous faire examiner par le docteur, vous allez passer ce peignoir. En me dirigeant vers les toilettes, j'ai vu plusieurs pièces aux portes fermées, hormis une, qui était entrebâillée, et à l'intérieur j'ai distingué une fille qui dormait sur un petit lit ; au fond du couloir, une table d'opération, une lampe chirurgicale et une minuscule fenêtre rectangulaire aux stores verticaux. Il y avait du parquet et des moulures en stuc sur les murs et au plafond, sur lequel les ampoules basse consommation étaient entourées de cercles plus clairs là où avaient été fixées d'anciennes appliques, de même que j'ai relevé des marques de tableaux ou de cadres qu'on avait retirés. Ces géométries fantômes prouvaient qu'auparavant cette clinique avait été un appartement sans doute occupé par une famille. De retour dans la salle d'attente, j'ai pu voir que les motifs sur les ongles de la secrétaire médicale étaient les C entrelacés dos à dos de la marque Chanel, un travail fait à la main car les deux lettres n'étaient jamais identiques mais, invariablement, un diamant fantaisie étincelait au milieu. Julián a sorti de la poche de son sac à dos la somme que nous avions réunie en petites coupures, que la secrétaire a comptées et recomptées. De cet instant, je me souviens surtout que, sous la petite lampe de bureau allumée en plein jour, ses ongles brillaient.

Pour m'expliquer l'intervention qu'il allait pratiquer, le médecin que j'avais eu au téléphone a crayonné au dos d'un carnet d'ordonnances des dessins qui étaient plutôt des lignes et des cercles. J'en étais à ma neuvième semaine de grossesse et il procéderait à une aspiration qu'il a qualifiée d'opération sans grandes complications. Je ne me sentais pas très à l'aise, pourtant j'avais l'impression d'avoir de la chance. Ce docteur m'inspirait confiance, ce qui m'a amenée à penser que je n'avais plus à me soucier du dernier paragraphe du formulaire. Il m'a interrogée sur mes études, m'a demandé où je travaillais et a ajouté que les deux consultations de suivi opératoire étaient comprises dans le prix global et que je pourrais reprendre mes activités dès que j'irais mieux.

L'anesthésiste, une femme aux cheveux courts, aux cils raides et aux sourcils tombants, n'était pas maquillée et avait l'air d'une bonne sœur. Il émanait d'elle une forte odeur de crème, la seule dont je me souvienne de cette journée, et qui m'est revenue en mémoire les rares fois où je l'ai sentie en me promenant. Paradoxalement elle parlait de moi en disant « la mère », et m'a demandé de compter de 100 à 1. Il a suffi de trois ou quatre chiffres pour que je plonge dans l'inconscience. Quand j'ai ouvert les yeux, la secrétaire médicale aux ongles Chanel m'a dit, C'est terminé. Reposez-vous un peu avant de rentrer chez vous. J'ai voulu savoir où était Julián, elle m'a répondu qu'il n'avait pas bougé de la salle d'attente et que nous pourrions bientôt partir. Je me suis endormie un moment, mais j'ai été réveillée par de fortes crampes. Les yeux voilés par un écran d'analgésiques qui s'est peu à peu effacé, je me suis levée. Julián m'a rejointe dès que j'ai franchi la porte et, avant que nous regagnions la salle d'attente, la femme aux ongles Chanel m'a dit, Vous devez avoir mal. Ce sera encore douloureux pendant trois ou quatre jours, mais s'il vous plaît, quand vous sortirez du cabinet, essayez de rester droite, surtout dans l'ascenseur. Évitez de vous courber ou de vous tenir le ventre à deux mains. Il ne faut pas que les voisins soupçonnent quoi que ce soit.

Nous étions venus en métro, nous sommes rentrés en taxi. Monter les marches jusqu'à la terrasse de Julián était pénible. Depuis que j'avais quitté la clinique, la douleur s'était intensifiée. Je me suis allongée sur le matelas et, à 13 h 30, j'ai sombré dans le sommeil, imitée par Julián. Il faisait nuit lorsque nous nous sommes réveillés et je me suis rendu compte qu'il avait plu. Je n'aurais pas imaginé que l'avortement affecterait Julián, mais au billard, il arrive qu'une boule en choque une autre sans qu'on le veuille. Il a allumé une bougie dans une bouteille de vin blanc vide que nous avions achetée à l'épicerie, en bas de son immeuble, et sans me regarder dans les yeux il m'a demandé de lui pardonner de ne pas avoir été prêt à assumer la paternité. C'était d'autant plus déconcertant qu'il ne me serait pas venu à l'idée de l'incriminer. Il m'a ensuite raconté qu'un week-end, il avait attendu un coup de fil de sa mère, à Piedras Negras, qui ne s'était pas manifestée. Elle l'avait laissé à la charge de son père et, après l'épreuve que nous venions de traverser, il éprouvait de la culpabilité, comme s'il portait en lui tout ce qui chez sa mère l'avait meurtri dans son enfance. Moi je ne me sentais ni mal ni coupable d'avoir pris cette décision, mais ma douleur corporelle était intense. Plus tard, j'ai pris conscience que les premières heures avaient été les plus dures à supporter. Julián avait gardé le Coca-Cola que je n'avais pas bu auparavant, je n'avais rien avalé d'autre de la journée et dans la soirée je me suis de nouveau écroulée jusqu'au lendemain matin, lorsqu'un appel de Leandra m'a tirée du sommeil.

J'avais laissé la Valiant 78 devant chez nous. Ma sœur me croyait chez une amie et m'a demandé si elle pouvait la prendre. Quelqu'un d'autre conduirait, bien entendu, et elle voulait savoir si je comptais dîner à la maison. Julián était allé à la bibliothèque, et tout en discutant avec Leandra je lisais le mot où il m'annonçait qu'il rentrerait tôt. Je ne travaillais pas, je pouvais donc passer tout mon samedi au lit si j'en avais envie. J'écoutais ma sœur sans trop prêter attention à ce qu'elle me racontait, occupée à me remémorer le rêve que j'avais fait dans la nuit : j'étais dans une maison inconnue qui paraissait banale, mais en sortant j'avais constaté que je voyais à travers les murs. Je retournais à l'intérieur. Cette maison avait des occupants, j'ignorais qui, mais pour une raison étrange j'y étais seule. Devant moi, les murs devenaient translucides, le plafond était en verre. Les lieux étant déserts, je pensais qu'on ne remarquerait pas ma présence, mais tout à coup trois adolescents s'approchèrent et me regardèrent en me montrant du doigt. L'un d'eux se moquait de moi. Dans le jardin il y avait un système d'arrosage automatique que je trouvais apaisant. Un chien surgissait et jouait avec, et je m'apercevais que dehors je n'étais pas aussi seule qu'à l'intérieur de la maison transparente et que le chien était un bon compagnon, probablement le meilleur. Au lieu de regagner la maison je me mettais à marcher et le chien me suivait dans cette promenade errante. Pendant que ma sœur me décrivait par le menu la liste des invités à l'exposition – artistes, galeristes et éditeurs que connaissait Jacinta, amis d'amis de Leandra –, comme si son appel était un fil tendu entre mon rêve et la réalité, j'ai brusquement pris conscience que j'avais indiqué son prénom sur le formulaire médical pour échapper à une situation inconfortable. J'étais mal à l'aise dans la maison aux murs transparents de mon rêve, la voix de Leandra en fond sonore m'incitait à rester en dehors de cette farce plutôt qu'à y participer, mais quand on traverse ce genre d'expérience, il n'y a pas d'endroit où se cacher, et tout bien réfléchi je ne voulais pas fuir. Même si je ne prêtais guère attention au babil de Leandra, entendre sa voix à cet instant a été décisif. Pourquoi m'étais-je dissimulée derrière son prénom ? Pourquoi n'avais-je rien dit ensuite ? Avais-je honte de cette décision indigne au point d'avoir besoin de me justifier ? Dans la soirée, après avoir de nouveau piqué du nez et m'être réveillée avec une faim de loup, je suis rentrée chez nous et le lundi, j'ai regagné les bancs de l'université puis, en route vers le journal, j'ai appelé deux refuges pour animaux. Quelques jours plus tard j'ai adopté une petite chienne d'environ un an. J'ai encore eu du retard dans mes règles le mois qui a suivi l'IVG, pas davantage. Notre mère était toujours au travail quand Leandra a vu la chienne pour la première fois, tandis que je lui décrivais un autre chien que j'hésitais à prendre. Elle l'a baptisée Rumba à cause de sa démarche chaloupée sur le sol de la cuisine qu'elle venait de laver. Dans la foulée je lui ai avoué que j'avais avorté. Tu aurais dû m'en parler, je t'aurais accompagnée, frangine, a-t-elle conclu.

Les années passant, je n'ai rien regretté. Au contraire, si j'étais aujourd'hui confrontée à ce problème, je recommencerais. Le sentiment de faute de Julián s'est vite atténué. Nous nous sommes perdus de vue parce qu'il est reparti chez son père à Chihuaha et que la vie en a décidé ainsi. Plus tard, alors que je venais d'avoir trente-trois ans, quelqu'un à la rédaction a fait une commande groupée dans un restaurant proche du journal. Un ado de quatorze ou quinze ans nous a apporté sur un plateau marron des cafés, des assiettes en mélamine beige, des verres et des coupelles de gélatine jaune, qu'il a distribués dans la salle. Quelque chose dans sa manière de bouger m'a rappelé Julián. C'est la seule fois où j'ai songé que, si j'avais eu ce bébé à dix-neuf ans, il aurait eu l'âge de ce garçon et peut-être les mêmes gestes. Plus je regardais le jeune livreur et plus j'étais persuadée que s'il avait existé, notre fils lui aurait ressemblé.

J'ai toujours cru que pour tomber enceinte il me suffirait d'arrêter la pilule pour que le test de grossesse soit positif au bout de trois mois. À trop faire attention pendant des années, j'étais loin d'imaginer que ce serait bien plus difficile. Dès que je faisais part de mes angoisses à ma mère, elle me rétorquait : « Tu auras beau tirer sur la tige, Zoé, ça ne fera pas pousser la fleur plus vite ». Ma mère avait cinq ou six petites formules qu'on connaissait bien dans la famille et qu'elle utilisait pour mettre un terme à toute conversation. Rideau. Il m'est arrivé de lui demander de faire appel à ses dons de voyance pour voir si Manuel et moi allions avoir un enfant. Je voulais qu'elle me rassure, me dise qu'il n'y aurait pas de problème sans forcément entrer dans des considérations médicales. Elle fermait les yeux en me demandant de la laisser se connecter avec l'au-delà, puis me sortait sa petite phrase sur cette foutue fleur. En voyant ma tête dépitée elle éclatait de rire. La vie a d'autres règles que celles de la société de consommation, Zoé. Les oracles n'existent pas. Les choses arrivent quand elles doivent arriver, un point c'est tout ! s'exclamait-elle.

Puis il y a eu ce fameux jour où elle s'est écriée en m'ouvrant la porte, Tu sais, ma chérie, cette grossesse va te faire le plus grand bien ! Il était encore trop tôt pour le test, je n'avais senti aucun changement dans mon corps, rien d'étrange. Il était fort improbable que je sois enceinte, car Manuel et moi avions passé le mois à travailler comme des malades. Je l'ai pourtant rappelée une semaine plus tard pour lui annoncer que deux traits roses étaient apparus. Ma mère m'a tranquillement répondu, Bien sûr, Zoé. Tu accoucheras d'un beau bébé en bonne santé. Où qu'il soit, ton père doit être chamboulé parce que son premier petit-fils est en route ! Manuel et moi ne nous tenions plus de joie. Je me rappelle que dans la soirée il s'est mis à regarder les poussettes sur Internet, et j'ai eu une bouffée de tendresse tout en m'interrogeant sur la certitude qu'avait ma mère que ce serait un garçon. Je ne saurai jamais le pourquoi du comment.

À l'époque où elle assistait aux cours de l'atelier de photographie, Leandra a eu une aventure sérieuse avec une fille, Anna, la petite sœur d'une amie de la dentiste pour laquelle elle travaillait. Elles s'étaient croisées par hasard au cabinet et retrouvées à une fête, et depuis elles sortaient ensemble. Vétérinaire, Anna avait quelques années de plus que nous, faisait son stage de fin d'études dans un club hippique. Hormis une banane bleue qui tombait sur le côté, elle relevait le reste de ses cheveux noirs en queue-de-cheval courte, portait des lunettes à monture épaisse qu'elle redressait toujours dès qu'on la regardait droit dans les yeux alors qu'elles ne risquaient pas de tomber. C'était un geste réflexe, une sorte de tic qui se manifestait quand elle avait peur d'être exposée. Large d'épaules, elle avait des bras puissants couverts d'urticaire et marqués par la cicatrice ronde d'un vaccin. Elle rougissait facilement, parlait posément, d'une voix grave, un peu comme Leandra, qui avait appris à s'exprimer avec charisme. Où qu'elle aille, ma sœur s'imposait et avait le rire communicatif des gens qui se sentent bien dans leur corps. À dix-sept ans, elle se promenait nue et sans complexe de notre chambre à la salle de bains, bien plus à l'aise qu'à l'époque où elle avait incendié son école, et elle avait des opinions très tranchées. Avec le temps, elle avait pris de l'assurance et cela se ressentait dans sa voix, devenue plus mesurée, plus affirmée, comparable à l'écriture d'une personne qui trace des pattes de mouche à l'adolescence et forme des ronds et des déliés plus grands au fil des années, sans se soucier du format de la page. Dans mon rôle de grande sœur, j'essayais d'aider Leandra dès qu'il me semblait qu'elle en avait besoin, comme le jour où notre père lui avait demandé de porter les pièces d'une voiture qu'il réparait et qui paraissaient trop lourdes pour elle. Je m'étais proposée pour l'aider mais à cet instant la tête de notre père avait émergé de sous la voiture comme une taupe et il m'avait dit, Laisse-la se débrouiller, Zoé. Elle est tout à fait capable de faire ça ainsi que des tas d'autres choses. Je crois que ce genre de commentaire l'a aidée et lui a permis de se construire. À dix-sept ans elle avait trouvé sa voie, il n'était plus nécessaire qu'elle se fasse remarquer comme lorsqu'elle avait treize ans.

Anna était en revanche tout l'inverse et donnait l'impression d'avoir honte d'elle-même. Son élocution sérieuse entrecoupée de longues pauses pouvait devenir lassante, et l'écouter me faisait l'effet de déchiffrer des mots écrits au crayon sans qu'on ait exercé une pression suffisante sur la mine, à croire qu'elle cherchait davantage à s'effacer qu'à communiquer. Un samedi, Leandra m'a téléphoné pour me dire qu'Anna s'était fait faire un tatouage sur le bras et que bientôt ce serait son tour. Dans l'après-midi, Julián et moi les avons rejointes au cinéma, mais n'avons vu sur le bras d'Anna qu'un pansement rond et de la gaze cachant la marque de son vaccin. Elles avaient prévu ensuite d'aller à une soirée, nous étions invités de notre côté, mais avant que tout le monde vaque à ses occupations nous avons dîné ensemble, ce qui m'a permis d'analyser la relation entre ma sœur et sa petite amie. Leandra vivait dans l'instant, sans avoir cure de ce que l'avenir lui réservait, son culot attirait Anna, dont la vie était toute tracée bien qu'elle soit très peu sûre d'elle-même. Ma sœur a eu des propos graveleux qui ont rendu Anna furieuse, puis elle l'a embrassée sur la bouche, scandalisant la femme qui tendait des cuillerées de soupe à un enfant à la table voisine. Sans se démonter, ma sœur a déclaré qu'en revenant des toilettes elle roulerait un palot à cette dame pour la calmer. Je lui ai couru après. Regarde, je fais d'une pierre deux coups, frangine ! Je me lave les mains, puis je me les sèche dans les cheveux et me voilà coiffée ! s'est-elle écriée. Ce qui expliquait pourquoi, la plupart du temps, quand elle sortait des W.-C., sa chevelure était humide et déportée d'un côté. Elle m'a demandé ce que je pensais d'Anna. Très sympa, ai-je répondu, même si nous n'avions pas encore eu le temps de discuter. J'ai voulu savoir si elle était heureuse, elle a riposté en sortant son bâton de rouge de la poche de son pantalon : Qu'elle aille se faire foutre, la mère la morale qui est dans la salle ! Les gens qui jugent trop les autres, je les emmerde ! Si elle savait comme c'est bon, d'embrasser sa copine ! Au lieu de ça, ces bonnes femmes tirent la tronche dès que quelque chose ne leur plaît pas ! Tu aimes son tatouage ? Elle m'a montré la photo du dessin sur son portable, une tête de petit chien caricaturale qu'elle avait trouvée sur Internet. J'aurais préféré esquisser un motif en deux ou trois lignes, mais le résultat n'est pas si mal. Pour le sien, elle a tenu la promesse faite à notre père et attendu d'être majeure.

Elle a effleuré sa peau pour me montrer où serait son tatouage avant de regagner notre table. Toi aussi tu devrais y songer. À la morgue, c'est toujours mieux de se distinguer des autres grâce aux horribles tatouages dont on avait honte de son vivant. Un Bugs Bunny tellement raté qu'il ressemble à un poulet rôti, par exemple, et qu'aucun autre macchabée n'a sur le corps. Moi je crois que dans une chambre froide où en fin de compte on est tous égaux, ça doit être le pied que quelqu'un te regarde et dise, Tiens, ce mort a un putain de poulet rôti sur un bras, et que son collègue lui réponde, Moi j'aime bien les sandwiches poulet-avocat, mec, et que tous les deux commencent à papoter poulets rôtis parce que ton tatouage est pourri et qu'ils n'ont pas reconnu ce grand nigaud de Bugs Bunny, mais ils admettent que tu sors du lot et tu leur fais passer un bon moment.

Leandra est venue au vernissage avec Anna. Un des photographes qui exposait également la draguait. Par la suite on a appris qu'il avait trente et un ans, ce qui nous semblait hypervieux. Julián et moi avons passé la soirée à extrapoler – était-il célibataire ou marié ? – et à nous demander pourquoi il flirtait avec une fille à peine majeure. Les quelques mots qu'ils avaient échangés ont suffi à Anna pour qu'elle fasse une scène. Elles se sont disputées dans un coin et j'ai remarqué le petit sourire de ma sœur qui, une main dans les cheveux ondulés qu'elle tenait de mon père, les passait d'un côté à l'autre, pendant qu'Anna, dont le tic était devenu incontrôlable, ne cessait de remonter ses lunettes sur son nez. Vue de loin, Leandra ne semblait pas du tout prendre leur discussion au sérieux, entièrement concentrée sur l'exposition. Elle était heureuse d'être là et n'avait pas du tout envie qu'une rabat-joie fasse exploser les ballons de la fête. Anna est allée aux toilettes, fâchée, et nous ne l'avons plus revue. Cette exposition était le premier pas de ma sœur dans sa vie professionnelle, une étape essentielle à ses yeux. À l'adolescence, nous vivons peut-être tous des instants similaires, un appel du futur, une invitation à ce qui s'offrira à nous, le commentaire d'un aîné qui détermine notre carrière.

Dans la soirée, un homme a proposé à Leandra de publier une de ses photos dans un magazine, et une petite femme blonde qui parlait un espagnol fluide avec un fort accent anglais l'a abordée pour discuter de son travail. Après sa crise de jalousie, Anna s'était volatilisée. Ma sœur était ravie de bavarder avec l'Anglo-Saxonne à la voix mélodieuse. Je les ai laissées pour tenir compagnie à ma mère et à Julián, qui déambulaient sans trop savoir quoi faire, un verre de vin à la main. Des années plus tard, la petite blonde a contacté Leandra pour lui acheter une de ses premières séries de photos. C'était une collectionneuse spécialisée dans les artistes latino-américaines. Les pièces qu'elle possédait étaient exposées dans plusieurs musées de par le monde. Très impressionnée qu'elle soit venue trouver Leandra, Jacinta a attendu la fin de leur conversation pour informer ma sœur que c'était une personnalité, qu'elle vivait à Londres dans une immense maison près du Victoria and Albert Museum, et organisait des dîners mythiques auxquels elle conviait des artistes et des galeristes qui l'aimaient et la sollicitaient.

Jacinta connaissait quelqu'un qui s'était incrusté à une de ses fêtes somptueuses, elle savait qu'elle avait une impressionnante collection d'œuvres d'art et un nombre appréciable d'éditions originales de romans d'Amérique latine, car sa benjamine voulait devenir écrivaine. La petite était née pendant un de ses séjours à Buenos Aires et elle parlait couramment espagnol, même si elle était de nationalité anglaise. Jacinta avait appris ces détails dans la presse people qu'elle feuilletait en faisant la queue au supermarché. Le soir du vernissage, elle ignorait qu'elle se trouvait à Mexico. À force de la voir en photo entourée de célébrités, elle l'avait reconnue au premier regard parmi ses invités.

Quand ma sœur nous a rejoints, ma mère lui a demandé où était passée son amie. Ce n'est pas mon amie mais ma petite amie, a riposté Leandra, qui jusqu'alors s'était référée à Anna par son prénom. Elle est partie après m'avoir fait une crise de jalousie pour rien. Nous avons dîné de churros dans un petit établissement au cœur de Mexico, où ma mère et mon père nous emmenaient souvent dans notre enfance. Des dizaines d'années auparavant, son père l'y invitait déjà avec ses frères et sœurs.

Leandra nous a raconté qu'elle ne comprenait pas pourquoi Anna était tellement jalouse et incapable d'avoir une discussion légère. Tu n'imagines pas comme elle est chiante ! s'est-elle exclamée, les yeux rivés sur Julián. Elle se frustre constamment, et c'est forcément moi qui ai tout faux, parce qu'elle, c'est une sainte qui n'a rien à se reprocher ! À cet instant elle a reçu un SMS d'Anna qu'elle a laissé sans réponse, puis Julián et notre mère ont bavardé entre eux pendant que Leandra et moi émettions des hypothèses sur la vie sentimentale du photographe qui l'avait abordée. Son portable a sonné. C'est sûrement Anna qui m'appelle d'un autre numéro, a-t-elle supposé. Je reviens tout de suite. Elle est sortie quelques minutes. C'était Le Grand Photographe… a-t-elle murmuré en revenant à table, il a demandé mon numéro à Jacinta. Il voulait savoir pourquoi elle avait filé à l'anglaise et proposait qu'ils se revoient. Elle était aux anges, pareille à un aimant attirant toute la limaille de fer présente autour d'elle.

15

J'ai des visions depuis ma plus tendre enfance et elles ressemblent aux images d'un film. Je suis allée plusieurs fois au cinéma dans une grande ville, on m'y a emmenée car il n'y a pas de salle à San Felipe. La première fois c'était avec des Anglais pour voir le film dans lequel j'apparais. Ils sont venus me chercher ici, ils m'ont accompagnée dans les milpas et ont fumé du tabac avec moi. Nous avons mangé les plats préparés par Francisca. Ils m'ont interrogée comme vous le faites avec votre machine. Celles qu'ils avaient apportées étaient grandes et ils m'ont enregistrée, aidés par leurs interprètes qui ont aussi immortalisé les voix d'Apolonia et d'Aparicio dans les milpas. Aniceta et Francisca n'ont pas voulu. Ils ont posé des questions à Paloma, qui leur a répondu, et quand le traducteur n'a plus rien eu à traduire, elle s'est interrogée elle-même pour qu'ils continuent à l'enregistrer.

Ils ont filmé une de mes cérémonies, la guérison d'un garçon malade à qui j'avais administré des herbes, puis ils m'ont accompagnée dans les collines pour chercher de quoi faire un Vin, car je devais soigner un adolescent atteint d'une maladie contre laquelle les médecins savants étaient impuissants. Ils voulaient assister au processus. À eux tous j'ai donné des cigarettes, du café très sucré comme l'aimait Felisberto, mon père. Apolonia leur a proposé à manger et l'interprète m'a dit que les messieurs anglais la trouvaient très belle. Aniceta s'est cachée comme une souris dans la boutique, il y avait trop d'appareils et de gens pour elle. Francisca s'occupait du jardin avec Aparicio. Paloma faisait rire le traducteur, un jeune homme arrivé là avec les Anglais, si maigre qu'au moindre coup de vent il risquait de s'envoler comme un sac en plastique vide. Il s'esclaffait avec Paloma, il rougissait car elle lui parlait avec un débit rapide de sa vie nocturne, si bien qu'il piquait des fards. Un jour ils ont préparé leurs grosses machines et Paloma a dit à l'interprète, Tu sais, chéri, moi j'ai commencé à faire l'amour parce que j'étais trop polie ; je n'ai pas eu le cœur de chasser un homme de chez moi à cause de ma trop grande politesse. Je lui ai dit, Tu peux rester, mon chou, et j'ai été obligée de le couvrir de la chaleur de mon corps. Guadalupe devait parfois aller dans la montagne. Il confiait sa maison à Paloma et ne sortait jamais avec d'autres muxes, il n'en avait pas besoin, contrairement à certains. Ici j'ai vu toutes sortes de gens, et je peux vous dire que Guadalupe n'allait pas voir ailleurs. En revanche, Paloma se gardait bien de lui dire qu'elle découchait. Elle aimait fréquenter des hommes en dehors de sa vie de femme au foyer, et elle a raconté à l'interprète ce qu'elle faisait de ses nuits. Le garçon était muxe, ça se voyait comme le nez au milieu de la figure, mais ça ne sortait pas de son poulailler, alors elle lui lançait des graines pour voir s'il en picorerait une, mais la seule réaction du garçon consistait à rougir.

Apolonia avait appris un peu d'espagnol, et Paloma et elle s'adressaient dans cette langue à l'interprète et à l'homme qui devait faire le film et que ces Anglais avaient fait venir ici. Aniceta comprenait tout mais ne desserrait pas les lèvres ; Aparicio ne disait que des gros mots dont le sens échappait aux étrangers. Le jeune interprète anglais étudiait les langues à l'université. Il parlait bien la mienne. Vous n'ignorez pas qu'au-delà de la ravine on utilise d'autres mots, et d'autres sur la berge opposée de la rivière, et d'autres encore plus loin que la montagne. Cet interprète utilisait des mots que nous n'employons pas, mais je les comprenais. À l'université, il avait traduit en anglais de la poésie mazatèque, zapotèque et mixe. Il était maigre comme une brindille et rougissait dès qu'il ouvrait la bouche. Il portait les *huaraches* qu'il avait achetées ici avec des chaussettes blanches. Je lui disais,

Pourquoi tu mets des chaussettes avec tes sandales, mon garçon ? On ne mange pas les tacos avec des couverts, mais le lendemain, quand il entrait dans ma cabane pour m'apporter un cadeau qu'il avait acheté en ville, courbant la tête parce qu'il était trop grand, il avait de nouveau ses chaussettes et je ne lui disais rien. Il était gentil, ce jeune homme, plein de bonnes intentions. Il ne connaissait pas nos usages bien qu'il ait parlé notre langue comme s'il avait grandi parmi nous. Enfin, malgré sa haute taille et sa blondeur, ce garçon était celui qui nous comprenait le mieux.

Paloma figurait dans le film, voilà pourquoi la salle de cinéma de la ville s'est remplie de muxes et de leurs états d'âme, de leurs cris et de leurs félicitations. Je ne vous raconte pas comment Paloma s'était apprêtée ni comment elle avait habillé Apolonia pour y aller. Le jeune interprète ne me quittait pas d'un pouce, il s'est assis à côté de nous et avant que le film commence il m'a traduit tout ce que les gens disaient, puis on m'a posé des questions auxquelles l'Anglais a répondu.

Quand je me suis vue sur l'écran en train de fumer dans la milpa, au début du film, j'ai eu une sensation bizarre. Oui, c'était vraiment étrange. Paloma avait installé des miroirs dans la maison en me disant, Feliciana, chérie, tes filles sont des beautés, et toi et Francisca aussi. Vous ne pouvez pas sortir comme des pets de chèvres, sans vous être auparavant regardées dans une glace, ma bichette. Je les trouvais beaux, ces miroirs, moins parce que je pouvais y apprécier mon reflet, qui ne m'intéresse pas, que parce que tout s'y multipliait, ce qui me semblait magnifique, car les miroirs semblent être faits de la main de Dieu, comme Il a fait les pierres et les rivières qui s'écoulent. Tels sont les miroirs qui nous renvoient mille reflets. Mais un film n'est pas un miroir. Au cours des cérémonies, on se voit de près comme dans une glace. Dans les rêves on se regarde accomplir des gestes, on s'observe en pleine action et c'est étrange : on s'approche des objets sans pouvoir les prendre et on se réveille sans rien emporter car les rêves ne sont que des reflets. Au cinéma, une image en suit une autre, qui en suit une autre, etc. Comme dans les rêves nous ne pouvons rien attraper, mais tout ce qui défile sous nos yeux, nous l'avons vécu, nous revivons ce que nous voyons, c'est pourquoi les films se rapprochent de mes visions. Les rêves ont la légèreté des oiseaux. On les oublie vite car ils s'envolent. En revanche, les scènes des films restent si on les a vécues, en cela elles ressemblent aux visions. Nous n'emportons rien des visions, si ce n'est le message qu'elles nous laissent. De la même manière, nous n'emportons rien de cette vie car rien ne nous appartient ici-bas, Dieu nous prête tout, ce que nous possédons porte Son nom, et tout ce que nous quittons en partant reste là, prêté. Nous emportons uniquement Son message, qui nous apparaît lors des cérémonies.

Paloma était toute gaie, elle me disait, Feliciana, chérie, je suis une star de cinéma. Dans le film je parle de mon père, Gaspar, qui m'a transmis l'art de guérir. Mais le sucre que j'ai dans le sang pour tout adoucir vient de la canne que j'ai cultivée, mon petit cœur. Attends un peu qu'on me fasse tourner dans un feuilleton comme ceux qu'Aniceta suit sur la télé du magasin avec sa collègue. Les Anglais devraient me voir à une fête, ma bichette, laisse-moi les inviter pour qu'ils me voient danser, parce que je suis capable de mettre le feu même aux éteignoirs. Ni Aniceta ni ma sœur Francisca n'ont parlé du film. Quant à Aparicio, il affirmait qu'il n'avait pas une voix de fille, comme à l'écran, mais il était en pleine mue et ça le mettait mal à l'aise. Je ne sais pas comment les enfants s'y prennent pour apprendre autant de choses de leurs parents défunts, toujours est-il qu'Aparicio portait en lui la colère de Nicanor lorsqu'il était revenu de la guerre. Paloma me disait, Feliciana, ce film t'a rendue célèbre, mon trésor, d'où ces hommes élégants qui arrivent de partout pour te voir, ils sont si beaux que je vais acheter un appareil photo, les immortaliser. Ensuite je vendrai leurs portraits sur le marché, chérie, et je poserai mes lèvres sur le papier glacé pour dessiner un baiser bien rouge et augmenter leur prix.

Beaucoup de gens venaient. Originaires de terres lointaines, ils parlaient toutes les langues et demandaient après moi. Ils arrivaient de partout, d'universités anglaises et américaines, du Japon aussi, pour que je les initie aux champignons. Les Japonais étaient accompagnés d'une interprète aussi petite que moi, aux cheveux brillants comme une nuit par un ciel sans nuages, elle me disait, Feliciana, comment prendre soin des champignons pour les emporter dans un laboratoire de notre pays ? Elle avait le sérieux d'Aparicio à l'âge où je le mettais dans son trou à côté de la milpa. Les hommes lui parlaient dans leur langue, ils voulaient qu'elle traduise mes paroles aux étudiants qui désiraient examiner les champignons dans les laboratoires de leurs universités. Je répondais à ces hommes et à l'interprète aux cheveux brillants comme une nuit par un ciel sans nuages, Ce sont les champignons qui prendront soin de vous et non l'inverse, emportez-les et ils veilleront sur vous au Japon. Les hommes riaient, l'interprète traduisait et leurs rires redoublaient, ils ne comprenaient pas ce que je leur expliquais, alors que la femme de ma taille gardait son sérieux et parlait comme si elle récitait une messe.

Sont venues également des personnes qui désiraient m'emmener en Europe pour que je parle à d'autres gens. Elles me disaient, Feliciana, il faut que vous vous adressiez à un public d'universitaires qui aimeraient vous connaître. Paloma me disait, Feliciana, chérie, partons avec les blondinets, je raconterai à Guadalupe que nous allons dans la Sierra Tarahumara pour faire des recherches auprès de vieux malades, mais à la place nous irons nous balader avec les blondinets et nous nous prendrons en photo partout où nous irons, ma bichette, et nous serons belles en parcourant le monde. Je n'ai pas de papiers d'identité, Paloma non plus, mais ces personnes voulaient nous en faire faire. Je les écoutais humblement exposer leurs nobles intentions, sachant qu'elles tenaient à ce que je parle aux universitaires européens et je les en remerciais, elles et Dieu, mais je ne suis jamais sortie d'ici car c'est là qu'est ma maison, et ma fonction ne consiste pas à m'adresser à des auditeurs ni à partir en voyage. Pour voyager je n'ai pas besoin de quitter ma hutte, le Langage me suffit. Paloma avait envie de sillonner le monde, elle a demandé aux Français de l'emmener avec Guadalupe. Elle leur a dit, C'est mon époux, mais je peux aussi partir seule. Elle a eu beau les flatter et les amuser, ils ont refusé. Prenez-la avec vous, ai-je insisté. Comme moi elle a le don dans le sang, elle en a hérité de mon grand-père et de mon arrière-grand-père et elle m'a enseigné tout ce que je sais, c'est elle qui m'a dit, Le Livre t'appartient. Paloma regardait les Français pendant que je leur précisais qu'elle avait la capacité d'expliquer beaucoup de choses aux universitaires d'Europe car ici, dans cette ville et dans cette maison, elle nous a tous formés. Mais ils ont fait la sourde oreille et elle m'a embrassée parce que j'étais intervenue en sa faveur.

Il y a eu aussi ces jeunes musiciens argentins, très connus d'après Paloma, même si elle ne savait pas trop pourquoi. Quelqu'un lui avait parlé d'eux à San Felipe, lorsque le bruit a couru qu'ils étaient en chemin. Les filles hurlaient sur le passage de ces trois garçons et beaucoup de jeunes gens les suivaient en fredonnant leurs chansons. Apolonia ne connaissait pas leur musique, mais lorsque le chanteur l'a saluée, elle est devenue nerveuse et j'ai remarqué qu'elle ne les regardait jamais dans les yeux. Ils avaient l'air imposants, pas antipathiques, mais ils concentraient toutes leurs forces dans cet air. Je peux sentir cette puissance chez certaines personnes avant même qu'elles me disent ce qu'elles font et sans qu'elles aient prononcé un mot. Nous naissons tous entourés d'une aura qui est parfois bien visible. Au cours des deux cérémonies que j'ai accomplies pour eux, j'ai constaté que c'étaient des garçons très simples même s'ils en imposaient, surtout celui qui chantait, et je décelais en eux la création, ils respiraient la création, c'est ce que j'ai senti, plus que leur célébrité ou le fait qu'ils étaient applaudis, tel est l'air dont je vous parle et qui ne m'échappe pas dès qu'un artiste vient me trouver. J'ai ainsi perçu la grande notoriété d'un poète de la ville, un homme blond avec une immense aura qui était celle de la création, d'ailleurs je le lui ai dit. Quand on naît doté d'un don créatif, peu importe comment on s'habille, peu importe qu'un médecin savant soit en blouse blanche, seul compte son talent pour guérir, il flotte autour de lui. Ses actes et ses créations ont également leur importance. Ils le rendent puissant et ceux qui le regardent le comprennent. Les trois musiciens argentins avaient cela. Ils s'entendaient bien, c'était évident. Paloma a chanté avec eux quand ils ont joué à la maison des chansons mexicaines qu'ils connaissaient, eux et Paloma, et la photo dont vous me parlez a été prise par un des garçons qui les accompagnaient mais il n'a pas participé aux cérémonies. Très aimablement, il nous a envoyé la photo que Paloma avait épinglée près de son miroir, avec d'autres images sur lesquelles elle était entourée de personnalités. Je n'ai pas voulu poser pour ce cliché, contrairement à elle. J'ai organisé pour eux deux cérémonies avec les champignons, puis ils m'ont fait parvenir le disque qui s'en inspirait, une des chansons m'est dédiée, paraît-il. L'un d'eux avait perdu sa mère, qui lui avait offert sa première guitare. Pendant le rituel, je l'ai vue lui apprendre à jouer dans un bain blanc comme la brume quand elle descend de la montagne, il avait cette blancheur et paraissait très froid. Lorsque je lui ai décrit la scène, il a caché son visage entre ses mains. Ici je n'ai rien pour écouter cette musique, le disque qui est là, ils me l'ont envoyé d'Argentine. Francisca conserve tous les objets qui m'arrivent par la poste : musique, documents, journaux ou livres. Je ne peux pas les lire mais je les apprécie car ils ont tous un format similaire, comme nous autres, les gens, sommes égaux dans notre apparence, et j'apprécie les livres parce qu'ils ressemblent au Livre et qu'ils sont tous des fils du Langage.

Est venu également un dessinateur de films pour enfants, oui, et il nous a montré ses œuvres. Quelque temps plus tard il nous a apporté des dessins représentant un petit enfant et sa guitare. Nous avons reçu d'autres choses de lui après son retour aux États-Unis. La cérémonie avait déjà eu lieu. Comme moi il avait été élevé par son grand-père – moi j'ai connu mon père avant qu'il succombe à une pneumonie, mais c'est mon grand-père Cosme qui m'a élevée, et je l'ai aimé comme un père ; je rends chaque jour hommage à Felisberto en travaillant, car c'est en honorant ses aînés qu'on reste bien ancré dans la terre. Pendant la cérémonie, j'ai vu la maison du dessinateur entourée d'un vert brillant, une maison blanche avec une multitude de fenêtres, et j'ai vu sa mère abandonner son foyer et son fils, son grand-père recueillir l'enfant, l'éduquer, lui donner des pièces de monnaie avant son départ pour l'école, lui procurer le gîte et le couvert. Je l'ai vu parler à ses jouets et à ses affaires, de là l'esprit créatif de cet homme spécialisé dans les films pour enfants, dont il a fait un travail à temps plein. Il a ensuite acheté une maison à son grand-père avec l'argent de son premier dessin animé, c'est lui qui me l'a dit car je ne l'ai pas vue, mais la maison de son enfance m'est clairement apparue et je lui ai répété les mots qu'il adressait à ses jouets, et après ma cérémonie il a fait un film à propos d'une de ses confidences aux objets. Il m'a écrit des lettres qu'on m'a lues comme celles de Nicanor lorsqu'il combattait aux côtés des soldats révolutionnaires, toutes très aimables. Le dessinateur de films pour enfants m'était très reconnaissant. J'ai oublié le titre du film, mais grâce à vos appareils vous le retrouverez facilement. Il parle des visions qu'il a eues pendant la cérémonie, l'idée du Jour des morts lui est venue au cours de ses promenades. Il était désormais en paix avec ce qui avait toujours hanté ses rêves, pour ne pas dire ses cauchemars, et il est reparti de chez moi rassuré car il avait vu sa mère le quitter et il avait compris pourquoi. Les mots qu'il murmurait à ses jouets lui ont permis de la retrouver en me rendant visite, car tel est le Langage : il met de l'ordre. Comme le printemps qui succède à l'hiver et libère les semences, le Langage nous pousse vers les jours fertiles de l'été. Il ordonne les scènes de notre passé pour nous permettre de voir clair dans notre présent. Le dessinateur a continué à envoyer ses œuvres à mes petits-enfants, il voulait que mes enfants emmènent les leurs aux États-Unis pour leur montrer ses films, me disait qu'il financerait le voyage, mais mes filles ont refusé et Aparicio a préféré recevoir de l'argent plutôt que des billets d'avion. Par la suite, le dessinateur de films pour enfants a organisé mon déplacement jusqu'à la ville voisine pour que je voie l'œuvre qui s'inspirait de ma cérémonie. J'y suis allée avec Aniceta, qui comprenait tout et m'a traduit certaines parties. Ni Aparicio ni mon petit-fils ne m'ont accompagnée. Paloma non plus, elle disait que les histoires d'enfants ne l'intéressaient qu'à compter du moment où les enfants devenaient des hommes.

Ayant appris que mon petit-fils n'avait pas vu son film, le dessinateur nous a envoyé des appareils américains pour le visionner, des machines trop gourmandes en électricité que le câble qui allait jusqu'ici ne pouvait pas supporter. L'électricité arrivait péniblement chez nous en passant par un câble qui, comme une bête de somme, transportait de lourdes charges en contournant le ravin. Le poids de la lumière était déjà très lourd, alors avec les appareils, la bête a eu les pattes coupées, et rien qu'après avoir branché le plus petit, celui dans lequel on introduisait le film, nous sommes restés plusieurs jours dans le noir, sans compter que le câble, ce vieil animal, ne supportait pas la pluie ni le moindre déraillement, il était aussi fragile que les fils électriques de notre maison. De sorte qu'Aparicio, mon petit-fils, n'a pas pu voir ce film. J'ai envoyé quelques mots au dessinateur après l'avoir visionné avec Aniceta, il a répondu en m'envoyant de l'argent, mais ce n'était pas ce que je voulais. Je tenais simplement à lui dire que j'avais vu son film.

Une écrivaine m'a consultée, puis elle m'a envoyé son livre en anglais dans une enveloppe jaune couverte d'une belle écriture pourpre. Elle croyait avec ferveur à l'heure à laquelle on naît, aux étoiles qui nous voient venir au monde. Selon elle, les étoiles qui nous ont vus naître éclairent notre avenir. Moi je ne pouvais rien lui dire à ce sujet, mais elle y croyait dur comme fer et le pourpre était sa couleur, car selon elle les étoiles qui l'avaient vue naître étaient de cette teinte-là. Elle écrivait et s'habillait en rouge, elle disait que le rouge la protégeait, et que sous sa plume le pourpre faisait surgir des mots de la couleur de sa venue au monde. Je regarde son livre et je trouve magnifiques les couleurs de la couverture. Ce sont les siennes, ce rouge et ce pourpre, et je sais que ce livre est beau, je suppose que mes ancêtres aimeraient le voir eux aussi, même si ni eux ni moi ne savons lire, même si nous ne parlons ni l'espagnol ni l'anglais. Pourquoi apprendre d'autres langues ? Ici personne n'a envie de s'exprimer dans la langue du gouvernement, personne ne veut porter les vêtements de ville des hommes politiques, et comme nous n'aimons pas nous occuper de leur langue ou de leurs habits, nous souhaitons qu'ils respectent les nôtres, car comme nos parents, nos vêtements et nos langues sont nos ancêtres. Quand on le regarde, le livre de l'écrivaine est splendide et son enveloppe l'est tout autant parce qu'elle y a dessiné des champignons pourpres, c'est pour ça que je l'ai conservée à l'intérieur du livre. Elle a perçu la connexion des champignons entre eux, ce qui m'a plu car c'est la manière dont je les ressens et ça explique que je les associe par couples lorsque je les cueille dans la montagne. C'est exactement ce qu'elle a dessiné sur cette enveloppe jaune. Elle m'a ensuite envoyé le livre en espagnol, mais encore une fois je n'ai pas pu le lire et les enfants non plus, même s'ils parlent un peu cette langue. Ce livre-là, je le regarde, je regarde sa couverture et, voyez-vous, je le trouve laid. Ça arrive dans les familles : sur les huit enfants qu'a une jeune femme, seul un d'entre eux hérite de la beauté des grands-parents et des arrière-grands-parents ; de même que l'homme riche fait étalage de son or, celui qui possède la beauté de ses parents l'exhibe, et celui qui récolte la laideur n'aime pas que les yeux s'attardent sur lui car ses parents ou ses ancêtres lui ont légué la pire des apparences. Eh bien, grande était la laideur du livre en espagnol, et grande la beauté du même livre en anglais.

Ma sœur Francisca faisait griller des piments sur le *comal*. Nous avions des haricots, de l'*atole*, des courges et des *tamales*. Guadalupe mangeait à la maison avec Paloma. Je lui ai montré le livre en lui disant qu'il était laid et elle m'a répondu, Feliciana, regarde un peu ce fouillis de mots, chérie ! J'espère que ces écrivains n'ont pas des maisons aussi encombrées, sans quoi les meubles risquent de déborder et de passer par les fenêtres. Pour moi, la seule utilité des livres est de servir de dessous-de-plat ! Paloma se moquait que les livres soient beaux ou laids. La seule beauté qui comptait à ses yeux était celle des hommes, mais quand il s'agissait d'aller dans mon sens, elle n'hésitait pas car elle était ainsi faite, Paloma, d'une loyauté à toute épreuve. Personne ne l'était autant qu'elle, je vous assure. Je n'ai pas révélé à l'écrivaine ce que je pensais du livre en espagnol. Son travail est contenu dans les pages, tout comme les haricots salés le sont dans le taco, et cette femme est belle, entourée par l'aura de la création. Un jour elle m'a amené son fils pour que je fasse sa connaissance, ils se promenaient sur une plage de la région. Son mari était avec eux et elle m'a dit, Je voudrais vous présenter mon fils. Je leur ai servi du café bien sucré et j'ai fumé une cigarette avec son époux dans la maison, je leur ai donné des mélanges d'herbes. Ils m'ont demandé de leur préparer un Vin et ils m'ont remerciée chaleureusement car le garçon avait mal au ventre, il avait mangé du poisson pas assez frais sur la plage. Elle m'a raconté que grâce à son livre elle était allée à l'étranger, et que tout ça c'était grâce au voyage qu'elle avait fait dans ma hutte et à ce qu'elle avait créé après la cérémonie. C'est une belle femme, je l'ai vu en elle et dans son aura.

Ma sœur Francisca conserve dans une boîte les articles parus dans la presse, les journaux, les livres qu'on nous envoie de l'étranger, les travaux universitaires. Je les regarde, je les touche, je les feuillette, j'aime leurs couleurs, je préfère celles des livres à celles des revues, qui sentent le commerce, je fume ma cigarette et je me reconnais sur les photos en noir et blanc du photographe américain dont vous m'avez parlé et qui a passé du temps ici pour m'interroger sur mon enfance et sur mon père. Sur ces images je fume en noir et blanc, mais le bout incandescent de ma cigarette apparaît comme un point gris clair, il me rappelle davantage le sucre qui tombe par terre que le feu de cette cigarette que je prends plaisir à fumer. On dit que les étoiles sont elles aussi composées de feu et que, de loin, dans la nuit, elles ressemblent à du sucre saupoudré sur le sol. Je me regarde sur ces photographies prises par l'Américain, j'observe le bout pâle de ma cigarette. Je fume sur la plupart des clichés, je conseille aux photographes de me faire poser ainsi, ce sont mes meilleurs portraits, plus parlants que ceux des cérémonies. Je leur dis, Le Langage ne peut pas être photographié. Pourquoi me prendre en photo ? Il serait préférable d'immortaliser le Langage, essentiel pour les cérémonies. Prenez-moi plutôt en train de fumer, ça, c'est possible, comme les étoiles blanches, pareilles au sucre sur la terre.

Tadeo le Borgne a voulu profiter des gens en apprenant la venue du banquier américain et de sa femme. J'ignore comment il était informé des gens qui arrivaient et de ce qu'ils apportaient. Il n'y avait pas encore de musiciens ni d'artistes, ni tous ceux qui ont fait le déplacement après le banquier et sa femme, une docteure savante. Après le film tourné par les Anglais, ce sont eux qui ont ensuite attiré tous ces gens. Quand le banquier et sa femme ont été là, Tadeo le Borgne a entendu cliqueter les pièces de monnaie et il a compris que Monsieur et Madame Tarsone avaient des sous, alors il s'est dépêché d'aller les chercher pour les inviter dans sa hutte et leur dire leur avenir avec son œil creux en lançant ses grains de maïs et ses cartes à jouer.

Le banquier américain et son épouse ont vu le film à New York – ils sont de là-bas –, et ils se sont intéressés à moi, au chemin qui m'a guidée vers les guérisons par l'intermédiaire du Langage, des herbes et des champignons. Le banquier était intrigué par les Enfants, car marié à une pédiatre savante très connue aux États-Unis qui avait recours aux médecines alternatives et s'était déjà penchée sur l'étude de plusieurs variétés de champignons, mais pas ceux qui poussent au Mexique. Quand leurs deux enfants ont été à l'université, le banquier et son épouse ont commencé à voyager dans le monde entier pour approfondir leurs connaissances. Ils ont fait des donations à des laboratoires qui fabriquent des médicaments naturels et ont sillonné la planète dans le souci d'étudier les bienfaits des champignons et d'autres plantes. Ils ont en particulier travaillé avec ceux qui contiennent de la pénicilline, ceux qui soignent, car les champignons ont différentes caractéristiques en fonction de l'endroit où ils poussent. Les Anglais leur ont fait voir leur film et ils ont pu observer comment je cueillais les grands Enfants de la montagne couverts de terre avant de les glisser dans des sacs en toile de coton. Bien sûr, je n'ai pas pu utiliser ces champignons pendant la cérémonie parce que les gens du tournage les avaient vus, mais je leur ai expliqué l'usage que j'en faisais après les avoir débarrassés de leur terre et rangés, et je les ai emmenés sur les contreforts de la montagne, entre San Juan de los Lagos et San Felipe, là où je marchais avec mon père avant son trépas, là où les champignons émergent du sol, là où ils jaillissent à profusion par temps de pluie. Le banquier et sa femme les ont vus très grands sur l'écran de cinéma, ils ont été très étonnés. L'Anglais qui avait tourné le film leur a raconté qu'ils me rendaient visite tous les jours, à dos d'âne ou à cheval, qu'ils avaient payé les villageois pour qu'ils transportent leurs appareils jusqu'à la ravine, car ils avaient l'intention de faire tenir ma vie entière dans leurs boîtes. Quand le jeune interprète m'a traduit ces mots j'ai éclaté de rire. Le soir de la projection, le réalisateur anglais leur a fourni d'autres détails me concernant et il leur a dit où ils pouvaient me trouver, ici, à San Felipe.

C'est ainsi que j'ai fait la connaissance de Monsieur Tarsone. Dès qu'il a mis un pied sur ces terres, les habitants du coin l'ont surnommé Monsieur Tarzan. Comme je vous l'ai dit, Tadeo le Borgne a entendu les pièces de monnaie tinter et il a eu vent de la présence de Monsieur Tarzan. Il les a rencontrés bien avant moi et n'arrêtait pas de parler d'eux. Monsieur Tarzan par-ci, Monsieur Tarzan par-là. Il leur a menti jusqu'à ce que quelqu'un les mette en garde et leur conseille de ne pas lui donner un sou avant de les conduire jusque chez moi, c'était quand même la raison de leur voyage. Monsieur Tarsone m'a traitée avec respect et reconnaissance dès l'instant où il s'est présenté à moi. J'ai organisé une cérémonie pour lui et sa femme, la pédiatre qui étudiait les thérapies alternatives. J'avais deviné qu'ils avaient besoin de découvrir quelque chose. Leurs deux enfants me sont apparus, elle a pu voir tout ce qu'elle leur avait légué aussi clairement que l'huile se sépare de l'eau. Elle a vu en eux ce qu'elle aimait et ce qui lui déplaisait d'elle, puis elle a vu sa mère. Ils sont revenus plusieurs fois. Ils prenaient des notes et des photos, ils m'ont demandé s'ils pouvaient enregistrer mes chants avec le Langage. Je leur ai dit que oui. Monsieur Tarsone a apporté un appareil et des gens pour le manipuler. Ils n'arrêtaient pas d'aller et venir entre chez moi et là où ils habitaient à San Felipe et, au cours d'une de leurs visites Madame Tarsone m'a dit, Feliciana, nous allons vous construire une maison, et ils ont commencé à transporter des matériaux, mais lorsqu'elle me l'a proposé j'ai refusé. Nous en avons déjà une. Je ne voulais pas accepter comme j'avais accepté en toute humilité ce qu'ils nous avaient donné, à moi et à d'autres personnes. L'argent, les billets étrangers, l'eau-de-vie, les cigarettes, les petits plats qu'ils nous apportaient et les cadeaux que tous les visiteurs faisaient à mes trois enfants et à ma sœur Francisca, à Paloma, à Guadalupe, à ma mère, paix à son âme, qui avait reçu son lot elle aussi, car lorsque j'ai commencé à être curandera, ça a été une source de bonté. On me paye ainsi mes cérémonies, tous les visiteurs me payaient de la sorte, en me témoignant de la bonté, pourtant je n'ai jamais fixé le moindre tarif car mes cérémonies n'ont pas de prix, c'est comme si je vous demandais le prix de votre façon de marcher, ça ne se fait pas, mais bon, j'ai une famille qui loge chez moi, alors j'ai fini par les remercier pour cette maison à venir. En voyant les ouvriers chargés de matériaux j'ai compris que ce cadeau était le leur et celui de Dieu. Je leur en ai été reconnaissante car les cadeaux sont des bénédictions. Monsieur Tarsone se croyait en dette avec moi et disait que ce n'était rien, que mes cérémonies leur avaient apporté davantage, il me disait, Feliciana, votre famille et vous-même, vous nous avez tellement donné. Et il m'a envoyé un interprète barbu et moustachu pour que je lui indique où bâtir la maison. Dès que cet homme s'approchait, je lui proposais du tabac et du café bien sucré comme l'aimait Felisberto, mon père. Plus tard Guadalupe a baptisé la maison neuve en cassant une bouteille d'eau-de-vie contre un mur, Paloma nous a rejoints avec les amies avec qui elle faisait la fête ; Aniceta avait invité la fille qui possédait le magasin et ses parents, et d'autres gens étaient là pour manger les *tamales* préparés par Francisca. J'étais bien contente d'emménager. Ensuite, Apolonia s'est mariée et elle s'est installée dans la maison avec ses deux filles. Nous étions bien, l'endroit avait été bâti comme je l'avais voulu, grâce à l'aide de l'interprète barbu et moustachu, dont j'ai guéri le mal de dos en priant et en passant ma main sur sa colonne vertébrale. Il m'aimait bien et il me respectait, il disait que les médecins savants avaient été incapables de le soigner, alors il était ravi. Il était accompagné d'hommes coiffés de casques qui ont mis les coins là où ils devaient être, les fenêtres là où je voulais qu'il y en ait. Monsieur et Madame Tarsone nous ont envoyé des matelas, nous n'en avions jamais eu avant, et des tas d'autres choses dont pour la plupart nous ne savions pas quoi faire et n'avions pas l'usage. Tout ça, c'était pour nous remercier. Mon fils Aparicio a pris goût à ces objets. Il ignorait tout autant que moi à quoi ils servaient mais il les stockait chez lui. Paloma en a vendu certains sur le marché, quand elle y allait avec Guadalupe, et avec l'argent qu'ils en tiraient ils s'achetaient des tenues de soirée et des tenues pour tous les jours, et aussi des alcools pour atténuer le froid.

Non, pour ça j'ai dit non : il n'était pas question de daller le sol en terre battue ou de remplacer les bardeaux du toit de la hutte où j'accomplissais mes cérémonies, comme me le proposait l'interprète barbu et moustachu. Ma cabane est restée la même que lorsque j'ai débuté, c'est ainsi que j'ai soigné les premières personnes qui m'ont consultée, que j'ai évité que la mort ne ponde son œuf dans Francisca, que j'ai vu le père de Guadalupe enfoui en lui parce qu'il l'humiliait quand il portait sa tunique d'un orange aussi vif qu'un incendie nocturne. Ma hutte abrite toutes mes guérisons et tous les mots utilisés par le Langage. En cela elle ressemble au Livre, elle contient toutes les scènes de mes guérisons par l'intermédiaire du Langage, elle est sa demeure.

Monsieur et Madame Tarsone nous ont envoyé des vêtements des États-Unis. Je leur disais, Moi j'aime fumer en buvant un café bien sucré, comme le faisait mon père, c'est ma façon de rester en contact avec lui et de le remercier. Je bois de l'eau-de-vie avec Paloma, puis je me lave, je suis toujours la même routine et je ne compte pas mettre d'autres vêtements que les miens ni d'autres sandales que mes *huaraches*, alors vous ne me ferez pas porter des habits américains. Ces choses-là ne m'impressionnent pas, le pouvoir ne m'impressionne pas. Ni celui des gens ni celui de l'argent. J'aime ce que je fais, j'utilise uniquement ce dont j'ai besoin, tout ce que Dieu met à ma disposition, rien de plus. Certaines personnes s'émerveillent devant certains objets, elles s'émerveillent à l'idée de pouvoir les accumuler, elles s'imaginent que plus elles en ont, plus elles sont puissantes. Mes filles et mes petits-enfants se partagent ce qu'on nous envoie de l'étranger, moi il ne me faut que mes vêtements, mes *huaraches*, mes cigarettes, mon café bien sucré, les petits plats préparés par ma sœur Francisca, un point c'est tout. Je n'ai besoin que de la vie que m'accorde Dieu. Ici il est fréquent que les gens me fassent des cadeaux, qu'ils me donnent de l'argent et qu'ils repartent tout contents. Ils pensent que c'est une bonne transaction, comme les universitaires qui étudiaient le Langage, qui sont repartis en croyant tout savoir le concernant. Mais moi je vous dis que le Langage change chaque jour, il ne peut pas se figer, il est pareil au nuage qui bouge au gré des vents têtus, or le vent multiplie. Je leur disais, Je travaille avec le Langage et je me demande toujours ce qui va suivre, car le Langage est présent et grand comme la nuit, grand comme le présent, d'où sa force. Il est multiplié par le vent, il ne peut pas être figé. De même que les nuages ne sont jamais immobiles dans le ciel, les mots adoptent des formes différentes. Ils m'enregistraient, ils prenaient des notes, ils me posaient des questions au travers de leurs interprètes qui se perdaient eux-mêmes dans ce que leur disaient les universitaires. Il y avait une telle profusion d'objets et d'argent qu'en apprenant qu'on me construisait une maison, Tadeo le Borgne a surgi et m'a mitraillée de plomb. Pour la première fois j'ai été privée du Langage. Ça m'est arrivé deux fois, la première, c'était ce jour-là, quand Paloma m'a annoncé que Tadeo m'avait mitraillée de plomb. Je me suis réveillée dans une pièce blanche baignée de lumière blanche et désertée par le Langage.

16

Leandra avait dormi chez Anna après sa crise de jalousie. Le lendemain, le Grand Photographe lui a envoyé un SMS qu'elle a lu pendant que ma sœur était sous la douche. Anna lui a refait une scène. Le Grand Photographe se prénommait en réalité José. Leandra ne lui avait pas répondu, ce qui avait eu pour effet de décupler son intérêt pour elle, d'où ses nombreux messages. Leandra a fini par lui répondre un vendredi soir, en développant des photos dans sa chambre noire. Après m'avoir demandé de dire à Anna qu'elle était couchée si jamais elle appelait, elle est allée boire une bière avec lui.

Cette semaine-là, Anna l'a emmenée chez sa mère, où elle nous a ensuite invités à déjeuner, Julián et moi. Sa mère vivait dans une petite maison de brique rouge avec des fenêtres encadrées de bois et un escalier suspendu, identique aux vingt autres demeures de cette résidence sécurisée située entre un cimetière et un ravin, loin de la ville, à une bonne heure et demie de chez nous quand la circulation était fluide. Au fond du ravin s'écoulait une rivière qui sentait l'eau croupie, et du hublot de la salle de bains on apercevait des eucalyptus. La mère d'Anna était adorable, mais ce jour-là elle a fait un commentaire désagréable et inutile à propos de son ex. Je n'ai pas compris pourquoi elle se comportait ainsi. Après nous être attardés à table, nous avons regardé un film avec Anna et je me suis concentrée sur les cadres contenant des photos d'elle et sa mère à différents moments de leur vie. Plus tard, Leandra m'a raconté que cette femme s'était disputée avec tous les membres de sa famille, un peu comme notre père, à la différence près que la mère d'Anna n'avait jamais renoué avec les siens et s'entendait très mal avec son ex-mari. Pendant que nous nous changions avant de nous mettre au lit, elle m'a confié avoir remarqué que la mère d'Anna était extrêmement possessive avec sa fille unique et m'a raconté des anecdotes à ce sujet. Elle s'est bien gardée de me dire qu'elle avait revu José dans la matinée.

J'ai compris qu'ils étaient restés en contact en l'entendant parler dans les toilettes dont elle avait fermé la porte, contrairement à son habitude. Selon moi elle sortait avec José parce qu'Anna y avait fait explicitement allusion quand elles s'étaient disputées. Ses accès de jalousie avaient transformé ses suppositions en réalité. Par ailleurs, je crois que José attirait plus ma sœur qu'elle ne voulait l'admettre.

Après le travail ma mère rendait souvent visite à ma tante. Elle repassait à la maison et, si nous n'étions pas là, elle emmenait Rumba se promener. Elle nous laissait libres de nos mouvements à condition de savoir où nous étions. Je pense que mon père nous aurait permis d'agir à notre guise, même s'il était plus strict, mais il nous aurait peut-être demandé de passer un peu de temps avec lui. Il était plus exigeant, nous obligeait fréquemment à modifier nos projets, le vendredi soir, pour l'accompagner au magasin de bricolage Home Depot. Sans doute parce qu'elle avait été bridée dans son enfance, ma mère était plus permissive. Lorsqu'elle avait envie de parler boulot, elle préférait inviter notre tante plutôt que nous bassiner avec ça. Leandra passait beaucoup de temps chez Anna, Julián et moi restions davantage à la maison.

Anna partageait un appartement avec deux amies de fac qu'elle avait rencontrées grâce aux annonces qu'elle avait scotchées un peu partout autour de la bibliothèque de l'université. L'une d'elles était âgée de vingt-neuf ans et faisait un doctorat en esthétique. Elle s'était installée dans la chambre la plus spacieuse et la plus chère, dont le balcon donnait sur un caoutchouc. Son autre colocataire, Simona, une jeune femme de vingt-cinq ans, avait les cheveux orange, un piercing à la lèvre inférieure, un anneau à la base du nez. Elle s'était tatouée et tatouait. C'est elle qui avait décoloré en bleu la banane d'Anna. Employée de bureau à la faculté d'architecture, elle gagnait bien plus d'argent en faisant des tatouages pendant ses heures de loisir. Leandra, Julián et moi avions quelques années de moins qu'elles et jalousions leur appartement. Une après-midi, Simona a téléphoné à Julián pour nous inviter à boire une bière. Elle venait de rouler un pétard quand Anna est arrivée dans tous ses états. Sans s'apercevoir que nous étions là, elle s'est écriée en pleurant qu'elle et Leandra avaient rompu.

Dès qu'elle en a eu la possibilité, ma sœur a passé l'examen d'entrée de l'école d'art où étudiait Julián. Elle a sollicité une bourse pour jeunes créateurs. À dix-huit ans, elle s'est fait faire un tatouage. Elle avait plaqué Anna, non pas à cause de José, mais parce qu'elle ne supportait plus sa jalousie. Avec José ils se voyaient, sortaient, s'envoyaient des SMS. Il ne s'était encore rien passé entre eux, non que ma sœur ait été étouffée par les scrupules, mais ça ne s'était pas fait, tout simplement. Elle a décroché la bourse, qui en plus d'allouer une somme d'argent aux étudiants leur permettait de se réunir trois week-ends en cours d'année, par petits groupes organisés selon leur discipline, pour discuter de l'avancement de leurs projets. À la première rencontre, qui avait lieu dans un hôtel, elle m'a envoyé un SMS :

Quelqu'un a dit à la fille qui partage ma chambre que j'ai mis le feu à une école, et maintenant elle a peur de moi.

Dis-lui que c'est faux, que tu as incendié un hôtel rempli de jeunes créateurs.

Haha ! Ici tout est génial. Ce matin, on nous a installés dans le bus par ordre alphabétique. Je me suis retrouvée à côté d'une poétesse merveilleuse. On a passé la journée à parler de nos travaux et ce soir il y a une fête dans la chambre des peintres. Là, je vais me doucher, puis on ira chercher des bières avec ma pote poète.

Ah, au fait, je n'ai pas eu le temps de te prévenir, mais Anna a essayé de joindre Julián tout à l'heure. Elle veut prendre un café avec lui.

Pfff... moi j'ai oublié de te dire qu'elle est passée chercher maman à l'université.

Leandra a profité de sa bourse pour faire une série de photos sur des métiers destinés à disparaître. Par la suite elle a approfondi ses recherches et choisi ce sujet pour son diplôme de fin d'études. À cette première rencontre avec d'autres jeunes artistes, elle avait apporté certains de ses portraits de travailleurs, mais plus tard elle s'est davantage concentrée sur leurs espaces de travail, leurs outils, leurs bureaux et les tâches qu'ils réalisaient. À ses camarades, elle a montré les images d'une femme qui fabriquait des fleurs en tissu, d'un homme qui possédait une presse typographique et imprimait des cartes de visite, d'une vieille dame à la tête d'une agence de voyages depuis les années 1950. Ce soir-là, j'ai lu jusqu'à une heure tardive et elle m'a envoyé d'autres SMS :

> FRANGINE T'ES LÀ ?
> Oui, pourquoi ?
> Tu le trouves sympa, José ?
> Le Grand Photographe ?
> Oui.
> Je ne l'ai vu qu'une seule fois.
> Eh bieeeeen... je vais te le présenter.

Elle m'a ensuite envoyé des photos d'une pièce pleine de gens qui dansaient et fumaient. Ils avaient mis un bonnet de bain sur le détecteur de fumée pour empêcher que l'alarme de se déclencher. Qu'elle me parle de José au beau milieu d'une fête sans utiliser son surnom m'a donné une petite idée de ce qui allait suivre. Il avait trente et un ans et venait de divorcer : il connaissait son ex-femme depuis longtemps mais ne l'avait épousée que deux ans auparavant. Le jour où elle l'avait rencontré, ma sœur avait déjà démissionné du cabinet dentaire et n'allait pas tarder à délaisser l'atelier de Jacinta pour commencer ses études. José lui courait après, ils s'écrivaient des SMS, je le savais car le soir, je voyais son écran s'éclairer quand je lisais.

Tu craques pour lui, Leandra.

Nan. On s'amuse, c'est juste un bon pote.

Et vous vous racontez quoi, tous les deux ?

Ben, par exemple, il m'a dit que là où il bosse, à une soirée, des clients avaient apporté des trucs hyper bons, du genre jambon serrano et fromages français, et que son chien avait bouffé le plateau de jambon sans rien mâcher.

Hmmm. Quoi d'autre ?

Un quart d'heure plus tard, il a dégueulé sur le canapé qui, depuis, sent le pata negra. Je le trouve beau, qu'est-ce que tu veux de plus ?

Quelques jours avant le départ de Leandra, Anna m'avait écrit un mail pour me donner rendez-vous. J'avais accepté sans rien dire à ma sœur ni desserrer les dents quand elle m'avait interrogée à propos de José. Mais les liens entre cet homme et ma sœur s'étaient resserrés, et un dimanche où Leandra n'était pas là et ne décrochait pas son téléphone, Anna a frappé à notre porte. Têtue, elle refusait de partir sans l'avoir vue. Ma mère a sorti du frigo une soupe de vermicelles à la saucisse qu'elle lui a servie pour la mettre à l'aise. Elle était triste, mais au lieu de l'apaiser, nous voir semblait produire l'effet contraire et souligner le fait qu'elle et ma sœur n'étaient plus ensemble. Nous avons décidé de garder sa visite secrète, mais bavarde comme une pie, ma mère n'a pas tenu sa langue.

Peu après le week-end entre jeunes artistes, Leandra et José sont devenus inséparables. Un jour elle a voulu que je passe la prendre avant qu'on rentre à la maison. Par l'interphone, José m'a proposé de monter. Nous avons bu quelques bières. Il occupait un petit appartement meublé du strict minimum. Il n'avait pas assez d'étagères pour ses livres qui s'empilaient par terre. L'éclairage était indirect, hormis une ampoule nue suspendue à deux fils électriques de différentes couleurs maintenus par du ruban adhésif, qui m'a fait penser à l'obsession de Julián.

Je suis retournée plusieurs fois dans son appartement presque vide, hormis d'immenses plantes luxuriantes. Il avait un grand chien couleur miel qui avait l'air inoffensif comparé à Rumba, que ma mère appelait l'agrafeuse car elle plantait ses petites dents partout. Il travaillait pour une maison de production de cinéma mais aspirait à être artiste. En les observant, je n'ai pas tardé à remarquer que Leandra était bien plus mordue qu'elle ne le laissait paraître, surtout sexuellement, mais quand j'étais seule avec elle, je la sentais un peu paumée.

— Tu peux croire que pendant toutes les années où ils ont été ensemble, ils n'ont baisé que dans deux positions ?

— C'est lui qui t'a raconté ça ?

— Bien sûr que non ! C'est le genre de truc qu'on remarque sans qu'on t'en parle !

— Tu sais… les goûts et les couleurs…

— En tout cas, il y a quelque chose qui me dérange quand je suis avec lui. Avec Anna, ce n'était pas comme ça.

— Elle te manque ?

— Nan ! Tu es folle ou quoi ? José est un mec génial !

Quelque temps plus tard elle est retournée avec Anna. Une nuit, après être allée à une fête avec José, elle lui a envoyé un SMS. Anna lui a répondu dans la matinée, elles se sont retrouvées dans sa chambre et ont discuté tout le week-end. Elle lui a pardonné et Leandra a fini par jeter José comme une vieille chaussette.

La relation entre ma sœur et Anna a duré cinq ans. Anna a ouvert un cabinet vétérinaire avec deux anciens étudiants et elle venait souvent à la maison. Quant à ma sœur, elle s'est fait faire d'autres tatouages, notamment par Simona avant qu'elle ne quitte la colocation. Anna avait parfois des cicatrices, traces de blessures causées par certains animaux quand elle les soignait. Rumba passait du temps avec elle dans un panier douillet garni de tartan qu'elle avait placé dans l'entrée du cabinet. Elle avait recueilli dans une avenue un chien errant qui avait failli se faire écraser par plusieurs voitures. Leandra l'avait surnommé El Chapo, comme le trafiquant de drogue. Rumba et Lui s'adoraient. Ma mère considérait Anna et Julián comme des membres de la famille. Quand elle ne passait pas ses soirées avec sa sœur ou en réunion, elle nous invitait tous à dîner ou sortait en notre compagnie. J'ai passé avec Julián un Noël à Chihuahua, et lui a fêté la fin d'année chez la sœur de notre mère et chez mon oncle, le frère de notre père. À cette occasion, nous avons rencontré le fiancé d'une de mes cousines, qui était notaire. Leur mère avait lourdement fait remarquer que ses parents exerçaient eux aussi cette profession et possédaient chacun leur propre étude. Cette année-là, Leandra avait invité Anna et sa mère, qui s'est bien entendue avec la nôtre, mais notre oncle et notre tante se sont montrés distants. Une de nos cousines s'est chargée d'expliquer les liens qui unissaient Anna et Leandra, et ma sœur a multiplié les mots d'esprit et les réflexions comiques pour se mettre le futur notaire dans la poche.

Je me suis séparée de Julián quand il est retourné à Chihuaha. J'allais bientôt terminer mes études et vivre seule. Plusieurs mois après notre rupture, je suis rentrée d'une soirée bien imbibée et j'ai embrassé Rogelio, dont je venais de faire la connaissance. Alors que je ne me souvenais pas de lui avoir donné mon numéro, il m'a envoyé un SMS le lendemain et nous avons entamé une relation qui, dès le départ, s'est révélée trouble et problématique. Il me mentait pour sortir avec ses amis, disait que j'avais inventé des choses qu'il m'avait pourtant dites. Même si j'étais au fond du trou à ce moment-là, nous avons passé des week-ends agréables, au cours desquels nous discutions des heures durant après avoir visionné des films. Avec le recul, je sais à présent que cette période était nécessaire et que Rogelio n'était pour rien dans mon mal-être. J'affrontais enfin mon processus de deuil, je l'ai compris grâce à Feliciana, qui a fait ressortir la pièce manquante de mon casse-tête personnel. Leandra avait joué un rôle prépondérant au sein de la famille : notre père souffrait dès qu'elle se faisait renvoyer d'une école, notre mère de son refus de se soumettre à toute autorité. Je crois cependant que notre mère connaissait mieux ma sœur que lui, qui s'inquiétait qu'à cause de sa conduite, elle n'ait pas la place qu'elle méritait et qu'on ne tienne pas compte de ses capacités prodigieuses. Leandra était une bombe ; or il n'est pas nécessaire qu'il y ait deux bombes au sein d'une même famille. Voilà pourquoi j'ai attendu avant d'exploser à mon tour, en toute discrétion.

Mes parents toléraient ses revendications jusqu'à un certain point. En dépit de sa conduite déplorable, qui l'avait incitée à déclencher un incendie, la directrice de la dernière école qu'elle avait fréquentée avait dit à mes parents qu'un de ses professeurs était d'accord pour qu'elle poursuive sa scolarité dans leurs murs à condition qu'elle passe des tests comportementaux et suive une thérapie. Il en était ressorti qu'elle avait une intelligence hors du commun. Nous le savions déjà, mais le constater noir sur blanc grâce à des tableaux chiffrés et des graphiques était impressionnant. Son QI correspondait à celui d'une personne de dix ans son aînée, mais elle avait les réactions émotionnelles d'une enfant. La directrice a finalement décidé de la renvoyer, car il n'était pas question qu'elle déclenche un nouvel incendie, commette des actes de vandalisme ou mette sa propre vie ou celle d'autrui en danger. Refoulant ses larmes et clignant désespérément des paupières, notre père l'a suppliée de passer son bac en candidat libre. Leandra a accepté.

Le succès de ses œuvres m'inspire une pensée nostalgique pour notre père. Je sais qu'il aurait adoré la voir réussir à trente-deux ans dans un métier qu'il aurait lui-même rêvé d'exercer. Que sa petite Lea s'accomplisse en réalisant une passion qu'il avait toujours eue l'aurait vraiment réjoui. Sa relation avec Anna l'aurait peut-être choqué dans un premier temps, mais il aurait fini par l'accepter, et je crois que Tania, la fille qui partage aujourd'hui l'existence de Leandra, lui aurait beaucoup plu. En revanche, il se serait sans doute érigé contre le fait que ma sœur considère comme une victoire l'incendie déclenché par le Zippo Spectrum qu'on lui avait offert pour allumer le cierge de sa première communion.

17

Je me suis réveillée dans une chambre d'hôpital toute blanche. C'est la seule fois que j'ai été soignée par un médecin savant, qui a extrait le plomb que Tadeo le Borgne m'avait tiré dans l'épaule. Ma fille Apolonia était allée se plaindre auprès de lui, car le jeune homme auquel elle s'intéressait était allé au magasin avec son épouse enceinte. Soûl comme une barrique, ce misérable avait essayé d'abuser d'elle, mais Apolonia l'avait flanqué par terre d'un simple coup de pied. Les choses se sont ensuite compliquées car mon fils Aparicio est rancunier et que chez lui le ressentiment prend vite de l'ampleur. Il a couru jusqu'à sa hutte pour le rouer de coups, et contrairement à ma fille il lui a piétiné la figure pour le punir de m'avoir mitraillé l'épaule et d'avoir menti à Apolonia. Le temps avait passé depuis, mais Aparicio n'oublie jamais rien et sa rancœur grossit aussi vite que les buissons gorgés de pluie, de sorte que sa colère n'ayant d'égale que celle de Tadeo le Borgne quand il avait appris qu'on me construisait une maison, Aparicio l'a piétiné à l'endroit où il s'était écroulé, soûl comme une barrique. Heureusement, il n'a pas voulu l'achever. Imbibé comme il l'était, Tadeo n'a pas cherché à se défendre et j'ai dit à mon fils, La mort de quelqu'un ne dépend pas de toi mais de Dieu, de même que la rancœur, souviens-toi de cela, Aparicio.

On m'a emmenée à l'hôpital de la ville, un médecin savant s'est occupé de moi et je me suis réveillée là. Paloma était à côté de moi, le médecin savant m'a dit, Feliciana, je m'appelle Salvador, et nous avons discuté avec l'aide d'un interprète. J'ai été étonnée par sa façon de procéder. Tout ce que j'ai vu autour de son prénom m'a amenée à comprendre que cet homme avait sauvé de nombreuses vies. J'ai vu par exemple que peu avant mon arrivée il avait sauvé un bébé né d'un ventre lézardé, qui ne respirait pas lorsqu'il l'avait sorti, j'ai vu les pleurs bloqués et la peau grise de l'enfant tout juste extirpé de la déchirure du ventre. Il s'évanouissait sans respirer, gardait la bouche ouverte pour tenter de respirer, mais il en était incapable, il ouvrait la bouche mais n'avalait pas le moindre souffle d'air. Le médecin savant l'a sauvé mais je n'ai pas pu lui en parler de peur de l'effrayer. Les gens prennent peur, comme Fidencio quand j'étais petite, cet homme qui vendait des bardeaux de toit et avait fondu en larmes avant de se fâcher lorsque je lui avais touché le bras en lui disant que j'avais vu un chien blanc marcher vers la montagne. C'est pour ça que je préfère ne pas révéler mes visions. Je me suis donc contentée de dire, Vous êtes un grand médecin, Salvador, parce que le Langage vous a ainsi fait. Il a retiré le plomb de mon épaule et il a apaisé ma douleur, je n'ai plus senti aucune gêne, et le lendemain il m'a dit, Feliciana, je vous connais, votre nom paraît dans les journaux, j'aimerais vous présenter quelqu'un quand vous serez sortie et rétablie, quelqu'un qui aimerait vous rencontrer.

Pendant les trois jours et les trois nuits que j'ai passées à l'hôpital, on m'a donné une nourriture infecte. Je disais à Salvador, Ce ne sont pas des aliments de Dieu. Vous les médecins savants, vous êtes là dans vos blouses blanches pendant que vos patients ingurgitent ces plats dégoûtants, et il éclatait de rire. J'avais envie de mon café bien sucré, de mon tabac, des courges que j'avais plantées, de mes chayotes, de mes haricots, des tortillas préparées par ma sœur Francisca et de son *atole*, parce qu'il est savoureux. C'est ce que j'ai toujours mangé, parce que la nourriture que vous me servez là, elle me brûle le *comal.* En prononçant ces mots, j'ai pris conscience que ce qu'on mange chez soi représente notre maison. Je n'ai rien avalé de ce qu'on m'a servi à l'hôpital où travaillait Salvador, le médecin savant, je préférais ne rien prendre de tout ça et quitter cet endroit avec la peau sur les os, alors au troisième jour, difficilement mais sans douleur, je me suis levée de mon petit lit blanc avant que Paloma arrive du marché, d'où elle avait promis de me rapporter des *tamales*, j'ai retiré la chemise bleue qu'on m'avait mise, j'ai enfilé mes vêtements et je suis rentrée à la maison.

Une après-midi un homme m'a annoncé que le médecin de l'hôpital qui m'avait retiré le plomb de l'épaule était en chemin avec une amie. Ça m'a fait bizarre parce que le messager était un homme du gouvernement, je l'avais déjà vu. Comprenant ce qu'ils voulaient, je me suis préparée pour la cérémonie. Avec le soutien de Dieu, je suis allée dans la montagne cueillir des champignons pour eux deux et pour moi et, en fin de journée, le docteur et son amie étaient là, accompagnés du messager du gouvernement et de l'interprète de l'hôpital, qui m'a dit que Salvador ne voulait pas participer à la cérémonie, qui ne concernait que son amie. Je n'ai rien voulu savoir, je lui ai dit que le rituel nous concernait tous les trois, mais il s'est énervé et il a répété qu'il n'ingurgiterait pas de champignons, alors je lui ai dit, Vous m'avez guérie, maintenant c'est à mon tour de vous soigner. Son amie était d'accord, l'interprète m'a dit qu'elle aussi voulait qu'il en consomme, et elle l'y a encouragé jusqu'à ce que le traducteur me dise qu'il avait changé d'avis, même si je voyais bien qu'il se sentait obligé de le faire. Le messager du gouvernement est resté à l'extérieur en attendant que nous ayons terminé.

Pendant la cérémonie le visage du docteur Salvador s'est couvert de cendres, dont il s'est débarrassé. Elles symbolisaient la culpabilité qu'il ressentait en tant que médecin. À la fin du rituel, elle avait disparu et nous sommes devenus des amis. Laissez-moi vous dire, Zoé, que si vous voulez que j'organise une cérémonie pour vous, vous serez lavée de tous vos sentiments de faute et vous ferez la différence entre ce que vous tenez de votre père et ce que vous tenez uniquement de vous. Mon amitié avec Salvador s'est enracinée. Par la suite, il a été embauché dans un grand hôpital de la ville et venait me poser des questions sur les maladies que ses machines n'avaient pas décelées. Il m'a rendu visite de nombreuses fois dans la milpa, il m'apportait des résultats d'examens et des documents médicaux. Je m'occupais des plantes et je fumais quand j'entendais soudain, Docteure ! alors je savais que c'était lui et je voyais s'approcher l'homme qui avait extrait de mon corps le plomb de la colère due à la construction de ma maison. Il me disait, Feliciana, cette maison est immense et les ouvriers travaillent vite. Moi aussi, en la voyant toujours plus grande, je me réfugiais dans la cabane où j'accomplis les cérémonies du Langage. Même si Tadeo le Borgne m'a tiré dessus et si mon fils Aparicio l'a frappé, je continuais de le saluer comme par le passé. Paloma me disait, Feliciana, chérie, garde ta dignité, ne donne pas ton bonjour à cette idiote de Maraca. Si Tadeo comptait projeter son ombre sur ma maison et nous laisser dans le noir, je préférais continuer de le saluer, car le soleil s'élève tous les jours dans le ciel malgré les guerres qui font toujours rage.

Le gouverneur passait des nuits avec l'amie de Salvador, je l'ai découvert lors de la cérémonie et j'ai compris la présence de l'homme qui attendait dans la voiture, armé d'un tube à mitraille de plomb. Un jour elle m'a amené son amant qui m'a dit, Feliciana, je veux que tu m'aides dans certaines affaires, tu es une femme puissante et j'ai besoin de ton soutien. Il avait consulté un sorcier à Veracruz qui le baignait dans le sang tiède de nombreux coqs, mais ses rituels n'avaient donné aucun résultat. Quelqu'un cherchait à le tuer, d'où sa demande. Feliciana, tu dois m'indiquer qui veut ma peau grâce à tes pouvoirs. Je le regardais, je lui proposais des cigarettes. Il espérait que je le seconderais dans sa gestion du gouvernement avec mes dons de voyance, car il savait que je voyais tout. Je lui ai répondu qu'il se trompait. Moi je ne vois que vous debout devant moi. En entendant ces mots il s'est fâché, avant de repartir avec son homme de main au tube à mitraille.

Plus tard il m'a envoyé son épouse, qui m'a dit, Feliciana, j'ai rêvé que mon mari brûlait vif. Pour l'amour de Dieu, aidez-le, la région est en ébullition.

Venez à la maison, il a une offre à vous faire. J'ai refusé. Je ne vais nulle part, ce sont les gens qui viennent à moi. Elle a ajouté que son mari était un homme bon et que des brutes épaisses voulaient le dévorer dans son sommeil. Interrogez les champignons et vos herbes pour savoir qui essaie de le tuer et qui le poursuit. Si vous devenez la sorcière de mon époux il vous donnera des fortunes qui assureront votre avenir sur des générations. Mais je lui ai dit qu'il n'en était pas question. Je n'ai besoin que de la personne qui se tient en face de vous, c'est-à-dire moi. Je n'ai que faire de vos offrandes. Elle m'a regardée et puis elle est partie.

J'ai vu qu'il allait se passer quelque chose, j'ai vu que la femme du gouverneur n'allait pas rester les bras croisés. Elle n'agirait peut-être pas seule mais ferait appel à ses sbires. Moi j'étais guérie de la balle que j'avais prise, je pouvais bouger le bras, j'étais remise. Je n'ai pas pris les médicaments de Salvador, qu'il m'avait apportés le jour où il m'avait rendu visite avec son amie pour que je lui prépare une cérémonie, non, je me suis soignée avec les herbes que j'avais bénies avant de les cueillir dans la montagne, parce que les plantes communiquent avec moi en fonction des maladies auxquelles je dois remédier, je parle leur langue, c'est comme ça que je me suis soignée. Le matin où je me suis réveillée totalement rétablie, j'ai vu que des oiseaux gris se battaient dans la milpa, ils attaquaient les poules pour leur voler leur maïs, la bagarre était rude et des plumes s'élevaient là où ils avaient planté leurs becs, alors j'ai compris que la colère s'abattrait sur ma maison, car l'air, les montagnes, les nuages, les fleurs, les herbes, et tout ce qui s'étend sous nos yeux, sont porteurs de messages, la nature s'adresse à nous par le Langage, il suffit de l'écouter, et tel était le message des oiseaux gris qui étaient arrivés dans ma milpa.

Une autre méchanceté de la rage s'est manifestée dans la nuit. Je ne tiens jamais de propos malveillants en utilisant le Langage, les forces sont puissantes et il y en a autant de bonnes que de mauvaises, mais entre les deux on est libre de choisir, raison pour laquelle je saluais toujours Tadeo, bien qu'il m'ait tiré du plomb dans l'épaule, car je ne dis jamais de méchancetés et je ne suis pas rancunière, au contraire je remercie Dieu de la vie qu'Il m'insuffle et du Langage qu'Il me prête pour mes guérisons. La maison n'était pas encore terminée, nous dormions tous quand, au petit jour, là où la balle s'était logée dans mon épaule, j'ai senti une gêne qui m'a réveillée en me faisant prendre conscience que c'était la rage de la femme du gouverneur qui me poignardait, et peu après j'ai entendu les langues de feu brûlantes. Les hommes envoyés par cette femme avaient incendié le toit, pas la maison, et nous avons pu éteindre les flammes avec de l'eau. Le feu transforme l'eau en vapeur et l'eau étouffe le feu, le feu fait taire l'eau qui réduit elle aussi le feu au silence. Tout comme les forces, bonnes ou malignes, se neutralisent les unes les autres, nous avons fait disparaître les flammes avec notre eau pour vaincre cette rage malveillante.

En ville on avait raconté à Paloma que je révélais les secrets de notre médecine ancestrale, qu'à cause de moi des étrangers arrivaient de toutes parts et que les champignons de la montagne parlaient désormais la langue du gouvernement et d'autres langues encore. Elle m'a dit, Feliciana, chérie, toutes sortes de rumeurs circulent à propos du plomb tiré dans ton épaule et du feu allumé sur ton toit. Tadeo le Borgne ne supporte pas qu'on te construise une maison et qu'on te rende visite. Le gouverneur et son épouse comptent sur tes interventions de sorcière pour faire leur sale boulot. Il faut mettre un terme à tout ça, mon chou.

Paloma a envoyé un message aux Tarsone par le biais de l'interprète barbu et moustachu au casque blanc, qui voulait installer une structure métallique là où le toit avait brûlé et en refaire un autre, mais je lui ai dit que les bardeaux arrivaient. Aniceta était allée chercher le neveu de Fidencio, l'homme que j'avais fait pleurer dans mon enfance en lui disant que j'avais vu un chien blanc se diriger vers la montagne. Je crois que l'enfant qui marchait devant lui était son fils défunt. Paloma était inquiète car les actes malveillants se multipliaient et elle avait rêvé que d'autres catastrophes s'annonçaient. Elle m'a dit, Feliciana, dans mon rêve j'ai vu la foudre s'abattre six fois sur nos récoltes. Je lui ai répondu, Les bêtes s'en prennent aux animaux plus faibles qu'elles, elles savent qu'ils ne pourront pas se défendre, mais plus aucun malheur ne frappera cette maison parce que nous sommes forts. Les bêtes n'attaquent pas ceux qui risquent de les vaincre. Le feu m'a prouvé que ces fléaux étaient une épreuve de Dieu pour me donner des forces et non pour me détruire, comme le font les pluies avec la terre de la montagne. Tadeo le Borgne m'a tiré du plomb dans l'épaule, des langues de feu ont dévoré mon toit, mais d'après ce que je sais, quand les flammes s'élèvent sur les hauteurs, elles éclairent la nuit, et j'ai d'autre part remarqué que lorsqu'on brûle les champs, le feu ne dure pas longtemps. Si je ne puise pas mes forces en Dieu ils feront du mal à mes enfants. Je me suis donc levée pour eux, pour ma sœur Francisca et pour Paloma, de sorte que le feu blessant m'a dit, Feliciana tu es moi, je ne vais donc pas m'attaquer à toi. Telles étaient ses paroles.

L'interprète barbu et moustachu coiffé de son casque a transmis le message à Monsieur et Madame Tarsone, qui à leur tour en ont envoyé un au gouverneur en lui demandant d'intervenir, et comme le cliquetis des pièces de monnaie le fascine, il s'est précipité chez moi pour me dire qu'il allait mener l'enquête pour savoir qui commettait ces méfaits. Ta femme, ai-je pensé. C'est toi qui me veux du mal. Mais je n'ai rien dit. J'ai remercié les Tarsone en les priant de ne plus s'adresser au gouverneur, j'étais assez forte pour me débrouiller seule. Au magasin quelqu'un a dit à Aniceta que les langues de feu étaient tout ce que méritaient les sorcières, ce à quoi j'ai répliqué, Mais je n'en suis pas une, Aniceta. Je ne suis pas non plus une voyante, je ne lis pas l'avenir. Je suis le Langage et les mots s'inscrivent dans le présent. On m'a confié le Livre, je suis la Femme-Livre, le Langage, ma fille.

Eh oui, les Tarsone sont revenus plusieurs fois. Un jour ils m'ont présenté leur fille. En discutant avec elle, qui était étudiante dans une bonne université, je me suis rendu compte qu'elle possédait beaucoup d'objets portant l'écusson de son école : sa tasse à café et même son briquet. Je lui ai conseillé de s'en débarrasser. Jette ces vêtements, jette ta tasse et ton briquet. Ta belle université ne compte pas, c'est ton intelligence qui te rend heureuse, pas l'université. Elle était effrayée et m'a tendu le briquet que je montrais du doigt. Non, je n'en veux pas, jette-le, lui ai-je dit.

Je ne lui ai pas fait de cérémonie, elle est allée en ville, là où ils logeaient, et j'ai organisé le rituel pour lui et sa femme. J'ai vu qu'il avait été gravement malade dans son enfance, qu'il avait passé plus de quarante jours et quarante nuits à l'hôpital, pauvre petit connecté à des machines. Je l'ai vu offrir un de ses jouets à un médecin savant pour qu'il arrête de lui piquer le bras, et le docteur acceptait ce jouet. Il lui piquait l'autre bras et attendait avant de lui faire une autre piqûre là où il avait mal. Il donnait le jouet au père de l'enfant. Déjà tout petit, il savait négocier, rusé comme un renard. Il ne parlait pas encore très bien qu'il négociait déjà. J'ai vu qu'il était né pour les affaires, il avait ça en lui depuis son plus jeune âge, et les affaires lui ont rapporté de l'argent.

On me demande, Comment faites-vous pour connaître le passé des gens, Feliciana, alors que vous dites observer le présent ? Je leur réponds, Le Langage est le présent, même si on le prononce au passé. Il reste présent. Il est tantôt au passé, tantôt au futur, il reste présent. Il l'est toujours aux yeux de Dieu. Le Langage est présent, et ce que je vous dis là, les Tarsone l'ont écrit dans les journaux. Ils ont propagé la rumeur et fait venir les étrangers à San Felipe, avides de connaître les eaux profondes par l'intermédiaire du Langage.

Il y avait foule et je leur demandais ce qu'ils faisaient là, mais d'un simple regard je voyais qui voulait que je l'informe sur son présent, qui cherchait à plonger dans ses eaux profondes. Je sortais avec ma cigarette, je fumais et je les observais, je leur demandais leurs prénoms, et d'un simple regard je savais qui voulait être guidé par Le Langage et qui s'était aventuré jusqu'ici par simple caprice. Paloma me disait, Feliciana, ma bichette, tu fais ce travail trop sérieusement, quelqu'un doit s'amuser à ta place, alors le soir je retourne en ville. Elle sortait beaucoup à l'époque, elle me rendait peu souvent visite, mais quand elle était là elle m'aidait.

Le musicien que vous avez mentionné est venu dans des vêtements d'une blancheur éblouissante, il avait une grande aura, il était puissant. D'autres personnes l'entouraient, Paloma lui a appris à dire Prince en espagnol. Il répétait, Je m'appelle Príncipe, dans la langue du gouvernement. Paloma a aussi appris d'autres mots espagnols à son groupe. Les visiteurs étaient nombreux, ils parlaient d'autres langues et ils dormaient chez des gens du coin. Ils arrivaient chargés de sacs à dos, ils étaient riches et faisaient des cadeaux aux habitants de San Felipe pour avoir un lit et un toit. Le gouverneur a dû construire des rues parce qu'il voulait être en bons termes avec eux. Il se fichait de bien s'entendre avec nous, mais avec les étrangers c'était une autre histoire. Il a fait construire un parc, une estrade avec un très haut poteau au milieu de la place, et un tas de cordes tout autour, qui tombaient en étoile sur des poteaux plus petits, puis il a fait suspendre du papier dentelé blanc et des lettres qui disaient « San Felipe, ville magique ». Les étrangers se photographiaient à cet endroit, il les invitait dans la maison du gouvernement. Il ne connaissait pas le musicien Prince, mais il avait lu dans les journaux qu'il était célèbre dans d'autres pays, si bien qu'il m'a envoyé un de ses messagers pour me demander de le prévenir quand des personnalités passaient me voir.

Le jour où Paloma est partie en ville après s'être entichée d'un homme atteint d'une maladie non encore déclarée mais sur le point de l'être, et où la mort a poussé sa chansonnette en elle, il y avait déjà une route et des rues aménagées par le gouverneur pour les étrangers.

18

Ma mère appela mon père pour lui apprendre que Leandra avait été renvoyée de sa troisième école après avoir déclenché un incendie. Elle avait essayé de joindre ma sœur sur son portable à plusieurs reprises, mais celle-ci n'avait pas décroché. Mon père attendit plusieurs jours avant de lui adresser la parole afin de savoir ce qui s'était passé.

Une certaine Micaela s'occupait de l'entretien de l'établissement depuis sa création, vingt ans auparavant. Mère célibataire, elle avait un garçon âgé de treize ans, Cuauhtémoc, qui était dans la même classe que ma sœur et bénéficiait d'une bourse couvrant la totalité de sa scolarité, à condition que Micaela ne change pas de travail et que les notes de son fils ne baissent pas en deçà d'un certain niveau. C'était un élève timide qui ne s'exprimait jamais, à moins que les enseignants ne l'interrogent. Au fil du temps, tout le monde avait trouvé normal qu'il ne joue pas avec les autres et réciproquement. Certains des camarades faisaient comme s'il n'existait pas et évitaient de l'importuner, d'autres se contentaient de le saluer sans aller plus loin. Ils ne l'invitaient jamais à leurs fêtes ni à passer chez eux. Il avait participé à une excursion, à la préparation de la remise des diplômes de fin de la 3e, mais pas davantage.

Il semblait avoir une vie à part. Personne n'avait besoin de lui et il n'avait besoin de personne. Il s'était lié avec un élève d'un an son cadet, un garçon de petite taille qui était un crack en codage et qu'il retrouvait pendant les récréations. Cuauhtémoc n'avait pas les mêmes centre d'intérêts que les adolescents de sa génération, il se moquait de se faire accepter ou de s'intégrer aux conversations, et les filles l'indifféraient. Il était grand, bien plus grand que sa mère, portait des pulls tricotés main, des pantalons en tergal, des T-shirts dont les références échappaient à ses camarades. Quand j'ai fait sa connaissance, il avait autour du cou une écharpe marron confectionnée par Micaela.

Lorsque Leandra a intégré cette école, elle s'est tout de suite bien entendue avec Cuauhtémoc. Ils bavardaient, elle s'asseyait à côté de lui en cours et pour finir, grâce à son caractère liant et à la douceur du garçon, elle a tendu un pont entre elle, Cuauhtémoc et les autres élèves.

Elle s'est rapidement liée avec un petit groupe d'élèves de sa classe, parmi lesquels une fille issue d'une famille catholique dont les parents venaient de divorcer. Le père, notaire, possédait sa propre étude et une maison de campagne dont tous les élèves ne disaient que du bien, rapportant des anecdotes truculentes de leurs courts séjours dans cet endroit, toujours agréables, hormis pour un garçon qui avait eu une crise d'appendicite le week-end où on l'y avait invité. Il s'agissait apparemment d'une villa somptueuse, avec un espace où faire des feux et une petite salle de projection, une machine à pop-corn comme dans les grandes salles de cinéma et des fauteuils garnis de plaids. Après le divorce, la mère l'avait conservée et s'y rendait souvent avec sa fille unique, qui tous les week-ends proposait à certains camarades de classe de les accompagner. Elle avait organisé une fête peu avant l'arrivée de Leandra. À cette occasion, les élèves conviés avaient rencontré les enfants adolescents des amis de sa mère.

Leandra, Cuauhtémoc et son petit camarade avaient écouté les autres évoquer cette fin de semaine à la campagne. Ils avaient emporté un pétard qu'ils avaient fumé dans un coin isolé de la maison et avaient tourné un film, en réalité une vidéo. Ils s'étaient assigné des rôles dans une série de blagues qu'ils étaient les seuls à comprendre et que leurs crises de fou rire interrompaient sans cesse. Ils l'avaient projeté dans la petite salle, quelques adultes en avaient vu une partie mais s'étaient vite ennuyés et avaient abandonné les ados devant l'écran. Pendant qu'elle expliquait le sujet du « film », la fille de la maison, dans un élan plein d'enthousiasme, a invité la totalité du groupe pour le week-end suivant, y compris Leandra, Cuauhtémoc et son ami.

Elle a annoncé à sa mère qu'elle avait ajouté de nouveaux noms à la liste prévue au départ. La mère ignorait qui était Leandra, mais en revanche elle connaissait bien Cuauhtémoc pour l'avoir vu au fil des ans sur les photos de classe. Elle avait beau trouver son prénom charmant, elle savait que c'était le fils de la femme qui récurait les toilettes de l'école. D'après ses renseignements, Micaela était déjà au service du créateur de l'établissement avant qu'il ne le vende. Il lui était même arrivé de la saluer par hasard à une kermesse. Elle était quasiment certaine que c'était le seul garçon de toute l'école à s'appeler ainsi. Lorsqu'elle a demandé à sa fille s'il s'agissait du fils de la gardienne, cette dernière le lui a confirmé. Hors d'elle, elle s'est rendue dans le bureau de la directrice dès le lendemain. Leur conversation s'est déroulée derrière une porte close, mais des rumeurs ont commencé à circuler, et deux ou trois jours plus tard, Cuauhtémoc n'assistait plus aux cours.

Leandra interrogea Micaela, qui lui dit que la moyenne de son fils avait baissé, mais pas au point qu'on lui retire sa bourse, pourtant la directrice avait avancé ce prétexte pour le renvoyer. Micaela connaissait la vraie raison mais ne voulait pas protester, consciente que la mère de l'élève qui l'avait invité ferait un esclandre, qu'elle n'avait pas envie de payer des frais de scolarité aussi élevés pour que sa fille fréquente la progéniture des employés, d'autant qu'elle avait contribué à financer la construction des nouveaux laboratoires de chimie et de l'annexe abritant les classes de primaire. Quant à la directrice, elle préférait ne pas ébruiter le fait que certains papiers n'étaient pas en règle. Ils venaient de dépenser de grosses sommes dans les travaux d'extension et elle ne voulait pas de problèmes avec la famille de cette élève, qui s'était gracieusement occupée d'établir les actes notariés. L'école était à court d'argent, mais nul ne devait le savoir. Il était donc plus simple d'expulser Cuauhtémoc et de calmer cette femme pour sauver l'établissement. Après avoir discuté avec Micaela dans les toilettes, ma sœur alla chercher un bidon d'essence dans le laboratoire, le fourra dans son sac à dos et mit le feu au local à poubelles avec son Zippo Spectrum.

Les flammes atteignirent le plafond en fibre de verre du petit local, les plus hautes agitèrent les branches des arbres, les brûlant en partie. Ils auraient pu se consumer entièrement et l'incendie se propager aux autobus garés non loin de là, mais des élèves qui se trouvaient à proximité, les chauffeurs des bus, une professeure de chimie et le père d'un garçon venu chercher son fils en avance parvinrent à le maîtriser tant bien que mal avec un tuyau d'arrosage, des seaux d'eau et deux couvertures appartenant au concierge, mais sans extincteurs.

En apprenant ce qui s'était passé, la mère d'un élève de quatrième qui travaillait dans un cabinet d'avocats téléphona à la directrice. Comment se pouvait-il qu'ils n'aient aucun dispositif de protection contre le feu ? Son fils lui avait dit qu'il n'y avait pas d'extincteurs dans l'école. Dans l'après-midi, elle exigea qu'elle lui présente les papiers attestant que les règles de sécurité en cas d'incendie ou de séisme étaient respectées. Furieuse, la directrice expliqua par la suite à ma mère que grâce à Dieu les flammes avaient été contrôlées et qu'il y avait des extincteurs, mais reprocha à Leandra d'avoir mis en danger la vie de tous les occupants de l'école. Plus tard, ma sœur avoua à nos parents qu'elle savait que la date de validité des extincteurs avait expiré et que, dans cette zone de l'établissement, la seule qui risquait d'être blessée dans un incendie était précisément la directrice. En connaissance de cause, elle avait préparé son coup à une heure précise.

Notre père punit Leandra après avoir négocié avec elle. Il plaida la cause de Cuauhtémoc auprès de la directrice, lui dit que son épouse et lui travaillaient et avaient donc les moyens de scolariser Leandra dans une autre école, et qu'il espérait que les années que

Micaela avait passées à travailler pour l'établissement lui permettraient de continuer à jouir des mêmes privilèges, car dans le cas contraire, elle s'exposait à des poursuites pénales pour discrimination.

L'école ferma deux semaines, le temps que la directrice et son équipe règlent toutes ces complications administratives, achètent de nouveaux extincteurs et mettent les sorties de secours aux normes sismiques. L'accord passé entre Leandra et notre père avait consisté à défendre la cause pour laquelle ma sœur se serait battue différemment si elle n'avait pas eu treize ans ni l'envie d'attirer l'attention sur elle. Mon père avait poussé la directrice dans ses retranchements : il ne ferait aucun scandale à condition qu'elle reprenne Cuauhtémoc.

Leandra fut privée de sortie pendant deux mois. Une des rares permissions qui lui accordèrent alors nos parents – ils lui en firent même la demande – fut d'inviter Cuauhtémoc à dîner à la maison car ils voulaient le rencontrer. Pour eux, il était important de la sanctionner, mais plus important encore d'avoir l'assurance qu'elle ne remettrait pas en danger la vie d'autrui ou la sienne.

Chez moi le feu s'est déclaré bien plus tard.

Feliciana m'a offert trois cérémonies. Elle m'a rappelé que j'étais arrivée à San Felipe grâce à Paloma et que j'avais des choses à régler. À la tombée de la nuit, elle a pris dans sa hutte une petite calebasse remplie de poudre noire dont elle m'a enduit les avant-bras. Ses mains en étaient également couvertes. Elle a entonné une mélodie très simple, semblable à celles que fredonnent les enfants quand ils jouent. Sans cesser de chanter, elle a tourné autour de moi en s'abandonnant ; d'un signe elle m'a demandé de lécher la poudre noire sur ses doigts. Elle avait un goût de terre et de plomb. Elle chantait toujours à l'instant où j'ai vomi, puis s'est accroupie pour me rassurer, me faire comprendre que cela s'inscrivait dans le rituel. Son chant était harmonieux et rythmé : des sons, des mots qui se répétaient, alternaient et changeaient, une sorte de kaléidoscope sonore. Elle s'amusait avec les mots comme un enfant qui apprend à parler.

Elle serrait entre ses mains un morceau de soie rouge teint par sa fille Apolonia. Il lui avait servi à conserver les champignons, dont elle a secoué la terre avec ses doigts, m'a tendu trois paires et a mangé trois paires elle aussi. Après les avoir ingurgités j'ai ressenti de la chaleur. J'ai retiré ma veste pendant qu'elle continuait à tourner autour de moi en chantant toujours la même phrase, qu'elle reprenait avec de légères variations pour faire naître de nouvelles images. Elle a mis ma main dans les siennes, et au contact de sa peau j'ai eu l'impression que nous commencions l'une et l'autre à flotter. Nous nous sommes élevées et avons franchi la porte en bois de la cabane pour survoler sa milpa, puis San Felipe que j'ai vue tout en bas. J'ai vu ses lumières s'éloigner, pareilles à celles qu'on aperçoit du hublot d'un avion qui prend de l'altitude, elles devenaient de plus en plus petites et scintillantes. J'ai vu l'immensité de la nuit et des étoiles. À un moment donné j'ai remarqué qu'elle n'était plus à mes côtés. Je suis montée très vite, jusqu'à atteindre un point dans l'espace, et lorsque j'ai été tout en haut, j'ai distingué des particules floues de diverses nuances de gris, des pixels instables agrandis au microscope. Puis je me suis remise en mouvement pour redescendre. Le trajet du retour se dessinait très nettement sous mes pieds : j'ai traversé les nuages cotonneux du ciel nocturne, les minuscules lumières scintillantes de la ville, San Felipe, les collines. J'ai vu un champ de canne à sucre, la milpa de Feliciana et le fil électrique tendu de part et d'autre de la ravine, le toit en bardeaux de la hutte, la porte en bois que j'ai poussée, la chaise où elle était assise et ma main qu'elle a effleurée en chantant. Cette fois au contact de sa peau j'ai voyagé à l'intérieur de sa main. Le périple était aussi long que celui que j'avais entrepris à l'extérieur. Un voyage à géométrie parfaite, qui m'a fait plonger au plus profond du corps, je suis même entrée dans une cellule, je ne pouvais pas aller plus loin. Là j'ai vu d'autres particules floues de diverses nuances de gris, des pixels instables agrandis au microscope, une vision identique à celle que j'avais eue en haut de la Voie lactée, et bien que Félix ne me soit pas apparu physiquement, j'ai compris que ce voyage représentait mon fils.

Feliciana m'a demandé de revenir encore deux fois. Le deuxième soir elle a organisé une cérémonie où elle a fait intervenir le Langage. Je me suis étendue sur une natte, à côté de son autel éclairé de bougies couleur café au lait. Je me suis couchée sur un lit d'herbes qu'elle était allée couper pour moi l'après-midi, dans la montagne. Elle m'a posé quelques questions, l'interprète nous guidait. Elle me décrivait les images qu'elle distinguait et qui complétaient mes propos. J'ai compris que l'espace aménagé par notre père dans le garage pour ses loisirs nous avait donné des directions, à Leandra et à moi, mais que, contrairement à ma sœur, je n'étais pas allée jusqu'au bout. Dans mon rôle d'aînée, au lieu de donner libre cours à mes passions, j'avais accordé la priorité à ce que je devais faire. Au journal, mes obligations m'avaient fait oublier les raisons pour lesquelles je voulais devenir journaliste à l'adolescence, qui étaient les mêmes que celles qui me poussaient à jouer de la batterie et à écrire des poèmes allongée sur mon lit.

Feliciana m'a orientée vers une scène de mon enfance qui ne m'était jamais revenue. Sans être clairement définie dans un temps déterminé, elle a surgi parmi de nombreux souvenirs. C'était le premier moment de complicité que je partageais avec mon père. Nous regardions la télévision, il tenait la télécommande et zappait. J'avais environ cinq ans. Une séquence nous faisait rire dans un film qui en était déjà à la moitié. Ce n'était pas délibérément drôle, ce qui intensifiait notre hilarité. Plus mon père riait et plus je riais à mon tour, et vice-versa. Sur la natte je me suis gondolée. Le troisième soir, Feliciana m'a fait manger quatre paires de champignons et m'a conduite jusqu'au Langage en me lisant une page du Livre. Elle est à vous, c'est la vôtre et ces mots du Langage vous appartiennent, Zoé. C'est la page manquante, m'a-t-elle dit.

19

Il existe différentes sortes de champignons. Ceux qui poussent dans les bouses du bétail s'appellent les Bœufs car ils sortent par couples, comme liés par un joug. Ceux qui grandissent dans les arbres à la saison des pluies, nous les appelons les Chats, et les champignons qui jaillissent dans les champs de canne à sucre sont les Oiseaux. Et puis il y a les Enfants, qui s'installent dans la terre humide de la montagne. Je vous ai fait manger des Enfants, ce sont ceux dont je me sers pour mes cérémonies. Il m'est arrivé d'utiliser des Chats, mais ils ne sont pas aussi puissants que les Enfants. Ils ressemblent aux chats, qui viennent quand ils le veulent, restent dans l'arbre où ils ont grandi, et on a beau les avoir ingurgités, ils ne nous rejoignent pas forcément. On ne peut pas compter sur eux, on ignore s'ils vont venir ou pas, s'ils ronronnent, s'ils apparaissent ou s'ils préfèrent continuer à gratter le tronc d'arbre où on les a cueillis. Les champignons Chat se manifestent dans les cérémonies selon leur bon vouloir, mais quand ils décident d'y participer ils ronronnent. Les champignons Oiseau sont pareils mais plus diaphanes, pour ça, oui, ils sont diaphanes, les Oiseaux, ils ont la légèreté des rêves dans la journée, jusqu'à ce qu'ils nous échappent, car de jour les rêves sont diaphanes comme des ailes prêtes à se déployer. Les champignons Bœuf ne sont puissants que si on en avale plusieurs paires, semblables à ces bêtes de trait qui doivent être accouplées par le joug pour être fortes et tirer la charrue, mais il faut les traîner, leur dire, Viens par ici, toi ; non, pas par là, ici. Les Enfants sont le présent, c'est pour ça qu'ils sont les plus puissants, parce que le présent est vaste, comme les visions. Les gens disent que le présent ne dure que le temps de prononcer un mot, et qu'au mot suivant celui d'avant fait déjà partie du passé, de sorte qu'ils se mordent les talons. Quand on me dit, Feliciana, comment sont les visions puisque le présent ne dure pas ? Je leur réponds que le présent est aussi vaste que le Langage.

Pendant la cérémonie que j'ai préparée pour Guadalupe, lorsque j'ai vu son père observer sa tunique d'un orange aussi vif qu'un incendie nocturne, que je l'ai vu de loin se moquer de lui, j'ai pris conscience que les champignons Enfant guérissent l'âme et pas seulement les corps malades, car ils regardent le présent dans toute sa grandeur, et que le présent n'est pas uniquement celui du corps. Ce n'est pas que les Enfants devinent quoi que ce soit, non. C'est le Langage qui illumine le présent et tout ce qui est vaste. Je l'ai constaté clairement avec Guadalupe, aussi clairement que le matin rend bien nets les trilles des oiseaux, qui m'ont amené Guadalupe le jour où j'ai soigné les maux de son âme causés par son père. Les champignons Enfant sont puissants, ils disent la vérité et leur présent ne cache pas les ombres. Ils sont tournés vers les eaux profondes du présent, éclairées par le Langage, voilà pourquoi les gens me disent, Feliciana, tu regardes le futur, mais je leur réponds, Non, je regarde le présent. Il permet parfois au passé et au futur de se promener dans les douleurs du corps et de l'âme, mais c'est lui qui les fait surgir. Voilà pourquoi les gens me disent, Feliciana, tu sais lire l'avenir, pourtant ce n'est pas le cas : le futur n'apparaît que parce qu'il se promène dans le présent. Les champignons Enfant ne savent rien du passé ou du futur, ils ne savent rien d'hier ou de demain, ça ne les intéresse pas, ils vivent dans le présent. Comme des enfants.

J'ai guéri de vieilles personnes et j'ai guéri des enfants, et je peux vous dire qu'un enfant est plus facile à soigner qu'un vieillard ou un adulte. L'homme adulte plonge dans les eaux profondes de ses angoisses, il se noie dans ses sombres peines, tandis que l'enfant pris de fièvres qui lui brûlent le sang ou couvert de sueurs froides qui l'empêchent de dormir sourit à l'homme qui lui apporte un verre d'eau capable de le soulager dans le présent, parce que l'enfant ne se noie pas dans son chagrin, il n'a pas d'eaux profondes ni de sombres peines, il est à peine une eau transparente, et malgré les fièvres qui lui brûlent le sang et les sueurs froides qui l'empêchent de dormir, il ne pense pas au lendemain ni au mal qu'il a eu car il est fait d'eau transparente. C'est plus dur pour ses proches, qui sont plus inquiets que l'enfant malade. Lui n'a pas peur du passé, pas peur de l'avenir, pas peur de la mort. Il ne la comprend pas, parlez-lui de la mort et vous verrez qu'il ne connaît pas l'œuf qu'elle pond dans les gens. L'homme le redoute, cet œuf, et quand il tombe malade toutes ses peines lui tombent dessus et elles sont tellement lourdes qu'elles l'ensevelissent sous leur poids. Si le mal est bénin, il dit, Je ne vais pas pouvoir travailler demain ; si c'est plus grave il dit, Je ne vais rien pouvoir faire après-demain ; s'il a de la fièvre il est épouvanté à l'idée que la mort ponde son œuf en lui. Je leur indique ce qui leur manque et les raisons de leur peur, le pourquoi de leurs craintes, je leur demande pourquoi ils redoutent ce que l'avenir leur réserve et pourquoi ils supportent leur passé. Je leur dis, Qu'est-ce qui vous manque aujourd'hui ? Vous avez des pieds, vous avez des mains, vous avez de l'air à respirer, de l'eau à boire, de la nourriture et du feu pour la réchauffer, vous avez de la vie, vous avez tout. Moi j'ai de la vie et j'ai tout. Je vous dirais que quand je serai morte, je reviendrai occuper ma hutte, ici, à San Felipe, pour organiser des cérémonies et manger les plats préparés par ma sœur Francisca, et je lui réclamerai de l'*atole*, car tout ce que nous avons ici est bon. Voilà pourquoi je demande aux gens ce qui leur manque. Dites-le-moi, parce que vous avez tout, et si vous avez tout aujourd'hui il ne vous manquera rien demain.

Les champignons Enfant sont sages car sage est le Langage. La sagesse est dans la voix, pas dans le corps, c'est ainsi que Dieu vient en nous. C'est sa voix et non son corps qui arrive, et Il possède le Langage, grâce auquel Il nous a créés et nous a donné des choses. Les gens d'ici disaient que les champignons parlaient maintenant anglais à cause de tous les étrangers qui me rendaient visite. Moi je ne parle que ma langue, elle vous parvient par la bouche de l'interprète, c'est la langue de mes ancêtres. Je ne sacrifierai pas ma langue pour l'espagnol ni pour aucune autre langue car je suis ma langue, celle de mes ancêtres et celle qui m'a faite. En la parlant j'honore ce que je suis.

Paloma est partie en ville pour revenir atteinte d'une maladie non encore déclarée mais sur le point de l'être. Un jour elle m'a dit, Feliciana, chérie, j'ai échappé à Guadalupe certaines nuits, je me suis échappée de San Felipe, j'ai échappé au destin de Gaspar mais je n'échapperai pas à la mort. Je suis atteinte d'une maladie non encore déclarée qui ne me fera pas mourir mais sera quand même la cause de mon décès. La mort avait déjà pondu son œuf en elle quand elle est devenue muxe et qu'elle s'est entichée d'un politicien, puis quand elle a eu le béguin pour un cœur de pierre, un homme qui l'a frappée de tout son désamour. Elle souffrait de ce mal non déclaré quand elle a passé des nuits avec un homme d'ici, de San Felipe, elle lui a transmis la maladie et lui, furieux d'avoir contracté cette affection après avoir été avec elle et sans même qu'elle sache qu'elle était contagieuse, il l'a poignardée dans le dos. En regardant sa chambre, son corps et son lit garni de la couverture au motif de paon, je me suis rappelé ce que disait mon grand-père Cosme sur Paloma quand il était Gaspar, qu'il marchait comme s'il perdait ses plumes. Je répète ces paroles dictées par la colère et c'est comme s'il avait dit à la mort, Viens pondre ton œuf ici.

Paloma m'avait dit, Feliciana, chérie, ceux qui quittent cette terre à l'heure de Dieu le font à six heures du matin, et ceux qui s'en vont tués de la main de l'homme partent à six heures du soir. Car la mort lui a chanté de façon aussi claire que le jour qu'elle viendrait la chercher à six heures du soir, et en effet Guadalupe est venu me dire, On l'a tuée, elle avait du fard à paupières sur les mains et j'ai vu deux corps dans le miroir, deux corps qui avaient vraiment l'air vivants, à l'exception de la tache de sang qui s'étendait sous elle, à l'endroit où on avait planté le poignard. Il était six heures, je le sais parce qu'elle me l'a dit et que je le voyais dans l'ombre qui tombait sur la milpa. Je n'ai pas la mémoire des heures ni des années, je ne sais pas quand je suis née, il est inutile de me poser la question parce que je l'ignore, mais cette heure terrible je la connais. Il était six heures précises dans l'ombre qui tombait sur la milpa, j'ai regardé et j'ai su que cet homme l'avait poignardée dans le dos, de colère parce que Paloma était une muxe, il l'a tuée pour ça, il l'a tuée parce qu'elle était née homme et qu'elle avait fini par devenir une femme, il l'a tuée parce qu'elle portait des vêtements de femme et qu'elle se fardait les yeux, comme si tuer Paloma le soulageait comme la pluie soulage les nuages chargés de la chaleur étouffante de l'été, ce misérable l'a tuée parce qu'il était furieux que cette muxe lui ait transmis une maladie pas encore déclarée. On a tué Paloma parce que c'était une muxe, une femme, une curandera, parce que les gens finissent par qualifier d'amour le désamour, voilà pourquoi on l'a tuée et pourquoi à six heures du soir j'ai été privée du Langage, c'est ça, car à quoi bon avoir les Mots si je n'avais plus Paloma ? Jusqu'au jour où mon petit-fils Aparicio me les a rendus. Il était malade et je devais le soigner. Mais lorsque j'ai vu l'ombre sur la milpa et que j'ai compris qu'on avait tué Paloma, le Langage m'a désertée, je me suis vidée de tous les Mots et je suis restée comme un puits sec.

Racontez cela, racontez tout ce que je vous ai dit. Dites qu'il était six heures du soir quand Guadalupe est venu me dire, On a tué Paloma. Dites ce que vous avez vu, ce que je vous ai dit, honorez ce que vous direz, honorez ce que vous a dit votre père tout comme j'honore ce que m'a dit le mien, honorez votre travail à l'aide du Langage comme j'honore Felisberto, mon père, pour ce qu'il m'a donné, honorez ce que vous a dit votre mère comme j'honore ce que m'a dit la mienne, honorez vos ancêtres avec le Langage car le présent leur appartient, honorez votre sœur comme j'honore mes sœurs Francisca et Paloma, qui m'a rendu le Livre en rêve car elle a compris que je ne le possédais plus, je l'ai vue dans tout son éclat, elle me l'a remis pour que je guérisse mon petit-fils. Racontez votre histoire et racontez la mienne, parce qu'elles ne sont pas différentes, la vôtre et la mienne, d'où toutes les questions que je vous ai posées. Dites votre nom, dites le mien ou dites nos deux noms, votre prénom et le mien sont les mêmes car en haut et en bas nous sommes tous identiques, peu importe le nom que vous prononcerez, nous sommes tous des enfants du Langage, nous sommes tous issus de lui, quand nous mourons nous revenons en lui. C'est le cas de Paloma, qui m'accompagne chaque jour et me parle comme autrefois. Elle est désormais mon Langage. Elle est avec moi quand je m'adresse à elle, elle vous parle au travers de mes mots. Vous avez plongé dans vos eaux profondes, vous avez vu, elles vous ont révélé non pas votre nom, mais pourquoi ce nom est le vôtre, elles vous disent que cette voix est la vôtre, elles vous disent, C'est là que je commence et que les autres prennent fin, car c'est là que votre Langage s'active. Il vous appartient, à vous et à personne d'autre, et à présent vous allez l'écrire.

Remerciements

Je tiens à remercier en particulier mon frère Diego, ma belle-sœur Simmone, mes neveux Kai et Uma. Ma famille aussi. Merci à Gabriela Jáuregui, Elena Fortes, Luis Felipe Fabre, Mauro Libertella, Juan Cárdenas, Guillermo Núñez Jáuregui, Verónica Gerber, Amalia Pica. Merci à Juan Andrés Gaitán, Gabriel Kahan, Vera Félix, Federico Schott, Tania Pérez Córdova, Francesco Pedraglio, Eduardo Thomas, Nina Hoechtl, Julieta Venegas, Tania Lili, Valeria Luiselli, Lydia Cacho, Vivian Abenshunshan, Elvira Liceaga, Laura Gandolfi, Mariana Barrera, José Terán, Samanta Schweblin, Julia Reyes Retana, Amalia Andrade. Merci à mes chères Redtenters, à Lourdes Valdés (je te suis et te serai toujours reconnaissante). Merci à Pedro de Tavira. À Claudio López de Lamadrid (RIP) et à ma grand-mère Gloria (RIP). À Pilar Reyes, Mayra González, Fernanda Álvarez et

Paz Balmaceda, d'Alfaguara ; à Carina Pons et Jorge Manzanilla de l'agence Balcells : j'ai beaucoup de chance d'avoir pu travailler avec vous.

J'ai écrit ce livre grâce à une bourse du SNC (Sistema Nacional de Competencias).

pca
cmb
edition pré-presse
livres numériques

44400 Rezé

Achevé d'imprimer par
Normandie Roto Impression s.a.s.
61250 Lonrai (Orne)
Dépôt légal : mars 2025
N° d'édition : 68342/01 – N° d'impression : 2500395

Imprimé en France